AF290588

Juli Faber

Chevyblues
Als Helena den Krieg erklärte

Über das Buch

Woher weiß man, dass es endlich reicht? Wenn einem von Bratwurstgeruch schlecht wird. So wie Helena Wallenstein. Und sie floh. Floh von ihrer eigenen Abiturientenfeier, kehrte der Villa ihres Vaters und ihrem wohl behütetem Leben den Rücken und machte sich am Steuer eines alten, klapprigen Chevrolet Pick-Ups auf die Suche nach der Freiheit.

Auf ihrem unvorhersehbaren Weg quer durch das südliche Westeuropa wird die arglose Helena schnell mit ihren eigenen Vorurteilen konfrontiert und muss sich auf ungemütlichen Campingplätzen und unter spanischen Hausbesetzern ihren eigenen Wertvorstellungen stellen, um der bedrohlichen Macht des Geldes zu entkommen, die sie eisern verfolgt. Dabei entdeckt sie nicht nur den unersetzbaren Wert von Freundschaft, sondern findet am Ende sogar so etwas wie Liebe.

Eine charmante Roadstory über Treue, Punk und Dosenwurst und die Kunst auf die Wege des Schicksals zu vertrauen.

CHEVYBLUES

Als Helena den Krieg erklärte

Juli Faber

Print-Ausgabe 2017
Open Publishing Verlag
in der Verlagsgruppe
Open Publishing Rights GmbH, München
Alle Rechte vorbehalten
Das Werk darf – auch teilweise – nur mit
Genehmigung des Verlages wiedergegeben werden.
Umschlaggestaltung:
Open Publishing GmbH, München (Mathias Beeh)
Druck: Books on Demand GmbH
Foto der Autorin: Florian Wegerer
ISBN: 9783959122443

books.openpublishing.com

INHALT

KAPITEL EINS:
Aufbruch

Es ist ziemlich beschissen, wenn man die Wahl hat. Es ist anstrengend, qualvoll, chaotisch und auch sehr gefährlich – für sich selbst und für andere. Man weiß nie so ganz wen man gegen die Wand fährt. Unfreiheit ist um so viel leichter. Verantwortung abgeben. Machen, was vorgeschrieben wird und man ist fein raus. Manchmal sehne ich mich heute nach der Zeit, als ich einfach das tat, was man mir sagte. „Helena, steh auf, du musst zur Schule, Helena, räum dein Zimmer auf, Helena, du bist um zehn wieder Zuhause, Helena, je besser du im Abitur abschneidest, umso einfacher wirst du es im Leben haben.“

Und ich habe gemacht. Alles gemacht. Und mich selbst dabei gegen die Wand gefahren.

Ich weiß gar nicht mehr genau, was ich damals so dachte. Ob ich überhaupt dachte. Keine Ahnung, wie mein Hirn damals funktionierte. Ich kann mich erst später an diesen einen Gedanken erinnern, diesen einen Gedanken an jenem Tag, an dem sich alles änderte. Dieser erste Gedanke in meinem Bewusstsein war:

Ich hasse den Geruch von Bratwurst.

Kein Witz. Zugegeben, dieser Satz klingt nicht gerade nobelpreisverdächtig, aber mit ihm fing alles an.

Es war an diesem viel zu herrlichen Sommertag, als mir zwischen dem Geklapper von Silberbesteck auf Porzellantellern und dem kreischenden Gelächter von den Frauen aus Bad Birnbach, die in einem mir unbekannten Grade mit mir verwandt waren, geradezu speiübel wurde von diesem Geruch, diesem Gestank, von Bratwurst. Auf Porzellantellern. Wer bitte isst schon Bratwurst von Porzellantellern?

Gestatten, ich heiße Helena. Helena Wallenstein. Und ich möchte euch eine Geschichte erzählen, die hier auf der Grillparty in dem Garten der Villa meines Vaters begann. Es ist eine sehr traurige Geschichte.

Da war das Wetter Thema, Tante Lottas neuer Hut, die Zahnschmerzen vom kleinen Tom, meinem Vetter. Ich saß am Rande unseres Pools auf einem Stuhl zwischen Oma Trude und ihrer Schwester Irmgard, und musste mir das Geplapper der zwei älteren Damen über Charlotte Rothaupts Hämorridenprobleme anhören. Da platzte irgendetwas in mir. Als hätte in meinem Inneren jemand einen Ballon mit einer Nadel gepiekst. In aller Stille machte es puff. Heimlich und leise. Und ich selbst konnte nicht anders reagieren, als in aller Stille einmal tief Luft zu holen.

Nicht dass Charlotte Rothaupts Hämorriden daran Schuld wären, ich litt in diesem Moment wirklich mit dieser armen Frau. Nein, eigentlich war es der Anblick von Papa, der gut gelaunt in Hemd, Krawatte und strahlendweißer Schürze hinter dem Grill stand und seinem mit ausgeprägter Pupertätsakne verzierten Neffen Tobias ein noch halb blutiges Stück Fleisch auf den Teller legte, während meine Mutter mit einem angestrengten Lächeln neben ihrem Gatten hockte und einen Gesprächsschwall ihrer Schwägerin über die Blumenarrangements bei der Hochzeit von Sybille Jakobsen über sich ergehen ließ. Ich fühlte mich geblendet von all den Menschen in ihren saisongerechten rosa-gelb und hellgrünen Sommerkleidern und mit Schleifen verzierten Sonnenhüten. Diese perwollgewaschene Reinheit stach mir so sehr in die Augen, dass ich sie für einen Moment zusammenkneifen musste. „Schätzchen, ist dir nicht gut?", hörte ich Oma Trude besorgt fragen und zuckte unwillkürlich zusammen, als sich eine mit Altersflecken besprenkelte Hand auf mein Knie legte. „Keine Sorge, mein Kind", plapperte sie weiter „Wenn du schwanger wirst, wird es dir damit sicher besser ergehen. Mit zwei Ärzten in der Familie! Und außerdem sind bis dahin ja noch zwei, drei Jährchen Zeit, nicht wahr? Bis dahin haben die bestimmt ein Mittel gefunden, das einem diese grauenvollen Operationen erspart."

Das war zuviel.

Schwanger? Hämorriden? In zwei, drei Jahren? Was denn? konnten sie denn nicht damit zufrieden sein, mir ihr Familienporzellan zu vermachen? Mussten sie mir jetzt auch noch halb rohes Fleisch essende und vor Zahnschmerzen brüllende Bälger anhängen, die es nicht einmal schaffen würden, ihre Schürzen zu versauen, wenn sie direkt hinter einem rußenden und Fett spritzenden Grill standen? Außerdem war mein Vater Chefarzt für Radiologie und würde mir bei einem Hämorridenproblem wohl kaum helfen, ganz zu schweigen davon, dass ich ihm niemals meinen nackten Hintern zeigen würde. Und meinem Bruder Moritz erst recht nicht. Der studierte im fünften Semester Allgemeinmedizin an der Westfälischen Wilhelms-Universität zu Münster. Genau wie mein Vater. Natürlich.

Um nicht laut aufzuschreien leerte ich mein noch halb volles Sektglas in einem Zug. Danach war mir schwindelig.

Erstaunlich wie umfangreich sich die Welt innerhalb von nur drei Monaten ändern kann. Und ich meine tatsächlich die Welt, nicht nur mich, sondern die Welt. Sie sieht inzwischen ganz anders aus. Ich meine, ich bin nun hier, in diesem Haus voller Gesellschaftsaussteiger, irgendwo in Zürich, in einem Haus für das wahrscheinlich nicht einmal ein Mietvertrag existiert. Und es ist charmant. Es ist nicht leichtsinnig und würdelos, sondern aufregend. Der Staub auf den Regalbrettern ist nicht widerwärtig, sondern romantisch und macht das Zimmer wohnlich. Der Geruch erinnert an eine Dachkammer, die unzählige Schätze birgt, es mieft nicht, es riecht nach Geschichten. Geschichten von jedem einzelnen Menschen, die schon in diesem selben Bett geschlafen haben, in dem auch ich diese Nacht verbringen werde, mit einer durchgelegenen Matratze und einem fleckigen Kissenbezug – der nach Kernseife duftet. So verändert sich die Welt. Sie duftet nicht mehr nach Perwoll, sondern nach schimmerndem Dachkammerstaub und Kernseife. Und ich weiß ganz genau, wem ich das zu verdanken habe.

Leicht taumelnd erhob ich mich damals von meinem weißen Stuhl unter dem weißen Gartenpavillon und suchte den Eingang in unsere weitläufige Wohnküche, die senilen Rufe meiner zwei greisen Verwandten missachtend. Ich umrundete den Pool, der so elegant in der goldenen Sommersonne glitzerte, als wäre ein ganzes Team engagierter Lichttechniker am Werk, das Wasser in Szene zu setzen. Damals wusste ich nicht wie Kernseife riecht. Oder Oleander. Überall in Spanien riecht es nach Oleander. Und Frankreich, ja Frankreich riecht nach Thymian und Lavendel. Die einzigen Gerüche, die ich damals auf Anhieb und eindeutig zuordnen konnte waren der von frisch aufgetragenem Nagellack und der von dem Chlorreiniger, den Meine Mutter immer für Lola, unsere portugiesische Haushälterin, kaufte. Und natürlich Bratwurst.

Noch bevor ich die Terrasse mit der rettenden Tür, die ins Hausinnere führte, erreichte, hörte ich es hinter mir rufen. „Helena! – Mensch Helena, bleib bitte stehen, wenn ich mit dir rede!"

Widerwillig drehte ich mich um und blickte in das begeisternd strahlende weil geschäftige Gesicht meines Vaters, ein Gesicht, wie man es kleinen Jungs zumutet, kurz vor einer Fahrt in einem riesigen Bagger – oder eben einem Mann am Grill. Samt Würstchenzange und blitzblanker Schürze stand er da. „Willst du nicht ein paar Worte an deine Gäste richten?"

Nein, bitte, Papa, sag es nicht.

„Wie es sich für eine Dame deines Alters gehört – schließlich bist du nun Abiturientin." Lieber Papa, halte einfach deine Klappe „Mit einem 1,0-Durchschnitt!" Nun bekamen seine Augen noch diesen zusätzlichen Ausdruck, der bisher nur Ausschweifungen seiner eigenen, schon Jahrzehnte zurückliegende Doktorarbeit vorbehalten war. Daher wäre eigentlich nun der Moment gekommen, mich geschmeichelt zu fühlen. Papa war stolz auf mich. Und zeigte es öffentlich. Ich weiß noch, wie ich in diesem Augenblick dachte, wie seltsam das ist. Hatte ich mir das nicht immer gewünscht? So von ihm angeblickt zu werden? Nicht krittelnd, nicht mahnend, nicht belehrend. Sondern stolz. Und es regte sich nichts in mir. Nicht der kleinste Funke. Ja, das war der Moment, in dem ich hätte zufrieden sein können. Doch mir war nicht danach. Ganz im Gegenteil. Das ganze hier, der Garten, die Party, mein Vater in Schürze machte mich unzufriedener, als ich es bei jedem vorherigen Tadel von Papa jemals gewesen war. Ich habe es noch gar nicht erwähnt. Aber das hier war eine Party mir zu Ehren. So sagten sie. Papa, Mama, Moritz, die gesamte verdammte Masse der Gäste. Sie logen. Eine verlogene Masse. Es war keine Party mir zu Ehren, es war eine Party meiner schulischen Leistung zu Ehren und zu Ehren meines bald beginnenden Studiums an einer der renommiertesten juristischen Fakultäten des Landes. In München. Scheiße. Ich wollte nie nach München. Ich hasse Weißbier.

„Deine Gäste erwarten, dass du sie begrüßt.“

Jetzt waren es plötzlich *meine* Gäste.

„Ich halte es für angemessen das zu üben. Als Anwältin wirst du schließlich sehr häufig vor Publikum sprechen müssen.“

Ich hatte nie vor, Anwältin zu werden.

„Ich erwarte dich in zehn Minuten am Salatbuffet. Keine Widerrede!“

Es geschah aus dem Affekt. Ich hatte das nicht geplant oder so. Ich dachte in diesem Moment auch nicht wirklich viel nach. Es geschah aus einem Impuls in meiner Magengegend, bestimmt ein instinktiver Abwehrmechanismus, ein Überbleibsel aus der Steinzeit. Meine Beine taten plötzlich wenige schnelle Schritte auf meinen Vater zu, meine Arme bewegten sich ruckartig, es gab einen lauten PLATSCH, eine riesige Wasserfontäne schoss in die Höhe und stob glitzernde mit Chlor versetzte Funken in alle Richtungen. Ich stand am Poolrand, mein weißes Kleid von dem kurzen, niederprasselnden Schauer durchnässt, bestimmt war es durchsichtig geworden, doch ich achtete nicht darauf. Die Stimmen im Garten, das Klirren von Geschirr, ja selbst das Summen der Bienen schien verstummt zu sein. Fünfzig Augenpaare starrten starr vor Schreck auf den Mann mit der Schürze, der prustend und ungläubig Luft holend aus dem Wasserbecken auftauchte. Entsetzt stierte er mich durch triefnasse Haarsträhnen an, die ihm in seinem schmalen, sonst so klug dreinschauenden Gesicht klebten. Ich weiß nicht wer von uns beiden mehr über meine Tat verblüfft war. So wütend und verletzt ich eben noch gewesen war, so verwirrt war ich nun über mein Handeln und als der Doktor sich mit triefender Schürze und an den Beinen klebenden Hosen aus dem Becken quälte, sackte etwas in mir zusammen und ich empfand nur noch Scham. Mühsam die Tränen zurückhaltend drehte ich mich um und floh nun endlich in das Innere des Hauses. Ich erwartete einen wütenden Rückruf. Entschlossene Schritte, die mir folgten, eine kräftige Hand, die mich an der Schulter packte und heftig durchschüttelte, ich erwartet eine Schimpftirade oder sogar höhnisches Gelächter der Gäste. Doch nichts. Als die Terrassentür hinter mir zufiel, schloss sie nichts als atemlose Stille aus und Angst zog sich in meiner Brust zusammen.

Ich wollte nichts weiter, als mich in mein Zimmer flüchten, die Bettdecke über den Kopf ziehen und erst an Weihnachten wieder ans Tageslicht kommen.

„Du hast ganzz schön Scheize gebaut!" Lola stand am Küchentresen und räumte schmutziges Geschirr zusammen. Das S in „Scheiße" sprach die schon etwas in die Jahre gekommene Portugiesin immer ganz weich, was dem Wort eine groteske Eleganz verlieh. Tadelnd sah sie mich über die Ränder ihrer Lesebrille an, die, wenn sie nicht gerade auf ihrer spitzen Nase saß, an einem schweinchenrosafarbenen Band über dem Ausschnitt ihres geblümten Kittels baumelte, der sich über ein für ihr Alter außergewöhnlich prallen Busen spannte. Moritz behauptete steif und fest, dass der üppige Vorbau nie und nimmer naturgegeben sein konnte („so alt wie die ist!") und war mir Monate lang mit einer Wette in den Ohren gehangen – ein ganzer Satz neuer Reifen wäre ihm die Sache wert gewesen. Letztendlich war er dann aber doch zu feige gewesen, Lola über die Beschaffenheit ihrer melonenförmigen Weiblichkeit zu befragen.

Beim zweiten Blick in ihr kantiges Gesicht mit den hohen Wangenknochen und den penibel gezupften Augenbrauen, erkannte ich allerdings ein schelmisches Zwinkern in ihrem rechten Lid und ein sanftes verschwörerisches Lächeln war auf ihren Lippen abzulesen, während sie mit dem üblichen Temperament das feine Porzellangeschirr übereinander stapelte – während ihrer gesamten fünfzehn Jahren in diesem

Haushalt, war ihr kein noch so zerbrechliches Gut zwischen den schlanken, wohl kräftigen Fingern zerbrochen.

Ich glaube, ich hatte vergessen wie sprechen geht.

„Zzunge verschlugt?", fragte Lola. „Das ist mir noch nie passiert." Und sie pfefferte das Besteck in das Spülbecken.

In diesem Moment öffnete sich hinter mir die Terrassentür und ein kurzer Fetzen an Stimmengewusel drang in die Wohnküche. Intuitiv zog ich den Kopf ein und machte mich auf das Schlimmste gefasst. Doch es war nicht Papas Bariton, der durch den Raum schnitt.

„Helena!" in einer einzigen Bewegung packte mich meine Mutter an den Schultern und drehte mich zu ihr um. Sie musterte mich von oben bis unten. „Ist alles in Ordnung bei dir?"

Meine Mutter war keine besonders große Frau. Ihr Haar war immer noch Strohblond, ohne dass sie es färben müsste, doch ihr zartes Gesicht sah oft älter aus, als sie in Wirklichkeit war. Es war das Gesicht einer Mutter, die ihre Kinder mit bestem Wissen und Gewissen erzog und für die das Leben sonst nicht viele Aufgaben bereitstellte. Ich hatte mich oft gefragt, warum sie eine Haushälterin beschäftigte, wenn sie doch selbst nicht berufstätig war. Irgendwann hatte ich den Eindruck gewonnen, dass meine Mutter

sich dasselbe fragte und hatte aufgehört darüber nachzudenken.

„Was ist denn nur passiert?" Ich las die Verständnis-
losigkeit und die Sorge in ihren Augen, doch da war
auch noch etwas Anderes.

„Ich weiß es nicht." Und so war es auch. Und da ka-
men die Tränen. Sie liefen einfach stumm über meine
Wangen und tropften auf mein immer noch feuchtes
Kleid. Hinter mir pfiff Lola *La Cucaracha*.

Mutters Griff um meine Schultern wurde fester, nur
ein kleines bisschen, wahrscheinlich merkte sie es
selbst nicht einmal. Doch ich konnte am eigenen
Leibe ihre steigende Anspannung spüren. „Fahr zu
Tante Klara." Sagte sie. Verwundert sah ich sie an.

„Wieso?", fragte ich entsetzt.

„Weil das kleine Mädchen erwachsen werden muss.",
kam es von der Spüle her geträllert.

„Ich werde Klara anrufen und dein Kommen ankündigen. Sie wird sich freuen, dich zu sehen."

„Mama, ich verstehe das nicht." Ich war kurz davor
laut loszuschluchzen. Tante Klara, die Schwester
meiner Mutter, lebte in dem alten Bauernhaus ihres
verstorbenen Mannes in einem kleinen Ort in der el-
sässischen Pampa, der nicht einmal ein Namensschild
hatte. Als wir noch Kinder waren hatten Moritz und
ich unsere Mutter ab und zu begleitet, wenn sie ihre
Schwester für ein langes Wochenende besuchen ging.

Papa war nie mitgekommen. War das die Strafe für mein Handeln? Oder wollte Mama mich einfach nur loswerden?

„Dein Vater ist sehr wütend auf dich.“

Besorgt schielte ich durch das Verandafenster in den Garten, doch ich konnte nichts Auffälliges entdecken. Plappernd, essend und Sekt trinkend standen und saßen die Gäste in verirrten Grüppchen beieinander.

„Keine Sorge“, beruhigte mich meine Mutter. „Großonkel Paul hat eine seiner Anekdoten erzählt, das hat die Situation entschärft.“

„Wo ist er jetzt?“

Sie wusste, wen ich meinte. „Er grillt.“ Was sonst. „Los! Geht deine Sachen packen, während ich kurz telefoniere.“ Mit sanfter Gewalt schubste sie mich zu der gewundenen Treppe aus Mahagoni, die in das obere Stockwert führte. Mit der einen Hand auf dem Geländer drehte ich mich noch einmal um. „Mama, ich-“ Ich stockte. Die Worte schwirrten in meinem Kopf, fanden ihren Weg zum Mund nicht. Ein zaghaftes Lächeln zeichnete sich auf den Lippen meiner Mutter ab. „Ich weiß, mein Schatz. Geh jetzt!“

Und ich hastete die Stufen hinauf.

Meine Tanze Klara ist die ältere der beiden von-Bering-Schwestern und gilt in der Familie als geächtet.

Sie hat es tatsächlich gewagt eine solch unehrenhafte Wissenschaft wie Theaterpädagogik zu studieren. Das war es allerdings nicht, was sie letzten Endes auf die Abschussliste setzte. Sie hat noch nie besonders viel auf ihren Familiennamen mit dem kleinen Vermerk der Blaublütigkeit gegeben und nach einem Auslandssemester in Frankreich Hals über Kopf einen verarmten französischen Landwirtssohn geheiratet, Aymeric Gaspard, ihre große Liebe. Leider verstarb er bereits vor zehn Jahren an einer Krankheit, dessen Namen ich noch nie aussprechen, mir geschweige denn merken konnte. Doch Klara blieb in dem alten Haus des längst still gelegten Hofes wohnen, und wird es auch zu Lebzeiten wohl nicht mehr verlassen.

Durch die Heirat mit Aymeric, fiel sie bei den von Berings allerdings in tiefste Ungnade. Meine Mutter ist die Einzige aus der Familie, die noch mir ihr spricht. Manchmal hatte ich den Eindruck, dass Mama ihre Reisen in das kleine Dörfchen Kientzville, in dem Klaras altes Bauernhaus die Zeit überdauert, selbst vor Papa geheim hielt. Selbst ich könnte nicht sagen, wann sie das letzte Mal dort gewesen war. Meine letzte Reise ins Elsass lag mindestens schon fünf Jahre zurück. Dementsprechend heftig klopfte mein Herz, als ich meinen kleinen Citroën C3 Pluriel (Papas Geschenk zu meinem 18. Geburtstag) die holprige Dorfstraße entlang lenkte. Ich fuhr mit offenem Verdeck und die Frische der dämmrigen

Abendluft blies mir um die Nase. Ziemlich erschöpft von der langen Fahrt, bog ich um die letzte Baumgruppe, die die kurvige Straße säumten, und fand mich in einer hügeligen Landschaft wieder, mit kleinen Feldern und verwilderten Weiden, in weiter Ferne die bläuliche Silhouette der Vogesen. Aufmerksam musterte ich die in regelmäßigen Abständen vorbeiziehenden Häuser und dankte allen Göttern der Welt, dass ich Kientzville trotz zweimaligem Verfahren noch vor Einbruch der Nacht erreicht hatte. Im Dunkeln wäre ich sicherlich am richtigen Haus vorbeigefahren. Aufmerksam musterte ich die vorbeiziehenden Gebäude. Alles halb verfallene Bauernhäuser mit riesigen Gärten, manche sorgsam gepflegt, andere verwildert. Schließlich entdeckte ich die mir bekannte riesige Doppeltür aus morschem Holz, die eher an ein Scheunentor erinnerte, mit der blauen Bank daneben, auf der sich Klara so oft zum Stricken niederließ. Mein Herz zog sich zusammen und ich ließ langsam den Wagen ausrollen, saß einen Moment nur da und starrte den bröckelnden Putz an. Die wilden Weinranken, die an der Fassade emporkletterten, schienen das Haus einzuwickeln wie ein seidener Kokon eine Raupe, kurz bevor sie zum Schmetterling wird.

„Helena, meine Schöne!" Noch bevor ich die Autotür hinter mir schließen konnte, stand Tante Klara mit ausgebreiteten Armen auf der Türschwelle. Ihr langes, braunes Haar zu einem dicken Zopf geflochten, klimpernden Armreifen und einer weiten

Tunika-Bluse über der dreckigen Jeans kam sie mir über das kurze Rasenstück entgegen und drückte mich fest an ihren großzügigen Busen. „Wie wunderbar, dass du mich besuchst." Ihre Stimme. Wie hatte ich die nur vergessen können? Rau und weich schlüpft sie einem ins Ohr und kitzelt dort angenehm. Dann die Augen. Klaras Augen. Wie zwei kleine Sonnen, stets von fröhlichen Lachfalten umgeben. Ich bin mir nicht sicher was genau es war, vielleicht diese kompromisslose Herzlichkeit dieser Frau, vielleicht dieser unerschütterliche Ort mit seiner unbestechlichen Romantik, die mir ins Herz stach und all meine inneren Mauern niederriss. Ich ließ mich mitreißen von Tante Klaras warmen Umarmung, sank tiefer in ihre mollige Brust und gab mich haltlos meinem Schluchzen hin.

KAPITEL ZWEI:
Kientzville

Die Zeit stand angenehm still. Das Zwitschern der Vögel vermischte sich mit den Melodien alter französischer Revolutionslieder, die Tante Klara durchs Haus trällerte, während sie Marmelade einkochte, ihre Tongefäße töpferte, Wäsche wusch oder Unkraut in dem riesigen Garten jäte, der an das Haus grenzte. Ich las jeden Morgen die Zeitung, die der Milchjunge mitbrachte und pries meine guten Französischkenntnisse. Der Kaffee schmeckte so gut wie nirgendwo sonst auf der Welt und das Blau des Himmels strahlte wie ein Teppich aus Saphiren.

Nachts schlief ich tief und erholsam. Klara hatte mir den Raum neben der Küche hergerichtet, mit einer Daunenmatratze weich wie Watte, in der ich beinahe bis zur Gänze versank. Bei meiner emotional sehr aufgeladenen Ankunft hatte Klara mit ihrem kräftigen Griff meine Reisetasche gepackt, ihren Arm um meine Schultern gelegt und mich durch den Rundbogeneingang ins Haus geführt, direkt in die riesige Küche, in der es stets nach frischem Hefezopf und gemahlenem Kaffee duftete, mit einem gusseisernen Ofen aus dem vorletzten Jahrhundert, auf dem sie leidenschaftlich kochte und buk. Dann hatte sie mir einen eigens angesetzten Anislikör vorgesetzt, der mir alles Sorgen aus dem Leib brennen sollte – was sehr schmerzhaft war – und mich ins Bett geschickt, in dessen wohligen Tiefen ich sofort einen traumlosen Schlaf fand.

Mittags verbrachte ich viel Zeit im Garten, dem prachtvollen Garten, der Klaras Händen entwachsen war und sog den süßen Duft der Rosen- und Lavendelbüsche ein. Oft saßen wir zusammen dort, unter einem schmiedeeisernen Pavillon, um dessen Streben sich wilde Efeuranken schlängelten, und tranken Kaffee, abends Wein und natürlich den selbst angesetzten Anislikör aus Klaras Keller. Ein Heilmittel, das Wunder bewirkte.

„Klara, ich liebe deinen Garten", gestand ich ihr schließlich eines Abends und nippte an meinem weißen Chardonnay. Die Luft war mild, die Sonne war eben hinter dem Horizont verschwunden und hatte Vater Mond an den Himmel geschickt. Sachte legte sich die ländliche Stille von zirpenden Grillen über die Wiesen.

„Es ist Aymerics Garten", antwortete sie mir, während sie ihren Tabakbeutel auspackte. „Er hat ihn angelegt. Der Rosenbusch da", mit einem Filter zwischen den Lippen deutete sie auf einen mächtigen Strauch, an dem kaminrote Blüten in der aufziehenden Dämmerung wie Lampions leuchteten, „der war der Erste. Er hat ihn für mich gepflanzt. Ach, mein Aymeric! Wenn das Wetter es zuließ, hat er mehr Zeit in diesem Garten verbracht als im Haus. Seine Blumen waren ihm das Teuerste."

„Nach dir natürlich.“

„Selbstverständlich!“ Klara zog einer ihrer buschigen Augenbrauen hoch, was sehr seltsam aussah. „Schließe dich niemals in die Herzensliste deines Liebsten ein, aber gehe immer davon aus, dass du ganz oben stehst.“, sagte sie mit kluger Mine. Das Feuerzeug knipste und sie blies weißen Rauch in die laue Abendluft, der emporstieg und sich im Efeugewirr verlor. „Und dein Liebster? Woran hängt er sein Herz? Ich hoffen nicht nur an Autos und Sportillustrierte.“

Ich musste lachen. „Ich habe keinen Liebsten.“

„Was?“ schockiert sah Klara mich an. „Jedes junge, hübsche Mädchen braucht einen Liebsten“, sagte sie und klang dabei fast wie Oma Trude. „Wie beweisen wir der Welt sonst die Existenz einer menschlichen Schönheit?“

„Ich brauche keinen Beweis für meine Schönheit“, erwiderte ich scherzhaft mit aufmüpfigem Lächeln und klimperte mit meinen aquamarinblauen Augen, während ich mir spielerisch durch mein langes, blondes Haar fuhr. Goldhaar, wie Papa es gerne nannte.

„Es geht auch eher um die Bestätigung der männlichen Schönheit“, schalkhaft zog Klara an ihrer Zigarette und wir mussten beide lachen. „Na gut“, sagte sie, als wir uns wieder beruhigt hatten. „Du fährst also nicht aus Liebeskummer mutterseelenallein in die elsässische Pampa um deine alte Tante zu besuchen?“

Mama hatte ihr also nichts von dem Vorfall auf dem Fest erzählt. So viel Diskretion hätte ich meiner Mutter gar nicht zugetraut.

Ich schüttelte den Kopf. „Wie kommst du denn darauf?"

„Das ist naheliegend für ein junges Mädchen. Liebeskummer treibt etliche Menschen zu außergewöhnlichen Taten."

„Zu Dummheiten meinst du."

Klara bekam wieder diesen Gesichtsausdruck, mit dem sie aussah wie der Weihnachtsmann bevor er seinen Sack öffnet. Seid ihr auch alle schön brav gewesen, liebe Kinder?

„Wer auf sein Herz hört, hat schon erstaunliche Dinge vollbracht, die nicht zuletzt einen selbst überrascht haben", sagte sie und ich spürte, wie sie plötzlich ernst wurde. Die Dämmerung wurde dichter. Einen Moment schwiegen wir beide.

„Schön. Du musst mir nicht erzählen warum du abgehauen bist, ich will nur, dass du verstehst, dass es immer einen Platz gibt, wo man hingehört. Es dauert manchmal nur eine Weile bis man ihn gefunden hat."

„Wie kommst du darauf, dass ich abgehauen bin?"

„Du kamst noch nie alleine zu mir, schöne Helena. Ich bezweifle, dass du mit der Zustimmung deines Vaters hier bist."

„Ach, komm schon! Wir waren doch noch nie mit der Zustimmung meines Vaters bei dir.“

Da musste Klara lächeln. „Ja, aber dieses Mal stört es dich nicht.“

Perplex starrte ich sie an. Sie war so anders als der Perfektion heuchelnde Rest meiner Familie und doch so vollkommen. Sie hatte ihren Platz gefunden. Erst bei Aymeric, nach seinem Tod, hier in diesem Garten, in dem er für Klara immer weiterleben würde. Ihr Platz war nicht bei den Staatsexamen- und Adelstitelträgern. Sie war dennoch glücklich.

Mit zufriedener Mine drückte sie ihre Zigarette aus und stand auf. „Wenn du magst, kannst du mir tagsüber gerne im Garten helfen. Körperliche Arbeit befreit den Geist.“ Es war keine Frage, sondern eine Anweisung. „Ach ja, und morgen muss ich ins Dorf zur Fromagerie“, fügte sie noch auf halben Weg zur Tür hinzu. „Ich würde mich freuen, wenn du mich begleitest.“ Und schon war sie im Haus verschwunden.

Wir fuhren mit Klaras Wagen ins Dorf. Ein alter, klappriger Transporter, ein Dreisitzer mit offener, verwitterter Ladefläche und verbeulten Kotflügeln, in dem man auf der holprigen Landstraße, die zum Dorf führte, noch ordentlicher durchgeschüttelt wurde als in meinem kleinen, süßen Citroën C3.

Die Fromagerie war nur halb so spannend wie ich mir erhofft hatte. Sie war nicht mehr als ein kleines Kabuff, in dem zwei mit Käse vollgestopften Vitrinen gerade so Platz fanden.

„Salut, Marie, ça va?", begrüßte Tante Klara die füllige Verkäuferin mit Wangengrübchen, die hinter der Theke stand. Während die zwei Frauen auf schnellem Französisch ihren Smalltalk austauschten und Klara ihre Bestellung aufgab, beobachtete ich mäßig interessiert die menschenleere Straße durch das Schaufenster. Der Himmel war heute von einer grauen Wolkenschicht verhangen, unter der sich die Sommerhitze zu einer unangenehmen Schwüle ballte. Ich wusste, dass Klara auf Regen für den heutigen Tag hoffte, schon allein ihrer Blumen wegen, und nicht zuletzt der Bauernfelder im Umland. Ich weiß noch, ich wünschte mir damals die Sonne zurück.

Irgendwo kläffte ein Hund.

Irgendwo knatterte ein Motor.

Ich gähnte ausgiebig, es war noch Vormittag.

Das Motorengeräusch wurde lauter. Bestimmt noch so einen Schrotthaufen von einem Truck, dachte ich und war dann ziemlich überrascht, als eine Kolonne von sieben, acht Motorrädern an mir vorbeirauschte. Breitbeinig, mit schwarzen Lederjacken und silbernen Schnallen an den Schuhen, brausten die Biker mit lärmendem Motorengebrüll die Straße hinab. Eine Attraktion, wie es das Dorf nur selten zu sehen bekam, vermutete ich, und sah ihnen interessiert hinterher, wie sie um die nächste Kurve bogen.

„He, mein Mädchen, pack mal mit an!" Klara tauchte neben mir auf und drückte mir einen schweren Karton in die Hand. Sie selbst stapelte sich zwei auf die Arme und drückte mit ihrem gewaltigen Hintern die Ladentür auf. „Salut Marie et dis Bonjour à Pascal de ma part!"

„Was willst du denn mit so viel Käse?", fragte ich sie als wir über den Parkplatz liefen und musterte die drei Kartons.

„Na einlagern! Nie bei mir im Keller gewesen? Da reift nicht nur der Anislikör vor sich hin."

Ich rümpfte die Nase. Stinkekäse mochte ich gar nicht. Und Klaras Keller mied ich zum damaligen Zeitpunkt grundsätzlich. Dort hingen mir zu viele Spinnen an der Decke.

Wir verstauten die Kartons auf dem Rücksitz. „Willst du zurückfahren?", fragte mich Klara und hielt mir die Schlüssel hin.

„Nein!", antwortete ich entsetzt und wich sogar ein Stück zurück. Keine zehn Pferde würden mich hinter das Steuer einer solchen Klapperkiste bekommen, deren Baujahr garantiert weit vor meinem Geburtsjahr lag. Klara lachte bei meinem entsetzten Gesichtsausdruck. „Wieso denn nicht? Sag bloß, dein

chiques Stadtwägelchen fährt mit Automatikge-
triebe.“

Ertappt senkte ich meinen Blick.

„Tatsächlich?“ spöttisch kniff mir Klara in den Oberarm.

„Ja, lach mich ruhig aus! Damit komme ich wenigstens vorwärts“, versuchte ich mich zu verteidigen und
drängte den demütigenden Gedanken an die vielen
Übungsstunden beiseite, die ich gebraucht hatte, um
zur Führerscheinprüfung zugelassen zu werden.
„Glaube mir, du würdest noch mehr lachen, wenn du
mir dabei zusehen würdest, wie ich mich mit so einer
doofen Kupplung abmühe.“

Als wir die Hauptstraße zurückfuhren (mit Klara am
Steuer), sah ich die Motorräder, die vorhin als lär-
mende Kolonne das Dorf durchquert hatten, in Reih
und Glied vor der nächsten Gaststätte geparkt, während ihre Besitzer damit beschäftigt waren, ein paar
Tische im Freien zusammenzustellen. Bei dem ganzen Hin- und Hergeschiebe ging ausversehen ein leeres Glas zu Bruch, das der Kellner noch nicht abge-
räumt hatte. Das Splittern von aufkommendem Glas
auf dem steinernen Asphalt war deutlich im Truck zu
vernehmen.

„Die Biker dort sind nicht von hier, oder?“

„Nein, hier kommen des Öfteren reisende Motorradfahrer durch.“

„Habt ihr keine Probleme mit ihnen?"

„Wieso sollten wir?"

Ich zuckte mit den Schultern „Sie sehen nicht gerade wie unschuldige Christen aus."

„Was für ein netter Vergleich", stellte Klara fest. „Du dagegen siehst aus wie ein Engel und schmeißt trotzdem das Studium gegen den Willen des Herrn Doktor Wallenstein."

Überrascht sah ich sie an.

„Deine Mutter hat sich gestern Abend noch einmal gemeldet", klärte mich Klara auf. „Sie wollte wissen, wie es dir geht. Und war um einiges gesprächiger als bei ihrem letzten Anruf.", fügte sie hinzu. Mit zusammengepressten Lippen starrte ich auf die Straße vor mir, die sich zwischen alten Häusern und Wiesen verlor. „Ich habe nie gesagt, dass ich das Studium nicht machen will."

Klara zog ihre markanten Augenbrauen hoch und ledrige Falten zogen sich quer über ihre Stirn. „Erna vermutet das." Ein kurzes Schweigen erfüllte das Fahrerhäuschen. „Und? Hat sie recht?", fragte sie dann gleichmütig. Fast klang es gleichgültig.

„Nee, nein. Nein, natürlich nicht."

„Also nein?" Klara musste schmunzeln.

„Nein."

„Schön. Willst du wissen, was ich denke?"

„Nein.“

Wir verließen das Dorf und fuhren in die Hügel. Das Holpern begann.

„Doch“, gab ich zu. „Sag mir, was du denkst.“

„Ich denke, du solltest machen, worauf du Lust hast. Wenn du noch nicht weißt, was du studieren willst, dann mach eben zuerst etwas Anderes. Du bist noch jung und hast Zeit. Nicht jeder muss gleich nach dem Abi auf die Uni. Oder überhaupt auf die Uni“, fügte sie noch hinzu.

„Du findest also, ich soll kein Jura studieren?“

„Wenn es nicht das ist, was du willst, nein.“

Ich seufzte und sank tief in den Autositz. Sofern das unter den gegebenen Straßenbedingungen möglich war. Das nächste Schlagloch ließ nicht lange auf sich warten und schleuderte mich wieder zehn Zentimeter in die Höhe. „Ich merke schon warum Papa nicht will, dass ich dich besuche. Du bringst mich noch auf die schiefe Bahn.“

„Auf die schiefe Bahn.“, wiederholte Klara belustigt. „Glaubt er ich baue Hanf in meinem Garten an oder was?“

Ein fröhliches Glucksen entsprang meiner Kehle, wich aber sogleich wieder nüchterner Ernsthaftigkeit. „Für ihn liegt alles auf der Schiefen Bahn, was sich nicht Jura- oder Medizinstudium nennt.“

Jetzt war es Klara, die seufzte. „Ach, meine schöne Helena. Was machen wir nur mit diesem engstirnigen Medizinmann? Was meinst du, vielleicht würde ihm die eine oder andere Hanfdosis mal ganz guttun."

Diesmal konnte ich nicht an mich halten. Ich prustete los.

Ich schwitzte in Klaras Garten. Und zwar nicht gemütlich unter dem mit Efeu bewachsenen Pavillon bei einer Tasse Kaffee, sondern während dem Jäten der Unkrautbüschel. Sie hatte es tatsächlich geschafft mich bei der Arbeit in ihrem Garten einzuspannen und das, obwohl ich einen Löwenzahn nicht von einer Geranie unterscheiden konnte. Das war ziemlich mutig von ihr. Damit allerdings keine allzu große Gefahr für ihre heiligen Botaniken entstand, hatte sie mir ein verwildertes Stück unbepflanzter Wiese zum Arbeiten zugeteilt. In meiner gutmütigen Naivität hatte ich vermutete, dass sie ihren Garten erweitern wolle. Heute weiß ich es natürlich besser.

Ich schuftete ziemlich hart. Nach zehn Minuten bekam ich Blasen an den Handballen. Nach einer viertel Stunde brach der erste Fingernagel ab. Nach einer Stunde tat mir der Rücken so weh, als hätte eine Horde Elefanten darauf herumgetrampelt. Doch ich hielt wacker durch und schwang tapfer die Harke. Einmal hätte ich dabei fast einen Maulwurf aufgespießt, den ich zunächst für eine Maus oder etwas noch Schlimmeres gehalten hatte, das da in der Erde wühlte. Als er schnüffelnd seine Nase aus der Erde steckte, führte ich einen von Kreischlauten begleiteten Tanz auf und flüchtet mich schnurstracks auf den nächsten Gartenstuhl, der dabei fast umfiel. Eilig kam Klara aus dem Haus geeilt und fragte was los sei.

„Da war eine ganz fette Rate!", quengelte ich und übertrieb dabei maßlos in meiner Panik. „Verdammt, jetzt hab' ich bestimmt die Pest."

„Das kann schon sein", pflichtete mir Klara trocken bei. „Du hast ja ganz schön was geleistet", stellte sie dann mit einem anerkennenden Blick auf das von mir kahl gezupfte Fleckchen Erde fest.

„Mit Blut und Schweiß", teilte ich ihr mit und zeigte ihr nicht ganz ohne Stolz meine geschundenen Hände. Mindestens ein dutzend Mal hatte ich mich an Brennnesseln verbrannt oder an wuchernden Dornen gestochen, ganz zu schweigen von den Blasen an der Handinnenfläche, die inzwischen zu beträchtlicher Größe angeschwollen waren.

„Wieso hast du nicht die Handschuhe angezogen, die ich dir hingelegt habe?" Vorsichtig nahm Tante Klara meine Hände in die ihre und strich sanft über die Schwielen und Rötungen.

„Was denn für Handschuhe?"

Klara deutete auf den kleinen Tisch unter dem Efeugewächs. „Die Gartenhandschuhe da."

So ein Mist. Beschämt zog ich meinen Kopf zwischen die Schultern. „Die sind für den Garten? Ich dachte das sind Handschuhe zum Motorradfahren."

Klara musste lachen. „Siehst du hier irgendwo ein Motorrad geparkt?" Doch dann schmunzelte sie liebevoll. „Immer noch in Gedanken bei den Bikern, schöne Helena?"

Ich kam mir ziemlich blöd vor.

Ich verbrachte fünf Tage bei Tante Klara, ohne dass etwas passierte. Ich meine, mit mir passierte. Eine Einsicht etwa, ein kleiner Geistesblitz oder gar eine Erleuchtung. Klara hatte gesagt, ich solle tun, was ich will, und wenn ich nicht wüsste was das ist, sollte ich mir Zeit nehmen um das herauszufinden. Nun, ich wusste nicht was ich will. Und jetzt? Hirnen. Doch da war nichts. Rein gar nichts. Ich hatte immer für die Schule gelebt und viel Zeit mit meiner Familie verbracht. Freitagabends war ich gelegentlich mit Julia ins Kino gegangen, vielleicht danach mit ihr noch in eine Bar, um den einen oder anderen Margarita zu trinken, ohne jedoch jemals später als mit der letzten Bahn nach Hause zu fahren. Bei schönem Wetter stand derweilen Shoppen mit Nina und Jessica auf dem Programm. Schlendern in der Fußgängerzone. Sehen und gesehen werden. Manchmal, wenn mir langweilig war, las ich ein Buch. Dabei beschränkte ich mich neben der klassischen Pflichtlektüre, die uns der Deutschlehrer aufbrummte, auf anspruchslose belletristische Junge-Frauen-Literatur, die ich per Zufallsentscheid aus dem Bestsellerregal zog und kaufte, wenn mir das Cover gefiel.

Ich war immer ganz normal gewesen. Ganz vernünftig. Wieso kam ich dann ausgerechnet jetzt auf die Idee, irgendetwas anders machen zu wollen? Stand mir das überhaupt zu?

„Helena?"

Ich schreckte aus meinen Gedanken hoch. Klara stand im Türrahmen ihrer Töpferwerkstatt, in der ich es mir in einem Sessel am Fenster bequem gemacht hatte und streckte mir das Telefon entgegen. Mir war gar nicht aufgefallen, dass es geklingelt hatte. „Für dich. Erna ist dran." Mama also. „Hallo?", meldete ich mich automatisch am Hörer.

„Helena, ich bin's, Mama."

„Hallo, Mama." Entspannt lehnte ich mich im Sessel zurück. Es tat gut, ihre Stimme zu hören.

„Wie geht es dir, mein Schatz?" Sie klang erfreut mich zu hören.

„Weiß nicht so genau", gestand ich.

„Ist es denn schön bei Klara?"

Ich musste lächeln. „Klara ist fantastisch".

„Nimm dich vor ihrem Anisschnaps in Acht!"

Wir lachten beide.

„Liebes, Papa will dich sprechen.“

Ein unangenehm heißes Kribbeln überlief meinen Rücken. Ich sagte nichts.

„Es ist alles gut, wir haben uns lange unterhalten.“, versuchte meine Mutter mich zu beruhigen, die meine plötzliche Anspannung wohl erahnte. Ich konnte nicht sprechen.

„Ich hab’ dich lieb. Pass auf dich auf!“ Dann war sie weg.

„Hallo, Tochter“ Das war mein Vater. „Wie geht es dir?“ Er klang sachlich, wie immer.

Ich fand meine Stimme wieder. „Gut“, log ich.

„Gefällt es dir bei deiner Tante?“

Ich überlegte, ob Mama wohl noch neben ihm stand und ihm einen Zettel hinhielt, mit Phrasen, die er sagen sollte.

„Klara ist toll“, sagte ich noch einmal, jedoch um einiges emotionsloser als beim vorherigen Mal. Eine kurze Pause entstand.

„Wann hast du denn vor wieder nach Hause zu kommen?“, fragte er schließlich.

„Ich weiß nicht.“

„Noch vor dem Wochenende? Oma hat Geburtstag, wenn ich dich daran erinnern darf.“

„Ich weiß es nicht, wann ich wiederkomme.", wiederholte ich, plötzliche gereizt.

„Verstehe. Aber dir ist bewusst, dass sie mit deiner Anwesenheit rechnet. Du willst doch deine liebe Oma nicht enttäuschen, oder?"

Schließ nicht von dir auf andere, dachte ich verärgert.

Ich atmete einmal tief durch und entgegnete dann ruhig: „Ich werde ihr eine Karte schicken, dann freut sie sich."

Ein tonloses Schnauben ertönte am anderen Ende der Leitung und mir wurde klar, dass ich nicht die Einzige war, die sich zusammenriss.

„Nun gut. Deine Mutter ist der Meinung, dass du dir einen kleinen Urlaub verdient hast, bevor das Studium beginnt. Ich erwarte lediglich, dass du früh genug wieder zurückkehrst, um die nötigen Vorkehrungen für deinen Umzug nach München zu treffen. Du bist jetzt schließlich in einem Alter, in dem es wichtig ist Verantwortung –"

„Ich werde nicht nach München gehen.", unterbrach ich ihn, bevor ich recht wusste, was ich da sagte. Der Tonfall in Papas Stimme, der das Wort „Verantwortung" trug, hatte einen Steinschlag in meinem Inneren ausgelöst und die Worte purzelten aus mir heraus. „Ich werde weder nach München gehen, noch werde ich Jura studieren. Ich werde machen was ich will." Ich stockte und vergaß zu atmen.

„Ach ja? Und was ist das, was du willst?“ Er klang angespannter als je zu vor.

„Das weiß ich noch nicht.“, sagte ich knapp und mir war klar, dass das wenig schlagfertig war. Was er dann jedoch tat, habe ich ihm bis heute nicht verziehen. Er erteilte mir die schlimmste Demütigung, die ein Vater seiner Tochter zufügen kann: Er lachte. Papa lachte mich aus. Und das war's. Ohne ein weiteres Wort zu verlieren, legte ich auf. Ich schloss meine Hand um den Hörer, als wäre es eine Waffe. Meine Brust fühlte sich an, als wäre ein dumpfer Gegenstand dagegen geprallt und ich kämpfte mit den Tränen. Ob vor Wut oder aus Schmerz wusste ich nicht.

Erst jetzt bemerkte ich, dass Klara immer noch im Türrahmen stand, sie hatte wohl mitgehört. „Also kein Jurastudium?“, fragte sie und schaute mit prüfend an. Sie schien wohl abzuwägen, ob ich jeden Moment komplett ausrasten oder zusammenbrechen würde. Erst da begriff mein Hirn langsam, was ich ohne es zu beabsichtigen eben entschieden hatte. Und mit einem Mal fühlte ich mich ganz leicht. So leicht, dass ich selbst lachen musste. „Nein, kein Jurastudium“ brach es aus mir heraus und ich konnte Klara deutlich ansehen, dass sie ziemlich stolz auf mich war. „Na also, geht doch“, murmelte sie, dreht sich um und verschwand im Flur.

„Wo willst du hin?", rief ich ihr fröhlich nach. „Ich könnte jetzt gut und gerne einen Anisschnaps vertragen." Und ich musste wieder lachen. Anstatt einer Antwort, flog mir etwas kleines und schweres und metallen glänzendes durch den Türrahmen entgegen und landete in meinem Schoß. Es waren Klaras Autoschlüssel. „Auf keinen Fall, vergiss es!", rief ich lachend. „Was auch immer du vor hast – ich werde nicht fahren!"

„Und ob du das wirst!", schallte es laut irgendwo aus dem Haus zurück. „Und die Frage ist nicht, was *ich* vorhabe, sondern was *du* vorhast."

Meine gute Laune verflog so rasch, wie sie gekommen war. „Wie meinst du das?"

Klara erschien wieder im Türrahmen, mit einem Straßenatlas und einem Französischwörterbuch in der Hand. „Ich meine", sagte sie bedächtig und ließ beides zu dem Autoschlüssel auf meine Oberschenkel plumpsen. „dass ich nicht zulassen werde, dass du dir hier ein Loch gräbst, indem du dich verkriechst, meine Liebe. Du hast noch ein paar Wege zu gehen, bevor du dir das leisten kannst."

Entsetzt starrte ich zuerst die Gegenstände in meinem Schoß und dann Klara an. „Du wirfst mich raus?" Das konnte sie unmöglich tun!

„Mit aller Liebe, die ich aufbringen kann." Sie schmunzelte. Sie meinte es tatsächlich ernst.

Wie konnte ein so großer Moment sich so jäh offenbaren und nur nach so kurzer Zeit wieder zerplatzen wie eine Seifenblase. Ich wusste, dass sie Recht hatte. Aber es tat verdammt weh, zu gehen.

„Aber wenn … aber…" ich suchte nach einem entkräftigenden Argument, doch es gab keines. „Aber-" setzte ich daher noch einmal an und hob mit spitzen Fingern den Autoschlüssel hoch. „Aber wieso den Truck?" Wenigstens diese Demütigung könnte sie mir ersparen.

Da stemmte Klara beide Arme in die Hüfte und zog eine Augenbraue hoch, so dass sie aussah wie ein alter Pirat. „Schätzchen, du hast eine weite Reise vor dir – ich bezweifle, dass jemals irgendwer seiner Selbst auf der Sitzbank eines Citroën C3 Pluriel gefunden hat."

KAPITEL DREI: Besançon

„Aber du brauchst ihn doch um ins Dorf zu fahren." Auch am nächsten Tag, dem Tag meiner Abreise, war das Fahrzeug-Thema für mich noch nicht ganz ausdiskutiert. Für Klara blöderweise schon. „Um mich musst du dir keine Sorgen machen", beteuerte sie mir und hievte meine riesige Reisetasche auf den ausgesessenen Nebensitz des Trucks. Die verblichene Farbe lies nur noch vermuten, dass der Bezug einmal Orange oder so etwas Ähnliches gewesen war.

„Ja, ich weiß." Ich hatte einfach keine Chance. Meine Argumentation unterlag.

Herzlich umarmten wir uns zum Abschied und ich sog noch einmal ihren Geruch in mich ein, wie ein Hungernder, der Schweinebraten riecht. Sanft strich mir meine Tante mit ihren kräftigen Händen übers Haar. „Ich wünsche dir eine wundervolle Reise, meine Schöne."

Ich ließ von ihr ab und kletterte auf den Fahrersitz. „Und denk immer daran: Ein Stück des Weges liegt hinter dir, ein anderes vor dir. Wenn du verweilst, dann nur, um dich zu stärken, aber nicht um aufzugeben."

Ich schnaubte. „Du und deine klugen Sprüche. Du musst ja nicht mutterseelenallein in die Fremde ziehen. Was ist, wenn ich unterwegs gekidnappt werde? Schon mal darüber nachgedacht?"

Schon wieder legte sich Klaras Stirn über ihren Augenbrauen in Falten. „Erstens ist der Spruch nicht von mir." Sie zwinkerte versöhnlich. „Und zweitens glaube ich nicht, dass du lange alleine sein wirst." Damals konnte ich mir das kaum vorstellen. Doch sie sollte recht behalten.

„Was wirst du tun, wenn Papa noch mal anruft?", fragte ich dann.

„Dann bist du gerade zu beschäftigt, um ans Telefon zu kommen." Sie war einfach nicht aus der Ruhe zu bringen.

„Danke, Tante Klara. Für Alles."

Sie lächelte nur.

Tja, das war's, dann fuhr ich los. Oder versuchte es zumindest. Wer zum Teufel hat bitte die Getriebekupplung erfunden? War das Benz oder Daimler? Wer auch immer, ich war fest entschlossen den Verantwortlichen zu erwürgen, wenn es sein musste auch beide. Vier Anläufe hatte es gebraucht, bis ich Klaras Wagen die fünf Meter von dem schiefen Autostellplatz neben ihrem Haus auf die Dorfstraße bugsiert hatte und danach war er mir noch weitere zwei Male abgesoffen.

Doch nun fuhr ich die Autobahn entlang, die Augen stets auf den Horizont gerichtet, mein vorläufiges Ziel. Alles andere würde sich ergeben müssen.

Es war Mittag und heiß, nach einem gestrigen Regenschauer hatte am heutigen Tage die Sonne wieder den Himmel erobert und ich schwitzte in dem klapprigen Transporter, in dessen Baujahr Klimaanlagen wahrscheinlich noch gar nicht erfunden worden waren. Es sollte nicht das letzte Mal sein, dass ich bereute nicht doch den Citroën genommen zu haben. Ich durfte gar nicht daran denken, wie schön es wäre, sich mit offenem Verdeck den kühlen Fahrtwind ins Gesicht blasen zu lassen. Nicht einmal das Radio funktionierte in diesem verdammten Vorkriegsmodell. Wenn man bedachte, dass am kommenden Wochenende beim Breuninger auch noch verkaufsoffener Sonntag war, hätte ich mich für meine unvernünftige Abenteuerlust glatt auf den Mond schießen können. Mit grimmiger Miene starrte ich auf die staubige Straße der A35. Ich rollte dahin. Die Zeit verstrich. In der Ferne konnte ich Hinweisschilder für die erste Mautstelle erkennen. Verdammt, das würde teuer werden. Und dann fiel mir siedendheiß noch etwas Anderes ein und Panik ergriff mich. Da vorne. Die Mautstelle. Mitten auf der Autobahn musste ich den Wagen anhalten! Also, klar, dass war nicht das Problem, viel schlimmer war es, ihn wieder in Gang zu bekommen. In schlimmer Befürchtung malte sich mir aus, wie ich wieder und wieder den Motor abwürgte, während sich hinter mir eine kilometerlange Schlange hupender Autos mit schimpfenden Insassen ansammelte. Ich würde einen Stau auslösen, der bis nach Straßburg reichte, das Radio würde über mich berichten, die Zeitung würde ein

Bild von mir in der Rubrik „Die Idioten der Woche" drucken, direkt neben den Horoskopen, und meinem Vater die letzte Bestätigung geben, dass ich die größte Dummheit des Universums begangen hatte! Das musste ich verhindern. Ausfahrt! Schnell von der Autobahn runter! Ohne einen Blick über meine Schulter zu verschwenden riss ich das Lenkrad herum und raste quer über die rechte Spur auf die schmale Abzweigung zu, die von der Autobahn herunterführte. Dabei überhörte ich das Hupen wütender Autofahrer und das schrille Geräusch quietschender Reifen. Es ging alles gut. In meiner Erleichterung jedoch, der Blamage des Jahres gerade noch rechtzeitig entkommen zu sein, vergaß ich komplett, dass sich unmittelbar hinter der Ausfahrt eine großzügig gestreute Beliebtheit der Franzosen befand: Ein Kreisverkehr. Erneut wallte Panik in meinen Blutbahnen auf und ich griff hektisch nach dem Schalthebel. Ein hässliches Knirschen ertönte, eine Millisekunde nachdem mir klar wurde, etwas vergessen zu haben: Kupplung drücken. O.K., alles klar, das bekomme ich in den Griff, ruhig Helena, ich sagte, ruhig, Helena! Aber bitte auch zügig, da vorne kommt der Kreisverkehr, schnell Helena! Kupplung – Schalten – Kupplung kommen lassen, nicht zu viel Gas – Stille. Das Dröhnen des Motors verstummte.

„Verdammter Dreckmist!" Fluchend schlug ich mit meinen Handballen gegen das Lenkrad. Nur zwei Meter vor dem Kreisverkehr hatte ich den Wagen in voller Bravur zum Stehen gebracht. Besorgt schaute ich in den Rückspiegel, doch zum Glück war niemand direkt hinter mir die Ausfahrt heraufgekommen. Das war jedoch nur eine Frage der Zeit. Hektisch drehte ich den Zündschlüssel und brachte den Motor wieder zum Laufen. O.K., jetzt ganz entspannt: Kupplung, Gas, Kupplung kommen lassen, das Aufheulen des Motors ertönte – und dann nichts mehr. Hinter mir rollte bereits ein silbernes Sport Coupé an, ein Mercedes, der sehr plötzlich endschleunigen musste, als er meiner gewahr wurde. Ich kontrollierte die Gangschaltung und bemerkte, dass sie noch im zweiten war. Also noch mal von vorne. Kupplung, erster Gang. Entschuldigend winkte ich noch schnell dem Autofahrer hinter mir durch den Rückspiegel zu, der inzwischen hatte anhalten müssen. Ein junger Mann mit blondem Haar und Sonnenbrille quittierte diese Geste mit einem kurzen Nicken. Ich ließ die Kupplung kommen. Während ich leicht Gas gab, betete ich laut zu irgendeinem Gott. Jesus, Allah, Shiva und Jehova, bitte helft mir! Möge mich wenigstens einer von ihnen erhören. Und tatsächlich, der Transporter tat einen leichten Ruck und ich rollte in den Kreisverkehr. Ich merkte wie mein Körper sich wieder entspannte. Das wäre geschafft. Im Stillen dankte ich den Göttern. Wer dafür verantwortlich war, sollten sie unter sich ausmachen, denn sofort stellte sich mir das nächste Problem: Wohin als nächstes? Wie gemein, mich ausgerechnet nach dieser nervenaufreibenden Situation mit einer solch elementaren Frage zu konfrontieren! Das war wohl die Maut der Götter. Ich behielt mein Schneckentempo bei, damit ich die Schilder an den Ausfahrten lesen konnte. Die erste führte auf die A36 Richtung Lyon, eine weitere Gebührenfalle also, die zweite zurück nach Sélestat, was die Heimreise bedeuten würde und über die dritte gelangte man auf eine Bundesstraße, mit der sich das Weiterkommen auf der Autobahn vermeiden ließe. Mulhouse war als nächster Ort angeschrieben. Also, was sollte ich tun? Unentschlossen fuhr ich die zweite Runde im Kreisverkehr. Der Mercedes hinter mir hatte die Ausfahrt auf die A36 genommen. Das zumindest, schloss sich für mich schon mal aus. Unsicher passierte ich ein zweites Mal das orangefarbene Schild mit der Aufschrift „Mulhouse" mit dem kleinen E54 daneben. Mann, war das bescheuert. In diesem Moment kam mir diese ganze Ausreißeraktion ziemlich dämlich vor. Was hatte ich mir nur dabei gedacht in einem Wagen, den ich nicht fahren konnte, durch ein Land zu ziehen, das ich nicht kannte, ohne zu wissen, wo ich überhaupt hinwollte? Unwillkürlich fixierte ich die Ausfahrt, die nach Sélestat zurückführte. In wenigen Stunden könnte ich wieder zurück in Kientzville sein, Klara den Wagen zurückgeben, und mit ein wenig Glück heute Abend zu Hause ankommen. Und mich der Demütigung meines Vaters ausliefern, flüsterte eine kleine trotzige Stimme in meinem Kopf – Zack, und schon wieder war ich an dem Schild vorbei. Das ging noch drei weitere Runden so. Die Krähen auf der grasbewachsenen

Verkehrsinsel in der Mitte lachten sich bestimmt schon schlapp über die Trantüte, die in ihrer verbeulten Antikkutsche tuckernd ihre Kreise zog. Doch letztendlich fasste ich einen Entschluss und lenkte ein, in die Ausfahrt, die auf die Bundesstraße führte. Nicht ohne den Krähen über meine Schulter noch die Zunge raus zu strecken. Auf ging's also nach Mulhouse. Oder was auch immer danach kam.

Danach kam Besançon. Eine nette, kleine Stadt, über deren historischen Zentrum eine wuchtige Burg thronte. Ich kam in einem kleinen, gemütlichen Drei-Sterne-Hotel unter, dessen Empfangsdame eine mütterlich aussehende Frau mit kaminroten Locken und einer hellen Mädchenstimme war. Ihr Name war Fiffie oder Mimi oder so, irgendetwas das nach Hund klang. Das Zimmer war nett, jedoch nichts Besonderes. Mehr konnte für achtundfünfzig Euro die Nacht jedoch auch nicht erwarten.

Es war schon früher Abend, die letzten Reste des Buffets im Speisesaal wurden weggeräumt und die Bar eröffnet. Doch ich hatte keine Lust den Rest des ausklingenden Tages im Hotel zu verbringen. Darum setzte ich mich in den Transporter, den ich nun einigermaßen im Griff hatte, und fuhr zur Burg. Durch schmale Gassen und an verfallenen Kirchenmauern vorbei, führte der Weg im Zick-Zack auf den Felsen hinauf, auf dem das mittelalterliche Gemäuer zwischen knorrigen Bäumen, die wie ein Toupet das Haupt der Stadt schmückten, erbaut worden war. Tagsüber war die Burg gegen ein Eintrittsgeld von elf Euro fünfzig für Besucher geöffnet, wie mir ein Schild am Parkplatz verriet, doch nun hatte sie natürlich schon geschlossen. Ich trat an die zerbröckelnde Mauer, die den Parkplatz abgrenzte und genoss den atemberaubenden Ausblick, der sich mir darbot. Genügsam sah ich zu, wie der Himmel langsam in ein zartes Rosa und schließlich in tiefes Orange überging, bis sich die Nacht wie ein zartes Tuch über die Dächer legte. Tief in Gedanken blickte ich über das Lichtermeer der Stadt. Da war ich also. Helena Wallenstein auf Abenteuern. Der Gedanke war so seltsam, dass ich lächeln musste. Ich verspürte sogar ein wenig Stolz. Und Genugtuung. Ich hatte sie Zuhause alle schockiert und Tante Klara stolz gemacht. Ich fühlte mich rebellisch wie nie und es war ein befriedigendes Gefühl.

Jäh durchbrachen Stimmen die Stille. Sie klangen vom Parkplatz herüber. Ein Motor ertönte, dann noch mehr Stimmen, laute Stimmen in wildem Französisch. Ich verstand kein Wort. Ich blickte über meine Schulter zum Parkplatz, um zu sehen, wo der Tumult herkam und sah gerade noch die Rücklichter zweier Motorräder, die in Richtung Stadt verschwanden. Unwillkürlich fühlte ich mich an Kientzville erinnert. Erst zögerte ich, doch dann lief ich zurück zu meinem Wagen. In der von den umstehenden Bäumen drückenden Dunkelheit war kaum etwas zu erkennen, doch ich war mir sicher, dass ich nicht alleine auf dem

Parkplatz war. Gegen meinen Willen kamen mir einige Vampirgeschichten und Horrorfilmtitel in den Sinn. Junges Mädchen alleine auf dem spärlich beleuchteten Parkplatz einer Burg. Als nächstes müsste ich eigentlich mit aufgeschlitzter Kehle in einem Stadtbrunnen gefunden werden. Wenn man dem Kino traute.

„Ces cons!“, ertönte eine wütende Stimme aus der Dunkelheit. Eine Männerstimme. Schnell ging ich weiter auf meinen Transporter zu. Das wurde mir jetzt ehrlich zu unheimlich.

Doch dann passierten mehrere Dinge ganz schnell hintereinander. Zuerst spürte ich etwas Hartes an meinen Zehen, ich stolperte, stieß einen Schrei aus und klammerte mich reflexartig an das am nächsten stehende Objekt. Ein lautes Scheppern ertöne, ich landete auf dem Boden und fand mich in einem Meer von leeren Coladosen, Bananenschalen und alten Baguette-Tüten wieder. Blöderweise hatte ich Halt an einem der Mülleimer gesucht, die spärlich verstreut auf dem Parkplatz standen.

„Tu vas bien?“ Die Männerstimme klang direkt neben mir.

„Ähm, jahh… danke. “ mir brummte der Schädel. Ich spürte wie eine kräftige Hand mich an den Schultern packte und auf die Beine half. „Ich meine, äh, oui, merci beaucoup…“

„Ist schon gut. Ich versteh dich schon“, antwortete der Mann auf Deutsch mit einem unverkennbaren schweizerischen Dialekt. Schemenhaft zeichneten sich seine Konturen in das nächtige Schwarz. Ein blonder Haarschopf leuchtete in der Dunkelheit.

„Ich bin gestolpert“, stellte ich fest und rieb mir eine schmerzende Stelle am Kopf. Ich sagte es mehr zu mir als zu ihm.

„Der Baum dort hat dir wohl ein Bein gestellt.“ Eine kurze Pause entstand, in der ich mich zu sammeln suchte. „Bist du auf den Kopf gefallen?“

Schnell ließ ich meine Hand sinken. „Nee, geht schon, danke! Ich muss jetzt – “

„Dein Knie blutet“, unterbrach er mich. „Komm, ich habe einen Erste-Hilfe-Kasten in meinem Auto.“

Erst jetzt spürte ich den pochenden Schmerz oberhalb meines linken Schienbeines. Ich fuhr mit der Hand darüber. Da war tatsächlich Blut.

„Ähm, danke, aber ich muss jetzt wirklich gehen.“ Kindergartenregel Nummer eins: Lasse nie einen fremden Mann ins Haus. Regel Nummer zwei: Steige niemals zu einem fremden Mann ins Auto. Regel Nummer Zwei kam dem hier sehr nah.

„Keine Angst, ich beiße nicht. Mein Auto steht gleich hier, siehst du? Dort haben wir genug Licht um dich zu verarzten.“ Er zeigte hinter den Baum, über dessen Wurzel ich offenbar gestolpert war. Sein dicker

Stamm hatte das dahinter parkende Auto komplett verdeckt. Selbst in der Dunkelheit konnte ich erkennen, dass es ein silbernes Sport-Coupé war und schicksalsergeben ließ ich mich von dem zuvorkommenden Schweizer zu seinem Wagen führen. Er schloss auf und schaltete das Licht am inneren Rückspiegel an, während ich mich auf die niedrige Rückbank setzte und die Beine aus der offenen Tür streckte. Es war ein seltsames Gefühl, als er sich vor mich kniete, um mein blutendes Knie abzutupfen.

„Bist du Arzt oder so?", fragte ich, um irgendetwas zu sagen. Er lachte schallend.

„Nein. Über den Erste-Hilfe-Kurs bin ich nie herausgekommen. Aber das reicht hierfür wohl auch." Vorsichtig klebte er ein Pflaster über meine Wunde und stand wieder auf. „So, das hätten wir."

Jetzt, da er so vor mir stand, konnte ich sein Gesicht besser sehen. Es war markant geschnitten, mit hohen Wangenknochen und einem kräftigen Kinn. Das blonde Haar war glatt nach hinten gekämmt, seine Augen waren blau. Er trug ein helles Sakko über seinem weißen T-Shirt und eine dicke Rolex glitzerte am Handgelenk. „Angemessen-adrett", hätte meine Oma Trude ihn beschrieben. „Geil!" hätte Jessica gesagt. Er schien mich ebenso aufmerksam zu mustern wie ich ihn.

„Bist du mit dem Auto da?"

Ich nickte.

„Gut. Dann solltest du schleunigst in die Stadt zurückfahren. Um diese Uhrzeit kann es für ein junges Mädchen wie dich hier ziemlich gefährlich sein.“, erklärte er mir in einem unangemessen überfürsorglichen Ton, wie ich fand.

„Ich habe keine Angst vor Vampiren“, erwiderte ich scherzhaft. Er blieb ernst. „Ich sage dir, zum Glück hast du mich getroffen und nicht einen von diesen Bastarden.“ Er machte eine verächtliche Handbewegung in Richtung Straße, die in die Stadt führte.

„Meinst du die Motorradfahrer von vorhin? Ich habe einen Tumult gehört.“

„Diese verdammten Biker haben mir eine riesengroße Schramme in mein Heck gerammt, sieh dir das an!“ Er zeigte mir eine Stelle dicht neben den Rückstrahlern. Ich konnte absolut nichts erkennen. Aber vielleicht lag es auch nur an der Dunkelheit.

In diesem Moment hörten wir Schritte näherkommen. Eine Gestalt löste sich aus der Nacht und wir, er und ich, begegneten uns zum ersten Mal. Es war ein Junge, kaum älter als ich, mit einem hübschen, schmalen Gesicht und dunklem, wildem Haar, das ihm in die Stirn hing. Über seiner verwetzten Jeans, trug er eine Lederjacke im Ramones-Style.

„’nen Abend“, murmelte er, als er an uns vorbeitrottete.

„Hey, warst du nicht auch dabei?“, blaffte der Schweizer ihn an.

„Wobei?“

„Als deine Kumpels meinen Wagen demoliert haben!“

„Das waren nicht meine Kumpels“, sagte der Junge unberührt und ging einfach weiter.

„Ja, ja! Ihr seid doch alle gleich, ihr… scheiß Rocker!“, brüllte der Schweizer ihm hinterher. „Ihr hört noch von mir!“ Was für eine leere Drohung. Ich fand, dass es langsam Zeit wurde zurück in die Stadt zu fahren.

„Ja, also ich geh dann mal“, versuchte ich die Aufmerksamkeit meines Helfers wieder auf mich zu lenken.

„Ah, ja. Kann ich dich denn alleine fahren lassen? Tut dein Kopf noch weh?“ Er trat wieder an mich heran, näher als das letzte Mal und musterte mich prüfend.

„Nein, ist schon in Ordnung, mir geht’s gut.“, versicherte ich ihm.

„Ich heiße übrigens Leon. Leon Ronnersbach.“ Er streckte mir seine Hand entgegen und ich ergriff sie aus Höflichkeit.

„Helena“, sagte ich und beließ es dabei.

„Es freut mich sehr, Helena." Ein charmantes Lächeln huschte über sein Gesicht. Ich hatte das Gefühl, dass seine blauen Augen plötzlich zu leuchten anfingen.

„Also, vielen Dank für deine Hilfe." Ich stand auf.

„Kein Problem. Pass das nächste Mal einfach besser auf dich auf."

„Mach ich." Seine Gesellschaft ging mir inzwischen ziemlich auf die Nerven.

„Falls du allerdings doch noch einmal Hilfe brauchen solltest", immer noch lächelnd bohrte sich sein himmelblauer Blick penetrant in den meinen, „dann findest du mich im Hotel *Chateau de L'ile*. Wenn ich dich vor ein paar bösen Rockern retten soll." Er lachte ein schallendes Lachen und entließ mich schließlich in die Dunkelheit.

Auf meinem Weg zum Transporter kam ich an dem Jungen vorbei, den dieser Leon eben noch beschuldigt hatte, Teil einer Rockerbande zu sein. Er stand neben einem kleinen, wendigen Motorrad und war soeben damit beschäftigt, sich seine Ausrüstung anzulegen. Nierengurt, Handschuhe. Er griff nach seinem Helm und streifte mich mit einem flüchtigen Blick. Ich lächelte zögerlich zurück. Leons Mahnung klang mir noch in den Ohren, obwohl eine kleine, trotzige Stimme in meinem Kopf diese als Schwachsinn abtat. Hör doch nicht darauf, was dieser Schleimbeutel dir sagt! Mein Transporter stand nur drei Parkstellplätzen von dem jungen Motorradfahrer entfernt.

Ich nestelte aufwendig mit meinem Autoschlüssel in der Hand herum und warf dabei unauffällig einen Blick über die Schulter. Der Lockenschopf zog gerade den Reisverschluss seiner Lederjacke über dem Nierengurt zu und rückte sein Halstuch zurecht. Besonders gefährlich sah er eigentlich nicht aus. Sein Motorrad war auch nicht so protzig wie das der Biker in Kientzville. Ich merkte, dass ich immer noch lächelte. Sofort machte ich eine neutrale Miene. Wieso zum Teufel lächelte ich? Diese Rüpel hatten Leons Auto zerkratzt! Schleimbeutel hin oder her, das war absolut nicht nett. Ich verharrte mit dem Schlüssel im Türschloss. Ich wollte irgendetwas zu dem Jungen sagen, doch ich wusste nicht was. Steig jetzt einfach ein und fahr los!, versuchte ich mich zur Vernunft zu bringen. Doch mal wieder hörte ich nicht auf mich. Ich hatte mich gerade umgedreht und den Mund aufgemacht, um dem Jungen wenigstens noch einen schönen Abend zu wünschen, als dieser auch schon mit ratterndem Motor vom Parkplatz fuhr.

Es ist alles nach Plan verlaufen, ich habe ihre Spur aufgenommen. Sie können sich ganz auf mich verlassen, Herr Doktor.

KAPITEL VIER: On the road

Ich verließ Besançon am darauffolgenden Tage direkt nach dem Frühstück. Ohne die Landkarte, die herausfordernd neben dem Eingang am Empfang des Hotels hing, eines Blickes zu würdigen setzte ich mich in meinen Wagen und fuhr los. Klaras Straßenatlas blieb unangetastet im Handschuhfach liegen. Ich wollte mein Bauchgefühl trainieren und setzte auf Spontaneität. Einen Augenblick überlegte ich, noch kurz bei Leon im *Chateau de L'ile* vorbei zu schauen, doch ich entschied, dass ich ihm nichts schuldig war. So ein blödes Pflaster hätte ich mir schließlich auch selbst aufs Knie kleben können.

Erneut mied ich die Autobahn. Ich kam zwar viel langsamer voran, doch ich genoss die Ruhe auf den abgeschiedenen Straßen, die mich durch kleine Dörfer und wunderschöne Landschaften führten. Und Zeit hatte ich schließlich unendlich viel. Mit meinem Transporter schlängelte ich mich durch dichte Wälder und fuhr an Sonnenblumenfeldern vorbei, die bis zum Horizont reichten. In diesen Momenten war ich so unendlich stolz auf mich, dass ich am liebsten vor Glück geschrien hätte. Doch man wollte zivilisiert bleiben. Ich musste an Klara denken und schrieb ihr in der nächsten kleinen Stadt, in der ich anhielt um ein paar Lebensmittel einzukaufen und einen Kaffee zu trinken, eine Postkarte. Dabei ignorierte ich die aufgespannten Sonnenschirme der süßen Vorstadt-Cafés, unter denen Männer im mittleren Alter genügsam ihre Zeitung lasen, während Mütter mit ihren Kindern die belebte Straße entlang promenierten und setzte ich mich stattdessen ganz hollywoodmäßig auf die Kühlerhaube meines Wagens, während ich mir eine Dose Cola öffnete und in ein Fertigsandwich aus dem Supermarkt biss. Ich kam mir richtig draufgängermäßig vor. Blöderweise verbrannte ich mir dabei in meinen Bermudashorts die Oberschenkel auf dem sonnenerhitzten Metall. Aber nur ein bisschen.

So fuhr ich weiter durch abgelegene Strecken und entdeckte die schönen Seiten Frankreichs. Die einzigen mit denen ich mir die Straße teilte, waren die Motorradfahrer. Welch Ironie des Schicksals, dachte ich.

Mein Transporter fuhr und fuhr und fuhr – und hielt plötzlich an. Der Motor war verstummt und der Wagen rollte aus. Was war denn jetzt los? Rein aus Gewohnheit verfluchte ich die Kupplung, auch wenn es Unsinn war. Diese konnte diesmal unmöglich Schuld sein. Ich drehte den Zündschlüssel. Nichts. Keinen Piep gab er von sich. Ich starrte auf die Tankanzeige. Laut ihr müsste ich noch genug haben um bis in die Karibik zu kommen. Der Tank war noch zu drei viertel gefüllt, also noch genauso voll wie damals, als Klara und ich zur Fromagerie gefahren waren. Sie hatte noch gesagt, sie war erst tanken gewesen – Ich stockte. Dann stöhnte ich laut auf. Seitdem war ich mindestens dreihundert Kilometer gefahren und die

Anzeige hatte sich um kein Millimeter bewegt! Ich betete wieder zu allen göttlich vermuteten Wesen, deren Namen ich kannte, dass Klara irgendwo im Wagen einen Notfallkanister deponiert hatte. Die Ladefläche war leer, das wusste ich, da brauchte ich gar nicht erst nachzusehen. Also suchte ich hinter den Sitzen, unter den Sitzen, und fand dort auch einen Kanister, der allerdings leer war. Verzweifelt tastete ich sogar von innen das Dach nach einem Geheimfach ab – war natürlich keins da. Verdammter Mist! Ich steckte irgendwo in der französischen Pampa fest und hatte kein Benzin mehr. Fieberhaft dachte ich nach. Ich könnte zum nächsten Ort laufen. Doch da ich auf den Besitz einer Straßenkarte verzichtet hatte, wusste ich nicht wie weit dieser noch entfernt war. Der letzte Ort, den ich passiert hatte, lag über 30 Kilometer zurück. Wage konnte ich mich noch an dieses kleine Kaff erinnern, in dem wahrscheinlich gerade mal ein einziger Bauer mit seinen drei Kühen wohnte. Schließlich war ich hier in Frankreich und nicht in der dicht besiedelten Industrienation Deutschland. Grummelnd stieg ich aus dem Wagen und stierte rechts und links die Straße hinab. Keiner da. Das war ja klar. Wie lange würde es dauern, bis ein Auto hier entlangkam? Und wenn eines kam, was würde ich dann machen? Mir mit meiner Supersaugmaschine, die ich immer in der Hosentasche hatte, ein bisschen Benzin absaugen? Denn wer hatte schon immer einen ordentlich gefüllten Reserve-Benzinkanister im Kofferraum? Naja, mein Vater vielleicht, dachte ich säuerlich. Aber die Franzosen bestimmt nicht.

Fluchend stapfte ich mit dem Fuß auf. Mir war absolut nicht danach stundenlang durch die Pampa zu spazieren. Bei dieser Hitze. Ich würde umkommen vor Anstrengung. Durch mein regelmäßiges Tennisspielen hatte ich zwar nicht die schlechteste Kondition (auch wenn mein Bruder Moritz etwas Anderes behauptete), doch eine solche haarsträubende Expedition ins Ungewisse war unzumutbar, wie ich fand. Unschlüssig lief ich vor meinem Transporter die Straße auf und ab. Ich konnte doch auch nicht einfach weggehen und den Wagen hier allein lassen. Was wäre, wenn jemand zufällig vorbeifuhr, ihn leer vorfinden und abschleppen ließe? Ah, gut mitgedacht, Helena, das ging nun wirklich nicht. Also Wohl oder Übel warten. Eher Wohl, dachte ich, erleichtert, mir die Tortur eines Fußmarsches, dank meiner schlagkräftigen Argumente, sparen zu können.

Damit ich keinen Sonnenstich bekam setzte ich mich zurück ins Fahrerhäuschen. Und wartete. Bastelte mir einen Fächer aus der fünf Monate alten Zeitung, die im Handschuhfach vor sich hingemodert hatte und wartete. Schmierte mich mit UV-Schutzmilch ein und wartete. Bemerkte, dass ich trotz dieser Vorkehrung einen leichten Sonnenbrand auf meiner Nase und Backen bekam, ärgerte mich und wartete.

Irgendwann stieg ich wieder aus, um mir ein bisschen die Beine zu vertreten. Als ich gerade die Fahrertür zuschlagen wollte, hörte ich es: Motorenbrummen. Innerlich jauchzend sprang ich auf die Mitte der

Fahrbahn um das näher kommende Fahrtzeug anzuhalten, als mir jäh einfiel, dass ich kein Warndreieck aufgestellt hatte. Was würde Papa dazu sagen.

Unschlüssig drehte ich mich um meine eigene Achse. Noch konnte ich nicht erkennen, aus welcher Richtung das Motorengeräusch kam und ich betete, dass mich das Auto nicht über den Haufen fahren würde. Doch da tauchte mein vom Schicksal auserkorener Retter auch schon am Horizont auf, aus derselben Richtung, aus der auch ich gekommen war. Es war kein Auto. Es war ein Motorrad. Wie sollte es auch anders sein. Ich wedelte wild mit den Armen, wobei ich sicherlich eine ziemlich lächerliche Figur machte. Doch es erfüllte seinen Zweck. Der Motorradfahrer hielt direkt hinter meinem Transporter an.

„Gott sei Dank!", stieß ich aus und trat näher.

„Panne?", drang es dumpf unter dem Helm hervor. Zum Glück ein Deutscher. Ich schüttelte den Kopf. „Kein Benzin mehr"

Ohne abzusteigen, nahm der Motorradfahrer seinen Helm ab. Ich erkannte ihn sofort: Es war der braun gelockte Junge aus Besançon. Ich ließ mir nichts anmerken sondern blieb ganz cool. „Auch der Ersatzkanister ist leer." Zum Beweis nahm ich ihn vom Fahrersitz, auf dem ich ihn abgelegt hatte und zeigte ihn vor. „Der Wagen ist nur geliehen, weißt du." Ich wollte nicht, dass er dachte, ich sei so verantwortungslos, wissentlich ohne Benzinreserve auf Reisen zu gehen.

„Sag mal, kennen wir uns nicht?" Er musterte mich mit leicht zusammengekniffenen Augen, ohne dem leeren Kanister auch nur eines Blickes zu würdigen. Unwillkürlich durchdrang mich ein glühend warmer Schauer. „Tatsächlich?"

„Ja, du bist doch die aus Besançon. Wo hast du denn deinen Freund gelassen?"

„Besançon, na klar!", rief ich, als wäre es mir eben erst eingefallen. „Mein Freund? Was denn für ein Freund?"

„Na dieser schmierige Typ mit dem fetten Daimler, der aus irgendeinem Grund dachte, ich hätte seinen Wagen demoliert."

„Der ist nicht mein Freund", sagte ich schnell. „Wir haben uns nur zufällig getroffen."

„Aha." Er sagte nichts weiter, sondern beäugte interessiert meinen Wagen und kam wieder auf das eigentliche Thema zu sprechen. „Also, der nächste Ort ist nicht weit. Wenn du willst, kann ich schnell zur Tankstelle vorfahren und den Kanister auffüllen, den du dahast."

„Ehrlich? Das ist ja super!" Erleichtert hielt ich ihm den großen Plastikbehälter hin.

„Kannst du ihn hinten drauf schnallen?", fragte er, während er seinen Helm aufsetzte.

Ähm… was bitte?

„Irgendwie, so dass er die nächsten paar Kilometer nicht runterrutscht.“

Ich trat an den Gepäckträger heran und spürte die Wärme, die von dem erhitzten Motor ausging und in mir ein angenehmes Kribbeln auslöste. Behelfsmäßig befestigte ich den Kanister unter den Spanngurten, mit denen das Gepäck des Reisenden festgezurrt war und trat ehrfürchtig wieder ein paar Schritte zurück. Vielleicht einer mehr als nötig gewesen wäre. Ich kam mir absolut albern vor.

Ohne ein weiteres Wort, rauschte er davon. Ich musste mich anstrengen, ihm nicht hinterher zu sehen.

Dann hieß es wieder warten. Es dauerte ziemlich lange. Bald kam mir der Gedanke, dass ich umsonst wartete, dass er nicht wiederkommen würde. Und diesem Unhold hatte ich meinen Benzinkanister anvertraut! Ich hätte es wissen müssen. Bei solchen Leuten weiß mal letztendlich nie.

Doch schließlich kündigte knatterndes Motorengeräusch seine Rückkehr an. Er hatte eine Weile suchen müssen, bis er eine Tankstelle gefunden hatte, erklärte er mir. Doch letztendlich sei er in Priay auf eine gestoßen. Er half mir sogar beim Auffüllen des Tanks.

„Fährst du nach Lyon?“, fragte ich ihn, als ich ihm das Geld für das Benzin reichte. Es war die nächste, größere Stadt, die ich kannte.

„Nein. Ich fahre daran vorbei ins Tarn-Tal." Ohne auf mein „Stimmt so" zu achten, gab er mir genau raus. „Wenn ich durch die Stadt fahre, kostet es nur zu viel Zeit."

„Ja, richtig", sagte ich, als hätte ich auch selbst darauf kommen können.

„Also, wie gesagt, die nächste Tankstelle ist in Priay." Mit diesen Worten schwang er sich auf sein Motorrad.

„Liegt das nicht auch auf deinem Weg?" fragte ich ihn vorsichtig.

„Nein, ich muss Richtung Süden weiter. Tschüss dann." Damit ließ er den Motor an und fuhr los.

„Vielen Dank noch mal!", rief ich ihm hinterher, doch ich war mir nicht sicher, ob er mich gehört hatte.

Es sollte ohnehin nicht das letzte Mal gewesen sein, dass wir uns trafen.

Ich hatte keine Schwierigkeiten damit den kleinen Ort Priay aufzustöbern, wohl aber herauszufinden, wie französische Tankstellen funktionierten. Verwundert suchte ich nach dem Shop, in dem man für gewöhnlich seine Tankrechnung bezahlte und sich die eine oder andere Zeitung oder etwas zum Knabbern kaufen konnte. Doch so etwas gab es hier nicht. Es befand sich lediglich ein verschlossenes Kassenhäuschen

neben einem netten, kleinen Automaten, der mich
höflich nach meiner Visa-Karte fragten, als ich ihm
mit Bargeld kam. Da war die Kacke am Dampfen,
denn für mein Sparkonto besaß ich keine Visa-Karte
und das Geld, dass auf meinem Girokonto lag, ge-
nügte vielleicht gerade mal für eine Packung Chips,
die ich hier ja aber sowieso nicht kaufen konnte. Jetzt
blieb nur zu hoffen, dass das bisschen Benzin, das
noch aus dem Kanister im Tank war, bis zu der nächst
größeren Tankstelle reichte, wo ich mit Bargeld bezahlen konnte und die kam sicherlich nicht vor Lyon.
Wieder einmal musste ich also auf die Götter vertrauen und wieder einmal zog ich mich damit gerade
so aus der Affäre. Ich hatte soeben erst in wenigen
hundert Meter Entfernung die hoch auf einer Säule
angebrachte Carrefour-Reklame entdeckt, da hüstelte
der Motor die letzten Reste Ruß aus und verstummte.
Na ja, macht nichts, dachte ich und rollte an den Straßenrand. Immerhin hatte ich es bis hier hingeschafft.
Ich schnappte mir also wieder den leeren Kanister
und lief den Rest zu Fuß. Die Einfahrt zu der riesigen
Einkaufsanlage, wie es in dieser Art in Frankreich
überall gab, fand ich schnell, jedoch dauerte es seine
Zeit, bis ich den großzügig angelegten Parkplatz
überquert hatte. Ich lief an dem Einkaufszentrum vorbei zur Tankstelle, füllte unter belustigten Blicken
meinen Kanister, zahlte erfolgreich an einer mir ver-
trauten, mit Menschen besetzten Kasse und fütterte
meinen Mustang – na ja, Maulesel. Erst als ich das
zweite Mal (diesmal auf vier Rädern) in die

Tankstelle einkehrte, um den Tank komplett voll zu machen, überkam mich ein seltsames Gefühl, das nichts mit dem breit grinsenden, kaugummikauenden Tankwart zu tun hatte, der meine missliche Situation sehr lustig zu finden schien. War es mir vorher nur nicht aufgefallen, oder hatte da das silberne Sport-Coupé noch nicht auf dem Parkplatz gestanden? Es saß niemand drin. Ich überprüfte das Kennzeichen. Eindeutig ein Auto aus der Schweiz.

Ach was! Energisch schüttelte ich den Kopf, wie um damit den aufkommenden Verdacht aus meinen Gedanken zu schütteln, wie Äpfel von einem Baum. Es gab bestimmt eine Menge Schweizer, die ein silbernes Sport-Coupé fuhren und momentan Urlaub in Südfrankreich machten. Und selbst wenn es der Wagen von diesem Leon Ronnersbach sein sollte, war es sicherlich nur ein absurder Zufall, dass es ihn in dieselbe Gegend verschlagen hatte, wie mich. Seltsam viele Zufälle, meldete sich eine heimtückische Stimme in meinem Kopf. Erst der Motorradjunge und jetzt auch noch der Schweizer? Aber was sollte es denn sonst sein als Zufall, brachte ich mich wieder zur Vernunft und konzentrierte mich endgültig auf das Befüllen meines Tanks. Alles nur Zufall.

Zur Vorsicht stockte ich auch den Reservekanister wieder auf. Man konnte schließlich nie wissen.

Ich näherte mich der Stadt. In der Ferne erkannte ich graue Hochhäuser und qualmende Schornsteine. Und ganz plötzlich überfiel mich miese Laune.

Wieso eigentlich Lyon? Was hatte ich mir dabei gedacht? Gar nichts, stellte ich trocken fest. Es stand eben immer ganz oben auf den Straßenschildern drauf. Wieder einmal fuhr ich in einen Kreisverkehr. Den gefühlt tausendsten. Genervt lenkte ich den Truck um die enge Kurve und fragte mich, wie viele ich davon bis zur Innenstadt noch würde durchstehen müssen, als mein Blick auf einem unscheinbaren, weißen Schild kleben blieb, das auf den südlich gelegene *Parc National des Cévennes* hinwies, mit zwei blauen Wellen darunter und dem Namen *Tarn*. Was hatte der Motorradjunge gesagt? Er wolle ins Tarn-Tal? Doch noch bevor ich reagieren konnte, hatte ich schon die Ausfahrt Richtung Lyon genommen. In meinem Hirn arbeitete es. Ich musste nicht nach Lyon. Es gab Niemanden, der das von mir erwartete. Schon kam der nächste Kreisverkehr in Sicht und diesmal ärgerte ich mich nicht. Eine einfache Möglichkeit, umzukehren. Allerdings erschien es mir ziemlich albern nicht nach Lyon zu fahren, nur weil dieser Motorradjunge es nicht tat. Aber ich würde ja nicht nur wegen ihm meinen Plan ändern, dachte ich trotzig. Sondern weil ich schlichtweg keine Lust auf Lyon hatte. Und schließlich ging es bei dieser Reise um mich, es war ganz allein mein Abenteuer. Ich könnte also genauso gut in diesen Parc National fahren und mir diese Tarn angucken. Einfach nur so. Meinetwegen. Allein meinetwegen. Ich riss das Lenkrad herum, hörte die Autos hupen und erwischte gerade noch so die richtige Ausfahrt Richtung Süden.

KAPITEL FÜNF:
Parc National des Cévennes

Ich landete in dem Ort Sainte-Enimie. Es war ganz knapp gewesen. Noch ein Kilometer weiter und mein Kopf hätte sich verselbstständigt und es sich laut schnarchend auf dem Lenkrad bequem gemacht. Nicht einmal die Schönheit der Landschaft ringsum hätte ihn davon abhalten können. Malerisch schmiegte sich das kleine Städtchen an den steilen Hang, an dessen Fuß sich die schmale Tarn entlang schlängelte. Es wurde mir tatsächlich irgendwann schlecht, als ich am späten Nachmittag durch das Tal kurvte. Links der grüne Fluss und rechts sich senkrecht auftürmender Fels. Es war tierisch eng. Bei jeder Biegung musste ich aufpassen, dass ich mit dem breiten Maul meines Transporters nicht an irgendwelchen Vorsprüngen hängen blieb, die aus der Wand ragten. Ich betete jedes Mal zu den vielen Göttern, dass mich hinter der nächsten Kurve kein Gegenverkehr erwartete. Das Tarn-Tal war nämlich ein beliebtes Urlaubsziel sonne- und naturliebender Europäer und es herrschte durchaus reger Betrieb auf der einzigen Straße, die durch die Schlucht führte.

Sainte-Enimie war von Touristen überschwemmt. Es war Sonntag, dennoch hatten alle Läden bis spät in den Abend geöffnet. An der Promenade, die oberhalb des Flusses verlief, reihten sich die Souvenirshops und Eisdielen aneinander. Auch die Kunsthandwerker in ihren kleinen Werkstätten, die sich direkt in zweiter Reihe zum Ufer befanden, versuchten ihre überteuerten Objekte an den Mann – beziehungsweise Touristen – zu bringen und lockten die Besucher in die romantischen Gässchen und verwinkelten Seitenstraßen des kleinen Städtchens.

Dennoch gab es nur ein einziges Hotel, wie ich verwundert feststellen musste. Wo kamen denn bitte diese ganzen Touris unter?

Camping, war die Antwort. Die wenigsten Besucher blieben über Nacht im Ort, sondern suchten sich ein Fleckchen auf einem der Zeltplätze, die sich am Flussufer aneinanderreihten, wie eine Kamelkarawane auf dem Weg zum Wasserloch.

Mit steifen Gliedern vom langen Fahren und vor Müdigkeit schweren Augenliedern purzelte ich aus meinem Truck. Sehnsüchtig dachte ich an das große Bett, das mich in einem der angenehm klimatisierten Zimmer erwartete, auf dem ich mich vom besten Freund des Menschen (dem Fernseher) in den Schlaf lullen lassen konnte. So viel zu meinen Vorstellungen.

„Tut mir leid, Mademoiselle, wir sind ausgebucht.“

Es dauerte kurz, bis der Sinn der französisch akzentuierten Worte zu mir durchdrang. Wie bitte? Resigniert starrte ich die braun gebrannte Empfangsdame an und sie musste ihre Worte wiederholen. Das konnte nicht wahr sein! Überhaupt nichts mehr frei? Kein klitzekleines Zimmer? Auch nicht die Besenkammer? Ich mach mich auch ganz klein und brauche wirklich nicht viel Platz!

„Sie bleiben sicher nur eine Nacht?"

„Ganz sicher!" Ich hätte in diesem Moment dieser reizenden Dame in Burgunderrot auch den ewigen Weltfrieden versprochen, wenn ich dafür meinen erschöpften Körper nur auf ein paar weichen Daunenfedern hätte ablegen können. Oder auf einem Klappbett. Oder Strohsäcken

„Für nur eine Nacht hätten wir nur noch…"

„Ja?"

„…die Suite Royal frei."

Suite Royal. Die Königssuite. Mein Vater war doch nur ein bescheidener Arzt für Radiologie.

„Ähm… die wie viel kosten würde?"

„430 Euro pro Nacht."

Junge, Junge! Ich wog meine Möglichkeiten ab und kam zu einem eindeutigen Schluss: Ich hatte keine.

Es war schwierig mein zuckersüßes Lächeln vor lauter schlechtem Gewissen nicht schmelzen zu lassen. „Wo bitte finde ich hier den nächsten Geldbankautomaten?"

Wie sich herausstellte, wurde die Suite Royal ihrem Preis und ihrem Namen gerecht. Ein bemerkenswerter junger Mann, auf dessen poliertem Schildchen der Name „Pascal" eingraviert war, brachte (viel mehr schleppte) mein Gepäck auf das Zimmer – ich meine auf die Suite – und ließ sich dabei partout nicht die Tür aufhalten. Nicht dass ich Anstalten dazu gemacht hätte. Er klärte das schon im Vornherein. Er war äußerst charmant und erwartete natürlich Trinkgeld. Das dauerte allerdings eine Weile, bis ich das kapierte. Ich wunderte mich schon, warum er noch so lange in meinem Zimmer – ich meine Suite – herumstand, nachdem er sich schon ein zweites Mal nach meinen weiteren Wünschen erkundigt hatte und ich ihm beide Male versicherte, das ich durch und durch zufrieden war. Verwundert darüber, dass er nicht ging, fragte ich ihn irritiert, ob er denn noch irgendwelche Wünsche hätte, was ihn offenbar sehr amüsierte. Als ich jedoch immer noch nicht reagierte, verließ er mit pikierter Mine meine Suite. Als ich dann begriff, war es leider schon zu spät. Mir war das unglaublich peinlich und ich hoffte inständig, dass Pascal am nächsten Tag frei hatte.

Ich begann mich neugierig in der Suite Royal umzusehen. Der Anblick des Whirlpools in meinem marmorierten Bad, zerstob alle Phantasien vom sofortigen Schlafengehen in jedwede Himmelsrichtungen und der eingebaute elektrische Kamin im Schlafzimmer ließ mich wehmütig bedauern, dass nicht schon Winter war.

Während ich im Whirlpool wie eine Brausetablette vor mich hin sprudelte, schweiften meine Gedanken ab. Zunächst zu dem Motorradjungen. Ich hatte ihn nicht wieder getroffen. War auch ziemlich dämlich gewesen, das zu erwarten. Quatsch, hatte ich ja auch gar nicht. Ich war aus vollkommen eigener Tiefenüberzeugung ins Tarn-Tal gefahren. Solche Zufälle gab es nicht, dass ich ihm unterwegs dann ein zweites Mal am Straßenrand begegnete.

Mit Schwierigkeiten versuchte ich mich auf etwas Wichtigeres zu konzentrieren. Mein Vater. Klara. In meinen Zukunftsplänen war ich kein Stückchen weitergekommen. Schwer nagten auch die Zweifel an mir, dass meine tollkühne Unternehmung irgendeinen höheren Sinn offenbaren würde. Doch die blubbernden Strudel um mich herum, die angenehm meinen Rücken massierten, machten es mir verhältnismäßig schwer, mich sorgenvollen Gedanken hinzugeben. Und so ergab ich mich tief seufzend meinen Träumen von einer dunkelbraunen Lockenmähne.

Ich erwähnte bereits den Zufall. Ich hatte den Eindruck, dass er tatsächlich zu meinem stetigen Begleiter wurde.

In bester Laune genoss ich das großzügige Frühstück, das mir am Morgen auf das Zimmer gebracht wurde und brach dann baldmöglichst auf. Allerdings nicht ohne mich bei der Empfangsdame in Burgunderrot noch einmal nach Pascal zu erkundigen. Die Trinkgeldgeschichte plagte nämlich immer noch mein Gewissen. Aber es sei den Angestellten nicht gestattet privat mit den Hotelgästen zu verkehren, war alles was mir die freundliche Dame mitteilte. Ich wurde purpurrot und machte, dass ich aus dem Hotel kam.

Wenig später pfiff ich vergnügt vor mich hin, als ich meinen Transporter in die Innenstadt lenkte. Ich schlängelte mich durch die süßen Sträßchen Richtung Ortsausgang. Es herrschte schon ein reges Treiben auf den Straßen. Es war neun Uhr und die Sonne strahlte von einem ozeanblauen Himmel auf die eisessende und souvenirskaufende Menschenmenge hinab. Dieses pure Gefühl von Urlaub und die Nachwehen des privaten Whirlpools, dessen Vorzüge ich erfahren durfte, hegten in mir die Lust noch eine Weile in Sainte-Enimie zu bleiben. So parkte ich an dem großzügig belegten Parkplatz direkt an der Promenade, kaufte mir in der Eisdiele gegenüber eine Kugel Stracciatella im Becher und setzte mich auf das kleine Mäuerchen, unterhalb dessen der kiesige Strand am Tarner Ufer verlief. Zufrieden löffelte ich mein Eis.

„Excuses-moi!“

Ich sah auf. Ein Mann stand vor mir, mit glasigen Augen, zerzaustem Haar und nackter, von der Sonne stark geröteten Brust. Seine Stimme klang heißer. „T'as pas un peu de fric?“

Hä?

„Un peu de monnaie?“

Ach so, er wollte Geld. Nee, hatte ich nicht. Als er nach meinem Kopfschütteln gemächlich weiterschlurfte, sah ich ihm hinterher. Er hätte das Geld bestimmt sowieso nur für Schnaps ausgegeben. Meine Laune war gesunken. Angestrengt versuchte ich mich wieder in die vorherige Hochstimmung zu versetzten. Doch der Himmel wirkte in meinen Augen nicht mehr halb so blau. Diese Penner konnten einem wirklich alles verderben! In diesem Moment hielt ein Streifenwagen am Straßenrand. Ich beobachtete wie zwei Polizisten ausstiegen und den vor sich hin trottenden Obdachlosen anhielten. Es wurde wild diskutiert, der Obdachlose schien aufgebracht, die beiden Beamten genervt. Was geredet wurde konnte ich nicht verstehen, doch kurz darauf wurde der wild zeternde Mann auf die Rückbank des Polizeiautos gedrängt und davongefahren. Sofort machte sich wieder friedliebende Stille breit, nur ab und an durchbrochen von Kinderlachen und Wassergeplätscher. Na also, ging doch.

„So eine Sauerei!“ Hörte ich eine junge Frau leise auf Deutsch sagen. Ihr langes Braunhaar reichte ihr bis zur Taille. Sie hatte mit ihrem Freund geredet, einem bärtigen Mann mit auffallend leuchtend blauen Augen. Hand in Hand spazierten sie die Promenade entlang.

„Das nennt man Schandfleckvernichtung“, bemerkte dieser. „Für die Touristen.“

„Der einzige Schandfleck den ich hier sehe, sind die Touristen selbst", bemerkte die Frau mit bitterem Unterton in der Stimme.

Aus den Augenwinkeln konnte ich sehen, wie der Mann seine Freundin zärtlich in die Nase kniff. „Zu denen wir wohlgemerkt auch gehören."

Die beiden gingen vorbei und gerieten außerhalb meiner Hörweite. Meine Stimmung hatte den Tiefpunkt erreicht und ich starrte griesgrämig auf meinen halbleeren Eisbecher hinunter, als wäre der an allem schuld. Es barg schließlich ein gewisses Risiko in sich unberechenbare Menschen, wie betrunkene Penner es waren, einfach so in einer Stadt herumlaufen zu lassen, in denen andere Menschen, nichts Böses ahnend, getrost versuchten sich zu entspannen. Das war eine Frage des Vertrauens. Wo kam man denn da hin, wenn man von einem Ferienort nicht einmal mehr annehmen konnte, dort erholsamen Frieden zu finden? Es war, wie der Mann gesagt hatte, sie waren selbst auch Touristen, wollten sie sich etwa die ganze Zeit anbetteln lassen? Trübsinnig dachte ich an den Obdachlosen, der mich nach Geld gefragt hatte. Besonders gefährlich hatte er eigentlich nicht ausgesehen. Trotzdem. Wenn es ihn störte, dass die Polizei ihn mitnahm, sollte er sich eben eine Arbeit suchen. Ich kratze den letzten Löffel Eis aus meinem Becher und schlug den Weg zurück zu meinem Transporter ein. Es wurde Zeit, dass ich hier verschwand. Doch als ich so alleine die Promenade entlanglief, mit den

Gedanken immer noch bei dem einsamen Bettler, packte mich ganz plötzlich die kalte Hand des Heimwehs. Bei der nächsten Telefonzelle hielt ich an. Ich zögerte. War dieser kleine Akt der Nachgiebigkeit vertretbar? Nur kurz erzählen, wie es mir so ging? Zögernd trat in die Zelle und wählte die Nummer von Zuhause. Mein Herz hämmerte. Was wenn Papa ranging? Was sollte ich sagen? Aber es meldete sich nur der Anrufbeantworter.

„Hallo, hier ist Helena." Meine Stimme klang merkwürdig hoch. „Ich bin gerade in Südfrankreich." Fuhr ich stockend fort. „Ich wollte nur sagen, dass es mir… dass ich gesund bin. Macht euch keine Sorgen! Ich hoffe Euch geht's auch gut. Ich werde mich wieder melden. Bis dann, also… tschüss!" Ich hängte ein und trat ins Freie. Tief durchatmend hüllte ich mich in die sonnige Wärme. Unglücklich stellte ich fest, dass durch den kurzen einseitigen Plausch mit unserem Anrufbeantworter, meine Sehnsucht nach Zuhause nur noch intensiver geworden war. Mamas Stimme im Ansagetext zu hören. Sie machte sich bestimmt furchtbare Sorgen. Und Papa? Ob er sich wieder beruhigt hatte? Ich könnte einfach zurückfahren und es herausfinden, vielleicht ließ sich inzwischen ja mit ihm reden, vielleicht war ja alles ganz harmlos und nur der anfängliche Schock hatte ihn so gereizt. Hatte ich vielleicht doch etwas überreagiert? Einfach so abzuhauen. Ich dachte an den alten Truck mit der kaputten Tankanzeige, die vielen nervigen Kreisverkehre und mein faste leeres Konto. Ich hatte keine Lust mehr, mir schon wieder darüber Gedanken zu machen, wo ich als nächstes hinfahren sollte. Den Weg zurück, den kannte ich.

Mit gemischten Gefühlen trottete ich zum Transporter zurück. Dann musste ich an Tante Klara denken. Was würde sie sagen, wenn ich schon nach drei Tagen wieder vor ihrer Tür auftauchte und ihr den Wagen in die Auffahrt stellte? Ich sah schon ihr enttäuschtes Gesicht vor mir und ich legte mir im Geiste bereits alle möglichen Entschuldigungsfloskeln zurecht, welche die Traurigkeit aus ihrem klugen Blick bannen sollten. Doch als ich mich auf dem Weg zum richtigen Stellplatz durch die schmalen Lücken dicht parkender Autos vorbeiquetschte, zog etwas anderes meine Aufmerksamkeit auf sich. Direkt neben meinem Transporter parkte ein quietschbunter VW-Bus, wie ich ihn nur aus alten Hippie-Filmen kannte. Er war in jeder Farbe angemalt, die man sich vorstellen konnte und in noch so manchen mehr. Wenn ich es nicht besser gewusst hätte, hätte ich meinen können, selbst von dem Rauschmittel gekostet zu haben, welches der Bemaler dieses schrillen Objektes sich vorher sicherlich zugeführt hatte. Was für Freaks. Mit solch einem Wagen durch die Gegend zu ziehen, die trauten sich was. Doch als ich beim Näherkommen meinen verbeulten Transporter ins Auge fasste, sah ich ein, dass ich in dem Punkt „Peinliche Autos" wohl eher die Klappe halten sollte. Die Schiebetür des VW-Busses war offen. Davor standen drei Leute.

Unter ihnen erkannte ich das junge Pärchen von vorhin wieder, die sich so kritisch über das Vorgehen der Polizisten gegen den Obdachlosen geäußert hatten. Sie standen dort mit einer jungen Frau, die Lederhose und Bikerstiefel trug und nur wenig älter als ich zu sein schien. Allesamt knabberten sie an monströs großen Mohrrüben. In der offenen Schiebetür erkannte ich ein Kiste Wasser und der junge Mann reichte außerdem frisches Obst herum.

An dieser Stelle erkannte ich das Verhängnisvolle eines südfranzösischen Parkplatzes zu Zeiten der Urlauber-Hauptsaison. Wie schon angemerkt, standen die Autos auf dem Parkplatz sehr dicht beieinander. Um an meine Fahrertür zu gelangen, hätte ich mich sehr nahe an der kleinen Obst-und-Gemüse-essenden Gruppe vorbeiquetschen müssen. Mit war sehr unwohl bei dem Gedanken, diese fremden Leute von ihrem gemütlichen Picknick aufzuscheuchen. Daher überlegte ich kurz. Die einzige Möglichkeit, die mir blieb war, durch die Beifahrertür einzusteigen und mich dann über die drei Sitze im Fahrerhäuschen auf die linke Seite zum Fahrersitz zu robben. Ja, das müsste funktionieren. Ich schlich mich also heimlich hinten um die Autos herum und öffnete geduckt die Beifahrertür.

Doch mein Plan schlug phänomenal schief. Behindert durch meine riesengroße Reisetasche, die sich auf dem Beifahrersitz befand, musste ich mich beim Einsteigen zunächst irgendwie über diese hinwegsetzen und stieß mir dabei mehrmals den Kopf. Zuerst am Türrahmen, dann am Autodach. Klong. Klong. Im nächsten Akt löste ich beim Nachziehen meiner Beine mit meinem Knie für einen Moment die Handbremse und purzelte bei meinem hektischen Versuch sie wieder anzuziehen, beinahe in den Fußraum. Zu guter Letzt beendete ich meinen Auftritt mit einem kleinen Hubkonzert, dass ich ausversehen mit meinem Ellenbogen veranstaltete, als ich mich verzweifelt aus der Verhedderung mit dem Tragegurt meiner Tasche befreite. Als ich dann endlich richtig herum auf dem Fahrersitz saß und zu meiner Linken aus dem offenen Fenster blickte, glotzten mich drei andächtig kauende Gesichter an.

„Wir hätten dir gerne Platz gemacht", sagte die junge Frau mit dem langen Braunhaar direkt, aber freundlich.

„Ach… das… also, ich hab' eh an die Tasche gemusst, und das war dann… das ist schon in Ordnung." Ich merkte wie ich knallrot wurde. Die Frau trat näher. „Das ist übrigens ein starker Wagen, den du da fährst. Ein echt alter Chevy! Welches Baujahr hat er denn?"

Ein echter was?

„Ähm, keine Ahnung. Der Wagen –"

„Ist nur geliehen.", vollendete eine vertraute Stimme den Satz. Im Inneren des VW-Busses regte sich etwas und einen Moment später blickte ich in das argwöhnische Gesicht des lockigen Motorradjungen. Auf meinen Wangen hätte man Spiegeleier braten können.

„Genau", sagte ich verlegen und versuchte seinem Blick auszuweichen. Hatte er diese peinliche Tortur von eben etwa auch mitbekommen? Mir fiel zum ersten Mal auf, wie dunkel seine Augen waren. Fast schwarz. Sie wirkten wie zwei tiefe, warme Brunnen in seinem schmalen, jungenhaften Gesicht.

„Ach, ihr kennt euch?" fragte die junge Frau mit der Lederhose interessiert. Der Motorradjunge sagte nichts.

„Er hat mir bei einem kleinen Benzinproblem ausgeholfen", sprang ich schließlich für ihn ein. „Auf der Landstraße vor Lyon."

„Bist du ganz allein unterwegs?", richtete die langhaarige Brünette das Wort wieder an mich. Ich nickte betont lässig. Es wurde Zeit, dass ich meine Souveränität wieder zurückgewann.

„Das ist ziemlich mutig", mischte sich zum ersten Mal der Bärtige ein, der die Unterhaltung bisher nur neugierig beobachtete hatte. Zu meiner eigenen Überraschung wurde ich wieder verlegen. Erneut viel mir das Leuchten in seinen Augen auf. Es ging eine ergreifende Positivität von ihm aus, die sehr anziehend wirkte, obwohl sein sonstiges Erscheinungsbild nicht gerade meinem Verständnis von Attraktivität entsprach. Die Haare hatte er sich zu einem struppigen

Pferdeschwanz zusammengebunden, seine Füße steckten in ausgelatschten Birkenstocksandalen und die ungleichmäßigen Säume seiner Shorts, die schienen, als wären sie mit einer einfachen Küchenschere gekürzt worden, fransten aus.

„Bist du zum Campen hier?", fragte mich wieder die Brünette.

„Also, eigentlich bin ich nur auf der Durchreise." Wieso verunsicherten mich diese Leute so?

„Wo fährst du denn hin?"

Ich wusste nicht was ich sagen sollte. Die Antwort „Nach Hause" schien mir in diesem Moment nicht cool genug. „Ach… ich weiß nicht… ich bin da spontan", stammelte ich. „Und ihr?", fragte ich, um von mir abzulenken.

„Wir wohnen auf dem Campingplatz in La Malène. Da haben wir auch Tess und Frieder getroffen." Mit dem Kopf ruckte sie in Richtung des Mädchens mit der Lederhose und dem Motorradjungen. Frieder. Ein seltsamer Name.

„Ihr macht hier also Urlaub?"

„Berenz und ich schon. Die anderen beiden fahren bald mit ihren Bikes weiter. Hab' ich Recht?"

Frieder nickte. Das Mädchen namens Tess sagte: „Stimmt, Richtung Norden. Ich bin auf dem Weg in die Bretagne. Ich muss nur noch diesen Miesmacher hier überreden mitzukommen." Scherzhaft kniff sie Frieder in den Oberarm. „Was ist denn dein nächstes Ziel?", fragte sie mich.

„Ähm… auf jeden Fall Richtung Süden!" log ich. „In den Pyrenäen soll es recht schön sein. Hab' ich gehört."

„Was für ein Zufall!" Fröhlich drehte sich die Brünette zu Frieder um. „Da willst du doch auch hin!"

„Ja… vielleicht.", brummte der Angesprochene, wobei er mindestens drei Hs hinter das „Ja" setzte und es so zögernd in die Länge zog. „Ich fahr aber eh erst nächste Woche."

„Tatsächlich? Gestern konntest du es doch kaum erwarten weg zu kommen."

Frieder blieb stumm. Lachend wuschelte die Brünette ihm durch die Locken. Das Gefühl, das ich dabei empfand, konnte ich nicht einordnen. Diese Menschen waren Fremde und doch so zugänglich. Sie kannten sich selbst anscheinend erst wenige Tage und gingen doch so vertraut miteinander um. Gingen vertraut mit mir um. Und alles was es dazu benötigte, waren ein verbeulter Transporter und unsere gemeinsame Rastlosigkeit.

Freudig verabschiedeten sie sich von mir, als ich den brummenden Motor meines Wagens anließ. Ein echter Chevrolet, wie ich gelernt hatte. Die Brünette, die sich zum Schluss noch als Sandra vorgestellt hatte, winkte mir sogar nach, als ich vom Parkplatz fuhr.

Beklommen lenkte ich den Wagen auf die Hauptstraße. Um meine Lüge zu untermauern schlug ich zunächst den Weg Richtung Süden ein. Meine Gedanken umkreisten Sandra, Tante Klara und nicht zuletzt Frieder und fast ohne es zu bemerken passierte ich auch schon die letzten Hinweisschilder, welche die Ausfahrt zurück nach Besançon auswiesen. In den Pyrenäen sollte es schließlich ganz schön sein. Hatte ich gehört.

KAPITEL SECHS:
Les Pyrénées

Wir trafen uns tatsächlich wieder. Diesmal war ich es, die ihn am Straßenrand antraf. Er hatte eine Panne und konnte nicht weiter.

Ich gebe zu, dass ich getrödelt hatte. Gemächlich war ich durch die kleinen Orte getuckert, bis Carcassonne. Dort hatte ich ein dürftiges Zimmer in einem schäbigen Hotel genommen. Der Teppich war fleckig gewesen, in den Ecken hatten sich Zipfel der Tapete von der Wand gelöst und im gesamten Haus stank es nach Kohl. Aber nach meiner Königssuite in Sainte-Enimie, schien es mir angebracht etwas bescheidener zu nächtigen. Zumindest für diese Nacht. Ich glaube, es gab Kakerlaken dort.

Nach Carcassonne hielt ich mich erst einmal nordwestlich und bahnte mir meinen Weg südlich von Toulouse. Dort, im Nirgendwo, traf ich ihn dann an, wie er vor seiner gestrandeten Maschine kniete. Ohne zu zögern parkte ich meinen Transporter hinter seinem Motorrad am Straßenrand.

„Sag mal, verfolgst du mich etwa?", begrüßte ich ihn vergnügt.

„Ich war zuerst da", war alles, was er antwortete.

„Brauchst du jemanden der deinen leeren Kanister zur nächsten Tankstelle fährt?", wagte ich mich vor und zwinkerte ihm zu. Wie albern.

„Das hilft mir leider herzlich wenig."

„Platten?", machte ich den zweiten Versuch.

„Kettenriss."

„Oh." Keine Ahnung, was das bedeutete. „Kann man das irgendwie… ähm… flicken?"

Er schüttelte den Kopf. „Ich brauch ein neues Kettenschloss. Und das bei dem alten Modell." Ärgerlich schüttelte er seine wilde Haarmähne. „Verdammt, ich hätte sie vorher doch wechseln lassen sollen."

„Hast du das Motorrad schon so lange?"

„Ach was, ich hab' das erst seit Kurzem. Ein Bekannter hat es mir zu einem Spottpreis verkauft. Er meinte, er hätte die Kette stets gut gepflegt, aber jetzt sieht man ja, was der darunter versteht."

„Ich würde das reklamieren.", sagte ich ernst.

Ein schiefes Lächeln zeichnete sich auf seinem Gesicht ab. „Von welchem Stern bist du denn?" Ich verstand nicht, was er damit meinte, doch er fügte seiner Aussage nichts mehr hinzu.

„Weißt du wie weit es zum nächsten Ort ist?", fragte ich ihn.

„In fünfzig Kilometern kommt Issus. Aber keine Ahnung, ob die da eine Werkstatt haben. Und selbst wenn, ohne Kette komme ich keine zwei Meter weit."

Einen Moment stand ich da und starrte auf das zerrissene Stück Metallschnur in seinen ölschwarzen Händen. Dann machte ich auf dem Absatz kehrt und ging zu meinem Transporter zurück. „Wozu fährt man denn einen ‚guten alten Chevy'?" Euphorisch löste ich die Riegel an der Klappe, welche die Ladefläche am hinteren Teil einfasste, ziemlich froh darüber, dass dieses klapprige Monstrum von einem Wagen doch noch zu etwas gut sein sollte. Auffordernd sah ich Frieder an. Dieser musterte mich unbestimmt, es war schwierig seinen Blick zu deuten. Doch sein Lächeln schien dieses Mal aufrichtig.

Auf die nächste offene Werkstatt stießen wir erst in Vernet. Wenn man dieses Kabuff „Werkstatt" nennen konnte. Es ähnelte eher einer leer geräumten Scheune mit Heimwerkerausstattung. Doch Frieder schien sich daran nicht zu stören. Mit seinem Motorrad auf der Ladefläche und ihm selbst auf dem Nebensitz, parkte ich in der Auffahrt.

„Wie gut kannst du Französisch?", fragte er mich.

„Ziemlich gut", gab ich zu. Leider musste ich jedoch feststellen, dass meine französischen Sprachkenntnisse für den Bereich der Fahrzeugreparatur vollkommen unzureichend waren. Ich hatte keinen blassen

Schimmer was „Motorradkettenschloss" hieß. Frieder hatte zwar ein Wörterbuch dabei, doch dessen Erscheinungsjahr lag augenscheinlich ungefähr mit dem meines Trucks zusammen (also zu Kaiserzeiten) und war schon ziemlich zerfleddert und überholt.

„Meinst du, da gab es überhaupt schon Motorräder, als dieses Ding gedruckt wurde?", fragte ich ihn vorsichtig, als ich ihm dabei zusah, wie er hektisch darin herumblätterte.

„Ein anderes hatte ich nicht", erwiderte er schlicht, doch ich konnte sehen, dass er sich ein Grinsen verkniff. Der Mechaniker, der nicht wesentlich jünger als das Wörterbuch zu sein schien und in einem dreckigen Blaumann vor seiner leeren Werkstatt stand, betrachtete uns skeptisch, als wir versuchten ihm unser Anliegen zu vermitteln. Frieder zeigte ihm die zerrissene Kette und deutete auf sein Motorrad. Der Mechaniker trat an die Ladefläche und untersuchte irgendetwas an der Maschine. Dann schüttelte er den Kopf. Frieder wiederholte seine Geste. Wieder Kopfschütteln.

„Das kann doch nicht sein!", stieß Frieder aus. „Der muss hier doch irgendwo so ein verdammtes Kettenschloss herumliegen haben."

Der Mechaniker wischte sich in aller Ruhe seine schmutzigen Hände an einem Lappen ab, während er uns den Rücken zudrehte. Für ihn schien die Sache erledigt. „Äh, Monsieur…?", versuchte Frieder dessen Aufmerksamkeit wieder zu erlangen, doch der Mann drehte sich nicht einmal zu uns um, als er die Schultern zuckte.

„Auf zur nächsten Werkstatt?", schlug ich vor. Ich war seltsam gut gelaunt. Frieder hingegen schaute miesepetrig drein. „Muss wohl", murmelte er. Ich strahlte in mich hinein.

Wir kamen durch zwei weitere Orte, deren Autowerkstätten beide geschlossen hatten. „Ist heute vielleicht ein Feiertag in Frankreich?", fragte ich irgendwann, als wir in Labarthe-sur-Lèze vor dem Geschlossen-Schild an der Garagentür standen. Frieder erwiderte nichts. Er fuhr sich nur seufzend mit der Hand übers Gesicht.

„Was machen wir jetzt?", fragte ich zögerlich. Als Frieder immer noch nichts sagte, wurde ich nervös. „Wir können ja eine kurze Pause einlegen. Uns einen Kaffee holen, eine Kleinigkeit essen… bevor wir weitersuchen."

Er sah mich an. Seine dunklen Augen ließen keinen Einblick in das, was er dachte. Doch schließlich schüttelte er den Kopf. „Ist schon gut", sagte er. „Ich werde einfach erstmal hierbleiben und dann weitersehen. Irgendwann wird die bescheuerte Werkstatt ja wohl mal aufmachen. "Missmutig trat er mit seinen schweren Stiefeln gegen das marode Tor. Es schepperte leise.

„Es macht mir aber nichts aus", warf ich schnell ein. „Ehrlich nicht. Es- ähm… liegt ja eh auf meinem Weg. Ich meine- also ich- ich würde dir wirklich gerne helfen." Ich verhaspelte mich in meinen eigenen Worten und ehe ich mich versah, hatte ich ausgesprochen, was ich eigentlich nie hatte zugeben wollen.

„Das glaub ich dir sogar", sagte er und musste lachen. Das erste Mal, dass er lachte. Es war ein schönes Lachen, voll und ehrlich. Und ansteckend. Ich grinste verlegen. Ich kam mir ziemlich blöd vor.

„Trotzdem." Seine Fröhlichkeit verflog so rasch wie sie gekommen war. Schnell wurde er wieder ernst. „Ich halte dich nur auf und das will ich nicht."

„Soll ich dich wenigstens bis zum nächsten Campingplatz fahren?" versuchte ich es ein letztes Mal.

„Nee lass mal, ohne Fahrzeug komme ich schließlich schlecht zurück. Ich werde schon irgendwas hier im Ort finden, wo ich die Nacht verbringen kann."

„Zur Not auch eine Brücke, unter der du schlafen kannst", sagte ich im Scherz.

„Genau."

Mein Grinsen erfror, als ich feststellte, dass er das ernst meinte. „Na gut, wie du meinst", sagte ich so cool wie möglich. „Also dann…" ich machte Anstalten in den Wagen zu steigen.

94

„Hey!“

Sein Ruf ließ mich innehalten und ich drehte mich zu ihm um. „Ich weiß noch gar nicht wie du eigentlich heißt.“

„Helena“, sagte ich. Er nickte.

„Ich heiße Frieder.“

„Ja, ich weiß.“

„Vielen Dank für deine Hilfe, Helena.“

„Gern geschehen, Frieder.“ Dann stieg ich ein und fuhr davon, in Gedanken an sein Lachen, das in meinem Ohr nachklang.

„Sie fährt westwärts. Ihr letzter Halt war La Combe, ca. 20 Kilometer südlich von Toulouse. Den heutigen Tag war sie mit einem Jungen unterwegs, ungefähr ihr Alter, hatte eine Motorradpanne.

Nein, jetzt ist sie wieder allein.

Ich habe ein neues Auto bestellt, der letzte Wechsel war in Carcassonne.

Ja, ich weiß.

Ich werde mich darum kümmern.

Ich melde mich wieder. Auf Wiederhören, Herr Doktor.“

KAPITEL SIEBEN:
On the road

Das war nicht richtig. Es war egoistisch. Geradezu unmenschlich. Er konnte ja nicht einmal Französisch! Und ich lasse ihn einfach so ganz alleine zurück.

Ich war nicht besonders weit gefahren. Schon acht Kilometer nach Labarthe-sur-Lèze, in dem Städtchen Muret, hatte ich mich in das nächste Café gesetzt und grübelte. Voller Unbehagen stellte ich mir vor, wie Frieder die Nacht unter einer zugigen Brücke verbringen musste und sich dabei schlimme Frostbeulen zuzog – oder sich gar die Pest holte! Oder noch schlimmer: Wenn er dort von der Polizei aufgesammelt und weggesperrt wurde, wie irgendein gewöhnlicher Penner. Unwillkürlich musste ich an den Vorfall in Sainte-Enimie denken.

Andererseits hatte er deutlich gemacht, dass er meine Hilfe nicht wollte. Sie ihm dennoch aufzudrängen wäre mehr als demütigend. Mit leerem Blick starrte ich den Autos nach, die vorbeifuhren. Es waren nicht besonders viele. Dennoch fiel mir in diesem Moment nicht auf, dass ein und derselbe BMW ganze dreimal an dem Café, in dem ich saß, vorbeizog.

Deprimiert zahlte ich meinen Kaffee und trottete zu meinem Transporter. Meinem Chevy. Ich stieg ein und saß regungslos in dem Sitz aus zerschlissenem

Kunstleder. Unsicher knetete ich meine Hände im Schoß, unfähig den Zündschlüssel zu drehen. Ich konnte mich nicht erinnern, mich jemals so sehr nach Gesellschaft gesehnt zu haben. Trübsinnig dachte ich daran, was meine Freundinnen Zuhause gerade wohl treiben mochten. Schoppen? Hausaufgaben? Freibad? Vermissten sie mich überhaupt? Stöhnend ließ ich meine Stirn auf das Lenkrad sinken. Dabei hupte ich aus Versehen, und ich riss meinen Kopf erschrocken wieder in die Höhe. Als hätte diese blitzartige Bewegung den bekannten Groschen in meinem Hirn gelöst, fiel mir ganz unverhofft etwas ein. Mein Herz begann schneller zu schlagen. Nein, das konnte nicht sein. So dämlich, blöd und unverhofft, konnte das Schicksal nicht sein. Hastig stieg ich aus dem Wagen und eilte zur Ladefläche. Es konnte doch sein! Ein Jubelschrei entfuhr meiner Kehle und ich vollbrachte sogar einen kleinen Freudensprung, die Blicke der Passanten entschieden ignorierend. Ich hatte einen Grund gefunden um umzukehren, ihn zu suchen und sein Lachen wieder zu hören: Dort auf der Ladefläche unter der schützenden Plane lag noch immer sein Motorrad.

In freudiger Erwartung flitzte ich die Landstraße zurück nach Labarthe-sur-Lèze. Gleichzeitig versuchte ich auch meine Emotionen ein wenig zu zügeln. Es war ja kindisch, wie ich mich auf das Wiedersehen mit diesem fremdartigen Jungen freute.

Keinesfalls wollte ich es mir ihm gegenüber anmerken lassen. Ich wurde selbst nicht schlau aus meinem Verhalten. Was war nur los mit mir? Er war ja so anders. Anders als- na anders als gewöhnlich eben. Unter Anstrengung verkniff ich mir ein Grinsen, als ich daran dachte, was meine Mutter bei dem Anblick seiner löchrigen Jeans sagen würde, bei dem Anblick seiner ungekämmten Haare, den staubigen Lederstiefeln. Dachte daran was Papa sagen würde, wenn er herausfand, dass ich mich mit einem Motorradfahrer herumtrieb, einem Biker, der nachts unter Brücken schlief und sich auf Campingplätzen mit wildfremden Menschen anfreundete. Ein Lächeln umspielte meine Lippen, als mir Sandra in den Sinn kam, dieses sonnige Gemüt, und Berenz und sein positives Leuchten in den strahlenden Augen.

Noch immer fiel mir der dunkle BMW nicht auf, der in bemessenem Abstand hinter mir herfuhr.

Frieder war nicht da. Enttäuscht stand ich vor dem verschlossenen Tor der Werkstatt, wo sich unsere Wege getrennt hatten. Aber wieso denn auch. Was sollte er hier auch dumm herumstehen und warten. Auf was denn. Ich konnte mir gut vorstellen wie sehr er sich geärgert haben musste, als er hier stehend meinen Transporter nachsah, wie dieser in die Ferne verschwand, nur um im selben Moment festzustellen, dass der Grund, weshalb er nicht mit im Wagen saß, seelenruhig auf dessen Ladefläche lag. Also gab ich wieder Gas und begann die Straßen des überschaubaren Örtchens abzufahren. Mit wenig Erfolg. Wo könnte er stecken? An was für einem Ort würde sich ein Mensch wie Frieder die Zeit vertreiben? In einem Café? Eher nicht. Vielleicht war er etwas essen gegangen. Bei McDonalds vielleicht? Dort, wo sich die Jugend ebenso herumtrieb, wenn sie sich außer Reichweite der elterlichen Missbilligung befand. Aber das gab es in diesem französischen Hinterweltlerkaff gewiss keinen. Ich könnte die Brücken absuchen. Aber nicht einmal das gab es hier welche, wie sich herausstellte. Welch eigenartiger Humor des Schicksals.

Es kam mir vor, als würde ich schon seit Stunden durch die Straßen von Labarthe streichen. Was wäre, wenn ihn die Ordnungshüter längst aufgesammelt hatten? Sollte ich die nächste Polizeistation aufsuchen und nachfragen? Ich stellte mir diese Unterhaltung vor: „Entschuldigen Sie, Herr Wachtmeister, ich suche nach einem Jungen namens Frieder. Nein, ich weiß nicht ob das sein richtiger Name ist, aber er hat sein Motorrad auf meiner Ladefläche vergessen und ich würde es ihm gerne zurückgeben, also könnten Sie ihn für einen Moment bitte aus seiner Zelle holen?" Ziemlich lächerlich.

Kurz entschlossen nicht gleich mit dem Schlimmsten zu rechnen, hielt ich neben einem Kiosk auf einem kleinen Platz, an dem ich nun schon zum dritten Mal vorbeifuhr und fragte den mürrisch guckenden

100

Verkäufer mit Backenbart, ob er einen dunkelhaarigen Jungen mit Lederjacke hier gesehen hatte. Hatte er nicht. Ich versuchte mein Glück auch bei einer zentral gelegenen Patisserie und schließlich bei einem kleinen Lebensmittelgeschäft, das schräg gegenüber der geschlossenen Werkstatt lag. Hier konnte man mir mehr sagen. Einen dunkelhaarigen Jungen mir Locken hätte sie nicht gesehen, wie mir die junge Verkäuferin berichtete, aber heute Mittag hätte hier ein Tumult stattgefunden. Ein paar Jugendliche hätten sich angepöbelt und es sei zu „Ausschreitungen" gekommen, wie sie sagte (das Wort musste ich erst im Wörterbuch nachschlagen) und erst die Polizei hätte das ganze schlichten können.

Ob die Jugendlichen festgenommen wurden, fragte ich hastig. Doch drauf konnte die Verkäuferin mir keine Antwort geben. Sie sei gerade im Hinterzimmer gewesen, als es passierte. Das Ganze war ihr von der redseligen Nachbarin erzählt worden, Madame Bonnet.

Wie betäubt trat ich aus dem Geschäft. Es war zu Ausschreitungen gekommen. Was zum Teufel sollte das bedeuten? Vielleicht lag Frieder nun schwer verletzt im nächsten Krankenhaus. Ziemlich niedergeschlagen setzte ich mich in meinen Chevy und fühlte mich ratloser als zuvor. War es denn angemessen weiter nach Frieder zu suchen? Schließlich kannten wir uns kaum. Kurz überlegte ich, das Motorrad einfach hier zu lassen und weiter meines Weges zu fahren, doch diese Idee würde schon daran scheitern, dass ich das Ding alleine niemals von der Ladefläche hieven konnte.

Auf einmal klopfte es an der Scheibe. Ich zuckte zusammen und sah hin. Sofort erschrak ich bei dem mir bietenden Anblick ein zweites Mal. Vor dem Fahrerfenster stand ein Junge. Eine ziemlich wilde Erscheinung. Sein Schädel war zur Hälfte kahl rasiert und das, was von seinen Haaren übrig war, hatte er grün gefärbt. In seinem Gesicht zählte ich vier Piercings, sein Ohr durchstachen mindestens fünf Sicherheitsnadeln und die Fingernägel seiner Hand, mit der er mir anwies, das Fenster hinunterzukurbeln, waren so dreckig, dass Oma Trude bei deren Anblick sicherlich sofort an Herzversagen tot umgefallen wäre. Er lächelte mich an, doch ich empfand es eher als grinsende Grimasse, die eine unregelmäßige Reihe schwarzer Zähne entblößte. Bestimmt wieder so einer, der mich um „un peu de fric" anbetteln wollte. Dafür hatte ich momentan absolut keinen Nerv. Mit einem Kopfschütteln machte ich ihm meine Antwort klar und ließ den Motor an, ohne den Jungen eines weiteren Blickes zu würdigen. Doch ausgerechnet jetzt spielte mir die Kupplung wieder einen Streich und ich würgte den Wagen ab. Hastig versuchte ich einen zweiten Start, doch der fremde Junge klopfte energisch weiter an die Fensterscheibe und hatte sich dabei inzwischen so nah an die Seitentür gestellt, dass ich fürchtete ihn zu verletzten, wenn ich jetzt einfach losfahren würde und das wollte ich nun doch nicht. Genervt kurbelte ich mit laufendem Motor die Scheibe hinunter, um dem Penner in Worten klar zu machen, dass er nichts von mir bekam, als dieser auch schon in schludrigem Vorort-Französisch zu sprechen begann: „Suchst du nach dem deutschen Jungen?"

Ich hatte schon ein ‚Nein' auf den Lippen, weil ich mir sicher war, dass er nach Kleingeld fragte. Doch nachdem mein Hirn nach kurzem Rattern das Gesagte übersetzt hatte, blieben mir die drei Buchstaben trocken im Halse stecken und ich starrte ihn mit halb offenem Mund betröppelt an. Er deutete meine verdutzte Miene als ein ‚Ja' und redete weiter, nun etwas langsamer, damit ich ihn verstehen konnte.

„Er ist Richtung Muret abgehauen, damit die Bullen ihn nicht kriegen. Ihm geht's gut, er ist mit einer blutenden Nase davongekommen."

„Wie…? ", setzte ich an, doch die fremdsprachigen Worte wollten sich in meinem Kopf einfach nicht sinnvoll sortieren und ich bekam keinen vollständigen Satz heraus. Der Junge stand unschlüssig vor meinem Wagen. „Compris?", vergewisserte er sich, dass ich versanden hatte. Ich nickte und wollte den Zündschlüssel drehen, ohne zu bemerken, dass der Motor schon lief. Der fremde Junge wandte sich ab um zu gehen, doch da viel mir in meiner Zerstreutheit etwas ein. Meine Manieren hatte ich nicht komplett vergessen, ich war schließlich neunzehn Jahre lang die Tochter meiner Mutter gewesen.

„Hey!", rief ich ihm hinterher und kramte hastig im Handschuhfach herum. Ich hatte doch da irgendwo… ja, da! Milde lächelnd hielt ich ihm ein Zwei-Euro-Stück durch das offene Fenster entgegen. Er grinste und bedachte mich mit einem merkwürdigen Blick, den ich nicht deuten konnte. Griff dann jedoch nach der Münze und bedankte sich, bevor ich die Scheibe wieder hochkurbelte und davonfuhr, zurück nach Muret.

Doch in Muret war er nicht mehr. Ein mürrischer Tankwart erklärte mir auf meine Frage hin, dass er auf dem Weg nach Auch war. Er wisse das, weil er eine ganze halbe Stunde auf seiner Tankstelle herumgelungert und die zum Tanken anhaltenden Autofahrer nach einer Mitfahrgelegenheit gefragt hatte. Auch. Komischer Name. Wo das denn läge, fragte ich. „West", knurrte der Tankwart und deutete mit seinem Daumen über seine Schulter, wo er den Westen vermutete. Der nächste Ort wäre Saint-Lys, zwanzig Minuten von hier, doch jetzt sollte ich bitte gehen, er sei schließlich kein Touristenbüro und hätte Kunden zu bedienen. Also bedankte ich mich höflich und verließ die menschenleere Tankstation.

Ich fuhr über eine Stunde nach Auch. Es war schon später Nachmittag und ich fragte mich, was ich tun sollte, wenn es Abend wurde, ohne ihn gefunden zu haben. Wenn ich über Nacht in der Stadt blieb, war das Risiko groß, dass er weiterzog, ohne dass ich ihm auf der Spur bleiben konnte. Es war mir ohnehin nicht ganz klar, wo er denn eigentlich hinwollte, so ganz ohne Motorrad. Hatte er denn gar kein Interesse daran, mich zu finden? Dieser Gedanke gab mir einen kleinen Stich.

Als ich mich dem Stadtkern näherte, stellte sich mir ein zweites Problem. In einem Kaff wie Labarthe-sur-Lèze nach einen „Jungen mit dunklen Locken" zu suchen war ja schön und gut, aber in einer Stadt wie Auch, mochte sie noch so klein sein, hatte es sicherlich mehr als einen kleinen Supermarkt und eine verlassene Tankstelle, bei der ich mich nach einem solchen erkundigen konnte. Lockige Jungs gab es hier bestimmt tausende. Oder zumindest hunderte. Was nur ein klein wenig besser war. Nun, da sich mir der Anblick der menschenerfüllten Straßen und erleuchteten Geschäften bot, schien mir mein Vorhaben, ihn hier irgendwo ausfindig zu machen, ziemlich aussichtslos. Entmutigt sackte ich auf dem Fahrersitz in mich zusammen. Niemals würde ich ihn finden.

Die Ampel sprang auf Grün und die Autos hinter mir begangen zu hupen. „Ist ja gut!", schnauzte ich sie an, gewiss ohne, dass sie mich hören konnten, und fuhr dennoch nicht los. Ich wusste einfach nicht wohin. Unschlüssig mit der einen Hand auf dem Schalthebel mit der anderen am Lenkrad verharrend, saß ich vollkommen überfordert in meinem plumpen Transporter und dachte angestrengt nach. Inzwischen war die Ampel wieder rot. Noch mehr Gehupe und Gebrüll ertönten, doch ich hatte keinen Kopf, mir Gedanken um irgendwelche gereizten Autofahrer zu machen. Dennoch war mir klar, dass ich mich nun für irgendetwas entscheiden musste, wenn ich nicht von ihnen wutschnaubend massakriert werden wollte. Mein Blick fiel auf das Schild einer Café-Bar, das am Ende der Straße zwischen den Reklametafeln einiger Geschäfte hervorlugte und ich befand, dass ich erst einmal eine Dosis Kaffee nötig hätte. Ohne auf die Ampel zu achten, die immer noch rot war, fuhr ich in die nächste Parklücke.

Zweifelnd starrte ich in meine dampfende Tasse Milchkaffee mit viel Zucker. Ich überlegte, was Klara in dieser Situation getan hätte. Klara, meine liebe Tante Klara. Ich besann mich dessen, was sie mir bei meiner Abfahrt gesagt hatte: „Ein Stück des Weges liegt hinter dir, ein anderes vor dir. Wenn du verweilst, dann nur, um dich zu stärken, aber nicht um aufzugeben."

Schön, das funktionierte allerdings nur, wenn man irgendein Ziel hatte, das man verfolgen konnte. Ich hingegen war absolut ratlos, wie es weitergehen sollte.

Miesepetrig ließ ich meinen Blick durch das Café schweifen. An der Bar saßen ein paar Männer, die wohl ihr Feierabendbier genossen. In einer Ecke saßen zwei Frauen und schlürften sich leise unterhaltend Cocktails. Mir schräg gegenüber hatte sich eine Gruppe junger Leute niedergelassen, die zu feiern schienen. Sie lachten und redeten laut, während sie mit einem Schnaps nach dem nächsten anstießen. Ich beobachtete sie eine Weile, was zwangsläufig dazu führte, dass ich ein Teil ihrer feuchtfröhlichen Unterhaltung mitbekam.

„Auf unseren zukünftigen Nobelpreisträger!", grölte ein junger Mann im Polo-Hemd. Gläserklirren.

„Auf unsere nächste Präsidentin!", krakeelte ein anderer und wieder trafen sich ihre Gläser lärmend in der Mitte über dem Tisch.

„Auf unser –"

„Jetzt ist aber gut!", unterbrach ein blondes Mädchen lachend ihren Freund. „Noch haben wir alle unser Studium nicht hinter uns."

„Geschweige denn angefangen.", fügte ihre Freundin prustend hinzu.

„Gut, dann eben auf uns alle. Als zukünftige Studenten!"

Es wurde ein weiteres Mal angestoßen, wobei viel vom Inhalt der Gläser auf den polierten Tisch schwappte.

„Freunde, ich sage euch, jetzt beginnt das schöne Leben!" Der Junge im Polo-Hemd lehnte sich entspannt auf seinem Stuhl zurück und breitete die Arme aus. „Wir entkommen diesem verfluchten Kaff, unseren nörgelnden Eltern, nervigen Lehrern –"

„Um uns in Zukunft mit stressig Professoren herumzuschlagen.", vollendete die Blonde den Satz für ihn. „Denk ja nicht, das wird wie Urlaub!"

„Unser lieber André denkt, er muss nur einmal schnipsen, und schwupp, hat er den Doktortitel.", sagte der Freund der Blonden und gab ihr einen Kuss.

„Na klar, so läuft das Leben!" Lachend ließen die beiden jungen Männer ihre Gläser aneinander krachen.

„Mal ernsthaft", mischte sich nun ein Dritter mit geschniegelter Rothaarfrisur ein. „Wir sollten das Studium nicht auf die leichte Schulter nehmen, vor allem du nicht André! Darf ich dich erinnern, dass du für Medizin erst auf der Warteliste standest?" Alle lachten, sogar André.

„Ja, und du hast es gar nicht geschafft, Maurice." Noch mehr Gelächter.

„Dafür erwartet mich einer der bestbezahlten Branchen überhaupt. Chemiker stehen auf der Liste der Gutverdiener noch über den Ärzten."

Das schien André nun nicht mehr lustig zu finden. Er zog eine Schnute. „Na und? Dafür stehe ich noch vor Isabelle."

Die Blonde kniff ihn leicht in den Oberarm.

„Ich glaube, wir stehen alle vor Isabelle", prustete ihr Freund und wieder stimmten alle in das Gelächter mit ein.

„Und wenn schon, dafür mache ich etwas, das mich wirklich interessiert und nicht so wie ihr, nur weil es Geld bringt."

Mit zittrigen Händen zahlte ich meinen Kaffee. Ich musste so schnell wie möglich raus hier, an die Luft. Als ich überstürzt auf die Straße hinaus platzte, wäre ich fast über einen Pudel gestolpert, der mit einem Schleifchen verzierten, auftoupierten Kopfhaar über den Gehsteig tippelte. Das wütende französische Gezeter dessen Frauchens verfolgte mich den gesamten Weg zu meinem Wagen. Hastig stieg ich ein und drehte den Schlüssel. Mit heruntergelassenen Fenstern fuhr ich, jagte ich, die Straßen von Auch entlang, mindestens zwei Stoppschilder missachtend und eine rote Ampel. Der flüchtige Abendwind kühlte mein Gesicht als ich, meine Venen pulsierten. Voller Entschlossenheit passierte ich die Stadtgrenze, fuhr hinaus in die wilde Landschaft Südfrankreichs. In der sich erhebenden Dämmerung leuchteten mir die orange-gelben Köpfe der Sonnenblumen entgegen, als würden sie mir bestätigend zulächeln. Es gab Menschen wie Sandra und Berenz, die leichten Herzens in die Welt hinausfuhren, um ihre Schönheiten zu entdecken, Fremdes zu sehen, Neues zu erkennen. Und es gab Menschen wie André und Maurice, die sich in einen Arztkittel zwängten, oder in Gerichtsroben, sich mit Doktortiteln schmückten, um gutes Geld zu machen, und dabei die an sich vorbeirauschenden Blumenfelder übersahen. Es waren Mensch wie mein Vater einer war. Wie ich einer werden sollte.

Langsam formten sich in der Ferne die blassgrauen Silhouetten der Pyrenäen und eine klamme Sehnsucht umschloss mein Herz und meine Sicht verschwamm hinter einem Schleier aus Tränen. Es sollte doch ganz schön dort sein.

„Sie fährt jetzt wieder Richtung Süden.

Ich weiß nicht, was sie vorhat, Herr Doktor, sie hat immer noch das Motorrad dieses Jungen bei sich.

Nein, sie ist allein.

Ja, Herr Doktor.

Der BMW war zu auffällig, ich habe in Auch den Wagen gewechselt.

Ein alter Renault, Farbe grün, Jahrgang '92.

Gewiss. Ich melde mich wieder. Auf Wiederhören, Herr Doktor."

KAPITEL ACHT:
On the road

Ich hatte Frieder nicht vergessen. Doch langsam versuchte ich mich an den Gedanken zu gewöhnen, ihn nie wieder zu sehen. Und sein Motorrad, das immer noch auf meiner Ladefläche lag, versuchte ich zu ignorieren. Fast hoffte ich, dass es sich irgendwann in Luft auflöste. Was natürlich lächerlich war.

Ich fuhr bis es dunkel wurde. Ich ließ mir Zeit. Irgendwann, sehr spät am Abend, kehrte ich in einem kleinen Hotel in Oloron-Sainte-Marie ein. Es war der letzte Ort vor der spanischen Grenze. Dort entschied ich, am nächsten Tag nach Pamplona weiter zu fahren. Spanien war mit seinen tourifreundlichen Stränden und Hotels seit je her einer meiner liebsten Urlaubsziele gewesen und mein Schulspanisch war nicht das schlechteste. Drei Jahre Leistungskurs bei der spießigsten Lehrerin der Welt.

Doch als ich am nächsten Tag in dem malerischen Kleinstädtchen mitten im Gebirge erwachte, änderte ich meinen Plan. Der Himmel war azurblau, die Sonne strahlte wie nie und beschien die grünsten Wiesen, die ich je gesehen hatte, die klarsten Gebirgsseen und die silbernsten, mit Schnee bedeckten Bergspitzen. Auf meinem Weg über die Pässe der Hochebene begleiteten mich flauschige Wolken, die so nah waren, dass es schien, ich könnte jeden Moment von der Straße abweichen, auf sie übersetzen und ein Picknick in ihrem weichen, weißen Schoß halten.

Also richtete ich mich vorerst gen Osten, um noch ein wenig von der atemberaubenden Klarheit der Gebirgsluft zu schnuppern und versuchte alle stechenden und schmerzenden Gedanken zu vergessen.

Inzwischen wäre es glaube ich falsch, immer noch von „Zufall" zu sprechen. Ich maße mir an, es „Schicksal" zu nennen, dass wir uns wieder trafen.

Ich kurvte einen Schmalen Gebirgspass hinauf. Da sah ich ihn, in seiner Lederjacke und schwarzen Stiefeln, auf einer der Parkeinbuchtungen am Straßenrand stehen, auf der müde Reisende üblicherweise für eine kleine Pause anhalten und ihre Vesperpakete vertilgen konnten, während sich ihnen ein schöner Blick über das Tal bot. Ich konnte zunächst meinen Augen nicht trauen als ich ihn erkannte, mit ausgestrecktem Daumen auf der kiesigen Fläche stehend, im Schein der Sonne, die dank dem Gebirgswind hier oben nicht zu drückend war, sondern angenehm wärmte. Dennoch fuhr mir ein heißer Schauer in die Brust. Ungläubig drosselte ich den Motor und rollte mit schleichendem Schneckentempo näher. Vielleicht spielte mir meine Fantasie ja nur einen Streich? Genauso langsam ließ er seinen Daumen sinken, wie er meinen Chevy anrollen sah. Ich hielt direkt vor ihm an, mitten auf der Straße. Auch ihm war die Überraschung ins Gesicht geschrieben. War das Freude in seinen Augen? Ein Moment von atemloser Stille entstand, in dem wir uns durch das staubige Seitenfenster anblickten. Dann mussten wir grinsen. Alle beide. Gelöst aus meiner Starre lehnte ich mich vor und öffnete die Beifahrertür.

„Kann ich dich ein Stück mitnehmen, Fremder?"

Ohne ein Wort zu sagen stieg er ein. Immer noch umspielte ein leichtes Lächeln seinen Mund. Er sah mich an und wieder weg und lachte. Lachte sein ansteckendes Lachen.

Hinter mir kurvte ein grüner Renault die schmale Straße empor und ich gab Gas.

Ab diesem Tag an blieben wir zusammen. Es entstand eine Art stummer Abmachung, die mit unserer ersten Diskussion, wohin unsere Reise als nächstes gehen sollte, besiegelt wurde. Nach nur knapp einer Stunde vorsichtigem Smalltalks, ging es schon los, noch bevor die Spitze des Berges erreicht hatten.

Ich wollte immer noch nach Spanien. Er wollte in Frankreich bleiben, durch das Gebirge in Richtung Westen, dann die Atlantikküste hoch, mindestens bis nach Brest.

Ich fragte ihn, was er an Frankreich denn so toll fände, dass er es so lange nicht verlassen wollte. Er antwortete lediglich, dass er gerne Käse esse.

Ich brachte das Argument vor, dass ich schließlich schon fast eine Woche in diesem Land unterwegs war – die Zeit die ich bei Tante Klara verbracht hatte nicht mitgerechnet – und jetzt gerne einmal einen anderen Teil der Welt sehen würde. Ob es ihm denn nicht auch so ginge.

Daraufhin entgegnete er, dass er, um die Welt zu erkunden, es sich sparen würde Spanien anzugucken, den Urlaubsort Nummer eins der Deutschen und dafür liebe woanders hingehen würde. Afrika zum Beispiel. Darauf bedacht nicht klugscheißerisch zu klingen, erklärte ich ihm dann, dass Afrika von Spanien ja gar nicht so weit entfernt lag, und wir gerne mal einen Abstecher dorthin machen könnten, wobei ich fand, dass ich meine Ironie im letzteren Teil des Satzes deutlich genug hervorgebracht hatte. Doch er hatte dies entweder nicht bemerkt oder absichtlich ignoriert. Auf jeden Fall überlegte er nach dieser Aussage einen Moment bevor er zustimmend nickte. „Okay, so können wir das machen.“

Als ich begriff, dass er das ernst meinte, war ich zunächst zu geschockt, dann zu beeindruckt, um etwas zu sagen. Und letztendlich war ich froh, dass ich mein Ziel hatte durchsetzen können gen Süden zu reisen. Unter welchen zweifelhaften Bedingungen auch

immer. Nicht zum letzten Mal wunderte ich mich darüber, welch seltsamen Weggefährten das Schicksal
für mich ausersehen hatte.

Spanien empfing uns mit tristem, grauem Himmel.
Schwer hingen die Wolken über den iberischen Bergen. Eine drückende Schwüle verdichtete die Luft.
Auch die Landschaft hatte sich geändert. Anstatt saftig grünen Laubwäldern und leuchtenden Weiden,
durchzogen von bunten Sommerblumen, säumten
bald dunkle Kiefern die Straße. Dicht gedrängt begleiteten sie uns die Passstraße hinab und ließen dabei
ihre schweren Äste über die Seitenabsperrung hängen, wie die Geister alter Männer, die ihre müden
Arme nach den Reisenden ausstreckten.

Die Stimmung getrübt von dem miesen Wetter und
der wenig einladenden Umgebung, fuhr mir der
Schreck wie heiße Nadeln in die Glieder, als ich um
die nächste Biegung kam. Ich konnte von Glück reden, dass die Straße hinter mir frei war, sonst hätte
das einen hässlich Unfall gegeben, als ich aus heiterem Himmel die Bremse bis zum Anschlag durch-
drückte. Die Kupplung knirschte, der Motor hustete
und Frieder und mich warf es fast durch die Windschutzscheibe, als der Wagen abrupt anhielt.

„Himmel, Helena, spinnst du? Willst du uns umbringen? Das ist doch nur eine Kuh!“

Tatsächlich. Da stand eine Kuh am Fahrbahnrand. Gemütlich kaute sie an den Zweigen, die auf die Straße drangen.

„Was hat die hier zu suchen?", keuchte ich.

„Mittagessen", sagte Frieder trocken und bohrte nachdenklich seinen Blick in den dunklen Wald.

„Die ist wohl irgendeinem Bauern abhandengekommen."

„Spinnt der? Der kann doch nicht einfach seine Viecher frei herumlaufen lassen!"

„Ich bezweifle, dass das seine Absicht war."

„Ich hätte sie fast totgefahren!"

„Jetzt werde nicht gleich hysterisch. Sie steht mindestens zwei Meter von dir entfernt." Mit ruhiger Stimme fügte er hinzu: „Wo die arme Kuh wohl herkommt?"

„Die arme Kuh? Wir hätten dabei draufgehen können."

Skeptisch verzog Frieder das Gesicht. „Quatsch, dein Chevy hätte das Tier platt gemacht." Zu meinem größten Entsetzten, öffnete er die Seitentür und stieg aus.

„Bist du verrückt? Komm sofort zurück ins Auto! Was ist, wenn sie dich angreift?"

Da lachte Frieder einfach. Langsam näherte er sich dem gehörnten Tier, das sich vollkommen ungestört weiter seiner Mahlzeit hingab. Frieder umrundete die Kuh einmal, bevor er direkt vor ihr stehen blieb. Aus großen, trägen Augen glubschte sie ihn an. Frieder lächelte zurück. Ich beobachtete ihn, wie er so vor diesem Ungestüm stand, vollkommen ruhig, als wäre es eine Selbstverständlichkeit diesem stinkenden Stallvieh guten Tag zu sagen. Meine innere Anspannung löste sich und ich musste lächeln. Ein bisschen Lustig war es ja schon.

Frieder kam zurück und ließ sich wieder auf dem Beifahrersitz nieder. „Sie scheint unverletzt zu sein. Ich denke irgendein Förster oder Ranger oder wie man das hier nennt, wird sie früher oder später entdecken und sich um sie kümmern. "

„Dann ist es ja gut", entgegnete ich etwas ruhiger als zuvor, ohne mir jedoch meinen Stimmungswechsel anmerken lassen zu wollen. „Können wir dann endlich weiterfahren, wir blockieren nämlich den Verkehr." Das stimmte. Hinter uns näherte sich ein grüner Renault.

„Du sitzt am Steuer."

Ich bedachte Frieder mit einem so abschätzigen Blick wie möglich und fuhr langsam los, damit ich das Tier nicht aufschreckte. Ein Grinsen konnte ich mir allerdings nicht verkneifen. Ich hoffte, dass er es nicht bemerkte.

KAPITEL NEUN: Saragossa

Ich brach sein Schweigen am Abend. Ferne Lichtkugeln leuchteten uns aus der Stadt entgegen, als wir schließlich in der Stadt Saragossa auf dem „hässlichsten Campingplatz Europas" der Nacht entgegensahen. Frieder war zu dieser Einschätzung gekommen. Ich konnte das nicht beurteilen, da ich vorher noch nie auf einem Campingplatz gewesen war. Das wusste er allerdings nicht und ich tat einen Teufel ihn darüber zu unterrichten. Ich wollte auf keinen Fall, dass er mich für spießig hielt. Denn das war ich nicht. Nein, wirklich nicht. Ich war höchstens dem Bequemen zugeneigt. Und da gehörten Campingplätze nicht dazu.

Für einen Moment wurde es auch ziemlich peinlich. Und zwar, als wir auf dem Platz ankamen und unser Gepäck ausluden und wir beide feststellen mussten, dass ich gar kein Zelt dabeihatte.

„Ich hab' immer im Chevy geschlafen.", log ich

„Ist das nicht ein wenig eng da drin?"

Mein Hirn ratterte. „Na ja, bisher war ja immer gutes Wetter, da konnte ich auf der Ladefläche übernachten." War das plausibel? „Ähm, die ist schließlich groß genug."

„Hm ja", machte er. „Der Vorteil von Pick-Ups."

Kein Wort von seinem Motorrad, das schließlich immer noch mit kaputtem Kettenschloss unter der wasserdichten Plane schlummerte. Kurz nach unserem letzten Wiedersehen, hatte er einmal nebenbei erwähnt, dass er in Spanien vielleicht mehr Glück mit einer Reparatur haben würde, doch seitdem wurde das Thema von uns beiden beschwiegen.

Während er begann die Stangen seines kleinen Einmannzeltes zusammenzustecken, gab ich vor, ganz dringend aufs Klo zu müssen. So konnte ich mich davor drücken ihm beim Aufbauen zu helfen, um mich dabei nicht als absolut unkompetent zu offenbaren. Es sah furchtbar kompliziert aus, was Frieder mit den Stangen und der Plane und den kleinen gebogenen Metallstiften fabrizierte.

Ich machte mich also auf die Suche nach den sanitären Anlagen, wobei ich mich auf das Schlimmste gefasst machte. Man hatte schließlich so seine Vorstellungen von Camping, der Natur und allem Ekligen was so dazugehörte. Doch die Duschen und Toiletten waren überraschend sauber und wirkten sehr modern. Ich konnte keine einzige Spinne entdecken, keine Kakerlaken und mir kroch auch keine Schlange die Beine hoch, während ich auf der Schüssel hockte. Das lag vielleicht daran, dass dieser Campingplatz mitten in der Stadt lag und sich wegen dem sommerlich spanischen Wüstenklima Grünzeuggewucher in Grenzen hielt.

Meine Stimmung wurde noch besser, als ich auf dem Rückweg einen kleinen Erkundungsumweg einschlug und dabei auf einen campingplatzinternen Swimmingpool stieß. Auf dem Weg zum Klo war ich keiner Menschenseele begegnet und jetzt wusste ich auch wieso: Der gesamte Campingplatz schien sich am Schwimmbecken versammelt zu haben. Die Liegewiese war voller kreischender Kinder, sich sonnender Mütter und in ihren Liegestühlen schnarchende Väter. In der sengenden spanischen Hitze war wohl dies der einzige Ort, wo es sich über die Mittagszeit einigermaßen aushalten ließ. Ich widerstand dem Drang, mir sofort die Kleider vom Leib zu reißen und mich zwischen all den planschenden Kindern ins kühle Nass zu werfen und kehrte zu Frieder zurück. Da ich mir nicht ganz sicher war, wie lange es dauerte bis so ein Zelt in seinen Grundfesten stand, ließ ich mir Zeit. In der Ferne war die vom Staub verronnene Silhouette der Stadt zu sehen. Morgen wollten wir weiter nach Madrid. Mein Herz machte einen Hüpfer. Ich fühlte mich zügellos, frei. Dies war ein Moment, den ich niemals vergessen wollte. Ich war mit einem aufregenden Menschen auf einer aufregenden Reise quer durch Europa, das konnte mir nicht jeder nachmachen. Ja, man könnte sagen ich war stolz. Und ich dankte in Gedanken Tante Klara, dass sie mich dazu überredet hatte.

Zufrieden mit mir und der Welt, kam ich zu unserem Stellplatz zurück, wo ich einen miesepetrigen Frieder vorfand. Er kniete auf dem staubigen Kies und hämmerte an einer Zeltecke irgendetwas in den Boden. In der Hitze hatten sich Schweißperlen in seinem Nacken und auf den nackten Oberarmen gebildet. Ich ertappte mich dabei wie ich seine Muskeln anstarrte, die für einen Jungen von so schmalem Körperbau überraschend üppig ausfielen.

„Der Boden hier ist steinhart, ich bekomme die Heringe nicht rein.", schimpfte er, als ich nähertrat. Während ich mich noch schwach wunderte, wieso er versuchte Heringe in den Boden zu klopfen, und wann zum Teufel er denn angeln gewesen war, fluchte er heftig. „Verdammt, schon wieder einen verbogen!" Wieder fluchen. Unweigerlich vertiefte sich mein Geist in das Studieren seiner Bewegungen. Wie schlank seine Hände waren. Und doch so kräftig. Fast wie ein Panther seine Tatze, hob er seinen Arm. Oder war es der Flügel eines Greifvogels? Dann: „Kannst du mir kurz einen neuen reichen?"

„Was?" Ich schreckte aus meiner Trance auf.

„Na, einen Hering!"

„Was?", fragte ich noch einmal, diesmal weil ich mir sicher war, ihn falsch verstanden zu haben.

„Jetzt stell dich nicht so an, die liegen direkt hinter dir in dem Beutel da. Du musst dich nur einmal kurz bücken."

Ich drehte mich um, griff nach dem länglichen, khakifarbigen Säckchen, das ganz staubig von der Erde war, und lugte hinein. Darin befanden sich circa ein Dutzend zwanzig Zentimeter lange Metallstäbe, die an einem Ende gebogen waren. Nach Fisch sah das nicht aus. Wollte er mich verscheißern?

„Na gib schon her!" Er war plötzlich neben mir aufgetaucht und nahm mir den Beutel aus der Hand. Mit verhaltenem Atem beobachtete ich, wie er zwei der Stäbchen herauspickte und sich wieder daran machte, sie in den Boden zu hämmern. Ich sah ihm kommentarlos dabei zu.

Frieders Laune besserte sich, als wir zum Einkaufen in die Stadt fuhren. Sein Vorhaben, sein Zelt mit Heringen zu sichern (was die ganz und gar fachmännische Bezeichnung für die kleinen Metallstäbe ist, hatte er bald aufgegeben, den Hammer mit einem Schnauben zu Boden geworfen und gebrummt, er müsse einfach hoffen, dass es in der Nacht nicht zu windig wurde. Dann setzten wir uns in den Chevy und fuhren los. Zunächst kehrten wir in einen billigen Discountersupermarkt ein, wo sich Frieder mit Abpackbrot, Konservenwurst und zwei Dosen Bier eindeckte. So speisten also Biker auf Tour.

„Wie groß ist denn dein Campingkocher?", fragte er mich, als wir in dem Gang mit den Fertiggerichten standen.

„Kann man darin Nudeln kochen? Meiner ist dafür zu klein."

„Ich habe gar keinen", gab ich zu und sparte mir weitere Erklärungen, weil mir in diesem Moment einfach keine einleuchtende Ausrede einfallen wollte, wieso ich keinen besaß. Sorgenvoll überlegte ich, wie viele Campingfallen noch auf unserem gemeinsamen Weg lauerten.

„Na, dann gibt's halt wieder Doseneintopf", sagte er schulterzuckend und griff im Regal danach. Zögerlich nahm ich auch eine der Dosen in die Hand und betrachtete sie kritisch.

„Magst du nicht?", fragte Frieder, der mich zu beobachten schien. „Nimm doch die Ravioli. Die schmecken auch kalt."

„Ja, stimmt, ich weiß", sagte ich schnell und packte eine Dose davon in den Einkaufskorb.

„Nimm am Besten gleich zwei.", empfahl er mir. „Wer weiß, wann wir wieder in den Luxus eines Supermarktes kommen."

Ich versuchte mein Entsetzten zu verbergen, dass er diesen schmutzigen Billigsupermarkt als Luxus bezeichnete und tat wie geheißen. Dann holten wir noch ein paar Flaschen Wasser und eine Flasche Wein und zahlten.

Zu Fuß schlenderten wir noch ein wenig durch die Straßen der Stadt. Zaragoza entsprach dem typisch spanischen Flair. Reges Treiben in pflastersteingesäumten Straßen, Tapas-Bars an jeder Ecke und bunte Würfelbilder von massiven Historikbauten und schlichter Siebziger-Jahre-Architektur.

Begeistert zerrte ich Frieder in eine Markthalle im Zentrum, deren sowohl äußere als auch innere Erscheinung eher an die eines Bahnhofs erinnerte. Kastenförmige Buden bildeten schachbrettartig angelegte, schmale Gassen, in denen sich die Menschen tummelten. Von pummeligen Mamas, die für das Familienessen einkauften, bis hin zu armseligen Obdachlosen die nach Kleingeld fragten, fanden sich hier Menschen jedweder Couleur zusammen.

Bei dem Gedanken an den Konservenfraß, der uns heute Abend erwarten würde, bezwangen mich Gelüste nach etwas Frischem, vernünftig Gesundem, allen vermeintlichen Campinggewohnheiten zum Trotz. Da brachte auch Frieders Nörgeln nichts. Die Auswahl bot reichlich Obst, Gemüse, Fisch und Fleisch, alles unsortiert an nebeneinanderliegenden Ständen. An dem Stand eines zahnlosen Obsthändlers erstand ich zwei Kilo Aprikosen für einen Spottpreis, für die sich sogar Frieder begeistern konnte. Nach unserem kleinen Spaziergang durch die Innenstadt, ließen wir uns an einem zentralen Platz vor der Basilika del Pilar nieder und machten uns im Schatten der *Señora*, wie die Kirche von den Einheimischen genannt wurde, über die süßen und saftigen Früchte her. Frieder meinte, nie hätte ihm Grünzeug besser geschmeckt. Ich schluckte die Bemerkung hinunter, dass Aprikosen gar nicht grün waren sondern gelb, hielt mein Gesicht in die tiefer sinkende Sonne und genoss diesen wohl verdienten Moment der Rast um meine von dem Stadtspaziergang beanspruchten Füße zu entspannen.

„¡Póngase de pie!", durchbrach plötzlich eine herrische Stimme die aufkommende Ruhe. Ich öffnete meine Augen und musste, von der Sonne geblendet, blinzeln. Im nächsten Moment schob sich ein Schatten vor das Licht, ein Mann, nein zwei, in Uniform, die herangetreten waren und uns baten aufzustehen, in einem Ton, der weit von dem entfernt war, was meinem Verständnis von Höflichkeit entsprach. Frieder, der zwar kein Spanisch sprach, die beiden jedoch sofort als Polizisten erkannt hatte, packte schon mit einer genervten ich-hab-es-doch-gewusst-Miene seine Sachen zusammen und wollte sich gerade erheben, als ich ihn am Arm packte und zurück auf den Boden zog. „¿Por qué?", fragte ich. Meine Dreistigkeit war aus keiner absichtlich provozierenden Aufmüpfigkeit entstanden, sondern aus schlichter Unwissenheit. Ich verstand die Situation nicht. Doch der Polizist, der gesprochen hatte, sah mich mit solchem Abscheu an, dass mir im selben Moment klar wurde, dass er selbst meine naive Neugierde als Provokation aufnahm. „Aquí esta prohibido sentarse.", sagte er ruppig. „¡Así que levántese!"

„Komm schon!“, gelassen zupfte Frieder an meinem Shirt. „Sie haben immerhin bitte gesagt, oder nicht?“ Er lächelte. Fand er das etwa witzig?

„Aber warum?“ fragte ich ihn, unschlüssig darüber, ob ich die Ruhe, die er bewahrte, bewundernswert oder unvernünftig finden sollte. „Warum dürfen wir uns hier nicht aufhalten?“

„Aufhalten schon, aber nicht hier herumsitzen.“

Unwillig ließ ich mich von ihm auf die Füße ziehen. Er war wirklich überraschend stark. Soeben wollten wir uns aus dem Staub machen, als der unfreundliche Polizist sich Frieder in sicherem Abstand in den Weg stellte. „¡Muestreme su bolso!“

Unschlüssig sah Frieder mich an.

„Sie wollen in deine Tasche gucken“, übersetzte ich ihm. Das wurde ja immer besser.

Der zweite Uniformierte, der bis jetzt noch keinen Ton gesagt hatte, nahm Frieders Rucksack entgegen, ein verbeultes Modell in olivgrün, das augenscheinlich aus alten Bundeswehrbeständen stammte. Da wir den Proviant für heute Abend nach dem Einkaufen im Truck verstaut hatten, war nicht mehr viel drin. Dennoch verlief die Durchsuchung ziemlich gründlich. Kritisch beäugte der Polizist die einzige Dose Bier, die Frieder mitgenommen hatte, schraubte die Wasserflasche auf und schnüffelte daran, steckte seine Nase in Frieders Tabakbeutel und untersuchte das

Taschenmesser, das Frieder sonst zum Zerkleinern der Frühstückswurst benutze und mir selbst schon als Pediküřewerkzeug gedient hatte. Doch nichts davon schien irgendwelchen speziellen Kriterien zu widersprechen und nachdem der Beamte mit flinken Fingern auch noch Frieders Hosentaschen und Sockenbünde kontrolliert hatte, erhielt er seinen Rucksack kommentarlos zurück. Mit vollkommen ausdruckslosem Gesicht trat der Polizist wieder neben seinen Kollegen, der uns mit verbitterter Mine nun aufforderte zu verschwinden.

„Ziemlich unhöflich.", stellte ich im Weggehen fest.

„Wahrscheinlich ist er enttäuscht, dass er nicht mindesten fünfzig Gramm Haschisch sicherstellen konnte.", raunte mir Frieder mit einem Grinsen ins Ohr. Mir war ganz und gar nicht nach Scherzen zumute.

Am Abend saßen wir schweigend vor Frieders Zelt und sahen zu, wie sich unter einem immer dunkler werdenden Himmel die Lichter der Stadt vermehrten. Es war warm, der Horizont in blasses Lila getaucht und ein angenehmes Gefühl der Geborgenheit breitete sich in mir aus. Trotz des fremden Landes und einer ungewissen Zukunft, fühlte ich mich sicher. Nur ein Gedanke quälte mich. Frieders Eigenart hatte mich von dem ersten Moment, als ich ihn sah, angezogen. Ich fand es aufregend mit einem Menschen zu reisen, der aus einer Welt kam, die anders war, als alles, was ich bisher gesehen oder erlebt hatte. Es war ein Abenteuer. Dabei hatte ich nie ernsthaft darüber nachgedacht, wie seine Welt wohl aussah und seine Verschwiegenheit hatte mich bisher auch nicht gestört. Ich erzählte schließlich auch nichts von mir, wo ich herkam, und aus welchem Zweck ich quer durch Europa reiste. Es war seltsam, doch meine gewohnte Umgebung aus Porzellangeschirr und Citroën-Kabrios, war mir in seiner Gesellschaft unangenehm. Also verschwieg ich sie und gewann so einen wohltuenden Abstand zu meinem bisherigen Leben. Ich konnte abschütteln, was mich beengte und Vergangenes aus einem neuen Blickwinkel betrachten.

Doch dann waren wir auf Polizei gestoßen. Ich konnte einfach nicht vergessen, was heute auf der Plaza geschehen war. Was mich am meisten wurmte, war, dass Frieder sich absolut nicht darüber äußerte. Er überging diesen Vorfall, als hätte uns nur jemand nach dem Weg gefragt. Wieso begegnete er der Tatsache, dass zwei Beamten seine Tasche durchsucht hatten, mit so viel Gleichgültigkeit? Und da fingen plötzlich an Fragen in mir zu wuchern, Fragen über ihn und wo er herkam, wie die Welt aussah in der er lebte, und ob sie so abenteuerlich und aufregend war, wie ich sie mir vorstellte. Oder ob da mehr war. Oder weniger. Oder etwas abseits meiner Vorstellungskraft. Die gesamte Fahrt über aus der Stadt zurück zum Campingplatz hatten mir Fragen über Fragen auf der Zunge gebrannt, ich es jedoch nicht gewagt sie auszusprechen. Nun aber, musste ich wenigstens eine Sache wissen. Es interessierte mich einfach zu brennend.

„Ist dir das schön öfter passiert?", unterbrach ich schließlich unsere andächtige Stille des friedvollen Abends.

„Was meinst du?"

„Den Zusammenstoß mit den hiesigen Ordnungshütern heute Mittag. Schon vergessen?"

„Es wird nicht gerne gesehen, wenn man es sich an touristenreichen Orten auf dem Boden bequem macht.", sagte er. Mir viel auf, dass dies keine Antwort auf meine Frage war. „Das schadet dem Stadtbild. Und an solch einem Platz wie vor dieser riesigen Basilika… Da war es eigentlich klar, dass sie uns früher oder später wegschicken würden. Schon mal in Venedig gewesen? Da kann man sich nirgends für fünf Minuten auf den Boden setzten, in der ganzen Stadt nicht."

Ich nickte stumm, ja ich war schon einmal dort gewesen. Eine schöne Stadt. Doch mich einfach irgendwo auf den Boden zu setzen, auf diese Idee war ich vor dem heutigen Tag noch nie gekommen.

„Aber sie haben auch deine Tasche durchsucht.", bohrte ich weiter. Ich kam mir unendlich blöd vor, als ich das fragte, doch die Neugier war stärker, als mein

Drang cool zu wirken: „Was dachten die dort zu finden?“

„Drogen, Aufkleber, vielleicht eine Spraydose“, er machte eine lässige Bewegung mit der Hand, die „so was eben“ ausdrücken sollte. „Irgendeine lächerliche Kleinigkeit, die sie mir hätten anhängen können.“

„Wieso hätten sie das tun wollen?“ Ich flüsterte fast. Mir fiel der Tag in Labarthe ein, wo es zu „Ausschreitungen“ gekommen sein sollte und mir schoss ein erschreckender Gedanke durch den Kopf: Wenn Frieder mit solchen Leuten verkehrte und an Prügeleien teilnahm, war er vielleicht gar nicht so harmlos wie ich anfangs gedacht hatte.

Frieder sah mich an. Sein Blick war schwer zu deuten. Ich meinte Überraschung darin zu finden. Vielleicht wurde auch ihm in diesem Moment klar, dass ich anders war, als er bisher angenommen hatte. Anders, als ich bisher hatte erscheinen wollen. Es war mir egal. Ich wollte wissen wer dieser Mensch war, mit dem ich eine Reise ins Ungewisse beging. War Vertrauen dafür nicht eine elementare Voraussetzung? Ich zögerte. „Du bist nicht… ich meine…“ Dann nahm ich all meinen Mut zusammen und sagte schnell: "Du bist kein Krimineller, oder? Du schmuggelst doch nicht wirklich Drogen und Waffen, oder?“ Ich verhaspelte mich fast in meinen eigenen Worten. Ängstlich blickte ich ihn an. Zu meiner Erleichterung fing er an zu lachen.

„Klar doch! Ich habe drei Kilo Heroin unterm Sitz von meinem Bike versteckt, und lass dich damit durch halb Frankreich fahren. Weißt du, meine Kunden in Südfrankreich werden nicht besonders begeistert sein, wenn sie ihren Stoff mit derartiger Verspätung erhalten." Von seinen Lippen triefte purer Sarkasmus.

„Das heißt die Polizei kann dir nichts anhängen? Deine Weste ist ganz sauber?" Versicherte ich mich besorgt. Ich hatte wirklich keine Lust mich wegen unbewusst begangener Mittäterschaft in irgendeiner spanischen Gefängniszelle wiederzufinden. Zu meinem Unbehagen, lachte Frieder diesmal nicht. „Wie man's nimmt.", sagte er leicht hin. „Aber um auf deine Frage zu antworten: Nein, ich bin kein Krimineller."

Das beruhigte mich nun nicht gerade. „*Wie man's nimmt*". Was sollte das bitte bedeuten? Frieder sah mir meine Zweifel wohl an, denn er lehnte sich zu mir herüber und kniff mir freundschaftlich in den Oberarm. „Du musst dir wirklich keine Sorgen machen", erklärte er mir ruhig. „Ich bin weder ein Drogen- noch ein Waffenschmuggler, ich habe nie einer Oma ihre Handtasche geklaut und werde auch nicht steckbrieflich wegen Mord und Totschlag gesucht. Die polizeiliche Kontrolle auf dem Platz heute war reine Routine, glaub mir." Er lächelte mich aufmunternd an. „Wer weiß, vielleicht waren die ja in Wahrheit hinter dir her. Welche Bank hast du ausgeraubt, erzähl schon!"

Ich fügte mich seinem versöhnlichen Blick und kicherte zaghaft. Vielleicht war ich doch zu misstrauisch gewesen. Wie könnten sich hinter diesen warmgrauen Augen auch bösartige Gedanken verstecken? Unmöglich.

„Wir sollten langsam schlafen gehen. Morgen wird ein langer Tag.", sagte er und stand auf. Zuvorkommend hielt er mir seine Hand hin und half mir ebenfalls auf die Füße. Für einen Moment waren wir uns ganz nah. Ich konnte die Wärme spüren, die sein Körper ausstrahlte. Mir war, als hörte ich, wie mein Herz leise schnurrte und all meine restlichen Zweifel zerstreuten sich.

„Also dann. Gute Nacht." Er ließ mich los und verschwand in sein Zelt, das auf einmal furchtbar weit von meinem Truck entfernt zu stehen schien. Mit einem sanften Lächeln auf den Lippen baute ich mir ein kleines Schlaflager aus meinen Pullis und rollte mich unter der löchrigen Decke zusammen, die ich unter dem Beifahrersitz gefunden hatte und die mächtig nach Öl stank. Doch das schien mir im Moment unwichtig. Ich dachte nur daran wie erstaunlich es war, dass man so viel Zuneigung für ein einfaches Motorrad empfinden konnte, das zugedeckt still und friedlich neben mir unter dem sternenklaren Nachthimmel schlief.

„Spanien, Herr Doktor.

Nein, immer noch Richtung Süden.

Der Junge ist bei ihr – mit dem Motorrad, richtig.

Das weiß ich nicht, Herr Doktor.

Gewiss doch, ich werde es herausfinden.

Natürlich, Herr Doktor, auf Wiederhören!"

KAPITEL ZEHN: Madrid/Toledo

„Madrid!", sagte ich.

"Toledo!", sagte er.

"Madrid!"

"Toledo!"

So ging das schon seit zehn Minuten. Ich stieß einen hysterischen Kiekser aus, der Frieder erschrocken zusammenzucken ließ, und beharrte weiterhin auf „Madrid!"

„Was ist denn so toll an Madrid?"

„Es ist immerhin die Hauptstadt."

„Das macht es noch lange nicht zu einem sehenswürdigen Ort. Außerdem ist Toledo die ehemalige Hauptstadt von Spanien, dein Argument spricht also für beide Städte, meines nur für eines."

„Madrid ist auch alt."

„Nicht so alt wie Toledo."

„Dein Argument ist also nur, dass Toledo älter ist als Madrid?"

„Nein, mein Argument ist, dass dein Argument sich auf beide Städte bezieht und das Argument der Altertümlichkeit, das ich diesem Argument vorausgesetzt hatte, sich nur auf Toledo bezieht."

Ich stöhnte und lehnte mich von außen gegen die Fahrertür. Wir rasteten gerade auf einer Parkbucht am Rande einer ziemlich holprigen Straße, die mich stark an den Zufahrtsweg zu Klaras Haus in Kientzville erinnerte und „ein Verderb für jede Felge" darstellte, wie Frieder angemerkt hatte. Schon seit einer Stunde führte sie uns durch dichtes Waldgebiet, das unseren Augen eine erholsame Abwechslung zu dem bisherigen tristen Braun der spanischen Wüstenlandschaft bot, jedoch verlassener zu sein schien als ein Friedhof bei Nacht. Weder ein Tier noch ein Mensch, zu Fuß oder in einem Fahrzeug (der Mensch, nicht das Tier, Wildschweine können schließlich nicht Auto fahren), war unseren Weg gekreuzt. Dies verstärkte indes nur die geheimnisvolle Aura, die diese Gegend umgab und mich in eine wohlige Stimmung versetzt hatte – bis die Diskussion aufkam, welches Ziel wir für die nächste Übernachtung anpeilen wollten. Ursprünglich war ja Madrid geplant gewesen. Allerdings war es noch früh am Tag und die Zeit würde es uns ohne weiteres erlauben, noch ein paar Kilometer weiter nach Toledo zu fahren, dass Frieder so überaus reizvoll fand.

„Wie kann man denn nur ein paar öde Stadtmauern und halb zerfallene Gebäude spannend finden, die seit dem Mittelalter sowieso zehndutzend mal erneuert und restauriert wurden und daher sowieso an Authentizität verloren haben?", keifte ich ihn an.

„Du warst wohl noch nie in einer historischen Stadt.", bemerkte er schlicht.

„Ich bin aus der Großstadt und leider für irgendwelche provinziellen Sightseeing-Touren in schimmligen, halb verrotteten Burgen zu beschäftigt." Hatte das jetzt überheblich geklungen?

Frieder zog die Augenbrauen hoch. „Ich hab echt keine Lust auf Zickenterror", sagte er ruhig, drehte sich um und verschwand zwischen den Bäumen.

„Wo gehst du hin?", rief ich ihm hinterher.

„Pissen.", drang seine Stimme aus dem Dickicht. Na Super. Ungeduldig trat ich von einem Fuß auf den anderen. Hätte er wenigstens zurückgezickt, mich von mir aus auch angeschrien, dann hätten wir ein stinknormales, vernünftiges Streitgespräch führen können. Doch Frieder fuhr nie aus der Haut, sondern blieb immer gefasst, erst recht, wenn die Diskussion auszuarten drohte.

Als er zurückkam, starrte ich ihm feindselig entgegen. Versuchte es zumindest. Ich tat mein Bestes, doch das war gar nicht so leicht. Und mir war klar wieso. Mir fiel nämlich auf, dass es mich überhaupt nicht überraschte, als er sagte: „Madrid also?"

Ohne einen weiteren Kommentar schob er sich an mir vorbei, öffnete die Tür an der Fahrerseite und setzte sich hinters Lenkrad.

„Der Schlüssel steckt", bemerkte ich überflüssigerweise und kletterte neben Frieder in den Wagen. Da hatte dieser schon den Motor angelassen und fuhr los, noch bevor ich die Tür mit einem kräftigen Ruck zuschlagen konnte. Plötzlich verschüchtert sah ich ihn von der Seite an.

„Aber ich geh nicht mit dir shoppen", sagte er nach einer kurzen Pause. Ich nickte hastig und lächelte. Da lächelte er zurück und gab Gas. Logisch, dass er kein Problem mit der Kupplung hatte.

Aus dem Radio, das Frieder mit ein paar wenigen Handgriffen wieder zum Laufen gebracht hatte, drangen die Red Hot Chili Peppers und wir sangen laut mit zu *Can't Stop*. Ich empfand es als sehr erfrischend nicht selbst fahren zu müssen und lehnte mich entspannt in meinem Sitz zurück, während mir der warme Fahrtwind durch das offene Fenster ins Gesicht blies. Wir verließen die Waldstraße und fuhren wieder über ebenes Land, vorbei an brachliegenden Feldern und knorrigen Olivenbäumen. Der Himmel war postkartenfotoblau, nicht das kleinste Wölkchen trotzte der Sonne und die Hitze brachte die Luft zum Flimmern. Ich sah zu, wie ein Geier seine Kreise am Himmel zog, zählte die Olivenbäume auf dem Hain und betrachtete die Straße im Rückspiegel. So viel Strecke ließen wir hinter uns. Jeden Augenblick ein Stückchen mehr. Jeden Augenblick rückten wir ein Stück weiter von der Heimat ab, von Sicherheit und Vergangenheit. Jeden Augenblick näherten wir uns der Zukunft, erfuhren sie und entfernten uns im selben Moment. Zufrieden lächelnd folgte ich mit den

Augen der weißen Straßenmarkierung, die sich in der Geschwindigkeit der Fahrt wie eine Schlange sanft am Straßenrand schlängelte. Mein Blick viel auf das Fahrzeug hinter uns. In diesem Teil des Landes kam es selten vor, dass wir uns die Straße mit jemandem Teilen mussten. Schon seltsam wie viele Menschen grüne Renaults fuhren.

Bald schon führte uns die Straße auf eine der wenigen spanischen Autobahnen. Der Verkehr nahm zu und wir hatten nicht mehr so sehr den Eindruck, die einzigen Menschen auf der Welt zu sein. In der Ferne konnte man bereits Silhouetten aufragender Gebäude sehen und die Olivenhaine und tristen Felder wurden von Einkaufszentren und Industrielandschaften abgelöst. Madrid rückte näher und ich wurde vor lauter Vorfreude ganz aufgeregt. Was dazu führte, dass sich langsam meine Blase zu Wort meldete. Ich verfluchte mein Defizit von plötzlich aufkommendem Harndrang bei Aufregung und Stress und informierte Frieder darüber, dass wir bei der nächsten Gelegenheit mal anhalten müssten.

Er wollte wissen, ob ich mich denn nicht zusammenreisen könnte, bis wir einen Campingplatz gefunden hatten, doch ich fragte, wie er sich das vorstellte, meine Harnleitung sei immerhin nur halb so kurz wie seine und darum wäre es für mich unmöglich dieses menschliche Grundbedürfnis noch länger als eine viertel Stunde aufzuschieben. Ich hörte ihn genervt seufzen.

„Wir sind gleich in der Stadt. Da gibt's bestimmt irgendwo ein Bahnhofsklo.“

Oder ein Restaurant, wo ich mal eben heimlich verschwinden kann, fügte ich in Gedanken hinzu.

Madrid ist eine sehr große Stadt. Das weiß man zwar, aber richtig bewusst wird es einem erst, wenn man in ihrem Getümmel ein Klo sucht.

„Hier! Warte, da war ein Schild!“

„Aber hier kann ich nirgendwo anhalten.“

„Dann fahr dort vorne links rein!“

„Das ist ne Einbahnstraße. Verdammt, wer plant denn in dieser Stadt die Verkehrsführung bitte schön!“

„Dann wende doch da an dem Kreisverkehr – nein, du hast links gemusst!“

„Aber das Campingschild zeigt da lang, dann sollten wir in dieser Richtung suchen.“

Komplettes Chaos.

„Das da sieht doch wie eine Einkaufsstraße aus, da gibt es bestimmt irgendetwas zum pinkeln, ein Café oder so.“

„Und wo soll ich bitte parken?“

„Hier! Hier rechts, STOP!“

„Würdest du es bitte unterlassen mir ins Lenkrad zu greifen?“

„Oh Gott, ich lass dich nie wieder fahren!"

„Da ist was frei, da halt ich an."

„Aber hier ist doch nichts!"

„Dann lauf halt ein Stück, wirst schon irgendwo was finden."

Genervt stieg ich aus dem Auto und schaute links und rechts die Straße entlang. Wir standen in einer kleinen Seitenstraße, an der Rückseite von irgendeinem großen Gebäude, wahrscheinlich ein Wohnhaus. Zwei Meter vor unserer Parkbucht führte eine Einfahrt in eine Tiefgarage hinab, die von einem Rollgitter verschlossen war. „Bleibst du hier?", fragte ich Frieder. Dieser räkelte sich in seinem Sitz und nickte. Also wandte ich mich nach links und lief zurück zur Hauptstraße. Wenn ich dieser ein Stück folgte, würde ich früher oder später bestimmt auf irgendeine Art von Gastronomiebetrieb stoßen. Ich hatte Glück. Schon nach wenigen Metern stieß ich auf ein Starbucks-Café. Das war kein Grand-Hotel, aber es müsste gehen. Zwar nicht oft, aber ab und zu war auch ich schon in einer der Filialen eingekehrt, um nach einer Shoppingtour mit Nina und Jessica einen Becher Kaffee zu trinken. Auch wenn mein Vater sich immer beschwerte, dass ich mir einen simplen Arabica-Kaffee in einer amerikanischen Café-Kette kaufte, wenn wir doch die teuerste Kaffee-Sorte der Welt in unserem Vorratsschrank stehen hatten. Einen Kopi Luwak, dessen Bohne erst ihren Weg durch den Darm einer afrikanischen Wildkatze findet, bevor sie geröstet wird. Keine sehr schmackhafte Vorstellung und dennoch maßgebend für ein durchaus hervorragendes Aroma. Mama hielt ihn immer unter Verschluss und meinte, diese edle Bohne sei nur für besondere Anlässe (wie die Erfindung der Energiesparlampe `85) doch dann hielt Papa einer seiner Vorträge, wie hart er doch für die Familie arbeitete und dass er das Recht dazu hätte, sich selbst und uns zu verwöhnen, ja, dass es sogar an Respektlosigkeit grenzen würde, würden wir die Früchte seiner harten Arbeit nicht voll auskosten. Daraufhin hatte ich tatsächlich ein schlechtes Gewissen bekommen und meine Besuche bei Starbucks komplett eliminiert – bis mir mein Bruder Moritz im Vertrauen erklärt hatte, dass das Meiste von Papas Vermögen aus Aktienanteilen an irgendeinem millionenschweren Pharmaunternehmen gründete, er also für den Großteil von dem Geld, das er bekam, gar nicht selbst arbeiten müsste. Blöderweise waren damals meine Geschmacksnerven allerdings schon so sehr an das exquisite Aroma des Kopi Luwak gewöhnt gewesen, dass ich meine Begeisterung für einfacheren Kaffee weitestgehend verloren hatte.

Wie sich herausstellte, war es heutzutage in Schnellimbiss-Restaurants und Fastfood-Ketten üblich, dass die Toilette nur für Kunden zugänglich war. So auch im Starbucks-Café. Es war allerdings keine pummelige Klofrau mit exotischem Akzent (und ich konnte mir auch nicht vorstellen, was für einen Akzent eine

Klofrau in Spanien wohl haben würde), die mich davon abhielt die Toilette als Nicht-Gast zu benutzen,
sondern ein kleiner Metallkasten, der auf Augenhöhe
am Türrahmen angebracht war. Diese Maschine forderte mich auf ihrem winzigen Display höflichst dazu
auf, einen Code von meinem Kassenbon auf ihrer
Tastatur einzugeben, um meinem menschlichen Bedürfnis nachkommen zu können. Na gut. Hibbelig
von einem Bein auf das andere tretend, reihte ich
mich also in die Schlange der Wartenden an der
Theke ein, kaufte bei einem netten jungen Mann namens Manuel einen simplen Espresso, kippte ihn in
einem Zug hinunter und tippte den angegebenen Code
von meinem Kassenzettel in den silbernen Kasten neben der Tür, der sich freundlich bedankte und mir
Einlass in die Toilette gewährte.

Nach dieser Erleichterung um einiges besser gelaunt,
entschied ich auf dem Weg nach Draußen, dass eine
kleine Erfrischung wirklich guttun würde. Also bestellte ich bei Manuel noch einen Strawberry &
Cream Frappuccino mit Blended Cream für mich und
einen Caramel Frappuccino für Frieder. Als kleine
Aufmerksamkeit.

Zufrieden schlenderte ich die Straße entlang, machte
einen kleinen Umweg über einen belebten Platz,
fühlte mich wohl im Getümmel der Menschen und
genoss das Gefühl in einer europäischen Metropole
zu sein.

Schließlich bog ich in die Seitenstraße ein, in der unser Wagen parkte – doch dieser war nicht da. Was sollte das denn jetzt? Nervös lief ich zur Hauptstraße zurück. Vielleicht war ich eine Straße zu früh abgebogen? Aber das konnte nicht sein. Hier war das Haus, das Rollgitter, hier in dieser Straße, an dieser Stelle hatte er gestanden, mein alter Chevy, doch jetzt war die Parklücke leer. Was hatte das zu bedeuten? Das konnte nicht sein, unmöglich, das konnte er mir nicht antun. Verloren stand ich mit meinen zwei Frappuccinos auf dem Gehsteig und blickte auf die Stelle, wo zuvor noch mein Wagen gestanden hatte, als könnte ich ihn so wieder herbeizaubern. Aber das klappte natürlich nicht.

Wie aus dem Nichts ertönte jäh ein lautes Rattern und ich zuckte erschrocken zusammen, als sich plötzlich neben mir das Rollgitter der Tiefgarage zu heben begann. Im selben Moment kam ein Mann die Straße hinaufgeeilt, der eine neongelbe Warnweste trug und hektisch auf ein Walky-Talky einredete. Er rannte mich fast über den Haufen, wie ich da wie angewurzelt auf dem Gehweg stand, und gebot mir mit wildem Handgewedel hier nicht stehen zu bleiben sondern weiter zu gehen. Ich entfernte mich ein paar wenige Schritte der Hauptstraße entgegen, bevor ich wieder stehen blieb und interessiert über meine Schulter zurückblickte. Der Mann war an dem nun offenen Rollgitter angelangt und wenige Augenblicke später kam ein ziemlich schicker Jaguar die Auffahrt zur Tiefgarage hinaufgefahren. Ich kannte das Modell. Mein Opa hatte auch so einen. Ein außerordentlich exquisites Teil. Der Mann in der Weste winkte den Wagen hinaus, gab Anweisungen in sein Walky-Talky und das Rollgitter setzte sich mit Quietschen in Bewegung, bevor es sich mit einem lauten Scheppern wieder schloss. Nun um einiges entspannter, trat der Westenmann seinen Rückweg an, unterließ es aber nicht mir im Vorbeigehen einen strengen Blick zuzuwerfen. Schaulustige wie mich, hatte er bei seiner Arbeit ganz offensichtlich nicht so gerne. Ich sah ihm nach, wie er um die Ecke verschwand – und konnte es nicht fassen als im selben Augenblick mein Transporter in die Straße einbog. Erleichtert atmete ich durch. Frieder hatte mich also doch nicht betrogen. Er hielt vor mir an, mitten auf der Straße und wies mich winkend an in den Wagen zu steigen. „Schnell, bevor er wiederkommt!"

„Bevor wer wiederkommt?", fragte ich während ich in den Wagen kletterte.

„Na der Wachmann. Der hat mich vorhin hier weggeschickt."

„Ich hab' mich schon gefragt, wo du wohl steckst", sagte ich so cool wie möglich.

„Wir haben uns wirklich die perfekteste Stelle zum Parken ausgesucht. Das da", er wies auf das Gebäude, das ich für ein Wohnhaus gehalten hatte „ist die Rückseite des Kultusministeriums, wie ich inzwischen herausgefunden habe. Hier fahren ständig irgendwelche oberwichtigen Leute in ihren protzigen Wagen rein und raus. Ich bin gerade aus dem Truck gestiegen um eine zu rauchen, da kommt dieser Typ in seiner neongelben Weste an und befielt mir hier weg zu fahren. Der hat sich aufgeführt, als würde ich gleich 'ne Bombe aus der Tasche ziehen und das ganze Haus in die Luft jagen. Da hab' ich mich besser verdrückt."

„Ach so war das."

„Ich wusste nicht wie ich dir bescheid sagen sollte, tut mir leid, wenn du dir Sorgen gemacht hast."

„Das hab' ich nicht, es war halb so schlimm", log ich. „Ich hatte ja meinen Kaffee. Ach ja – hier, ich hab' dir auch einen mitgebracht. Ich hoffe du magst Karamellgeschmack."

Frieders Gesicht wurde auf einmal ganz steif. „Du hast mir einen Kaffee vom Starbucks mitgebracht?"

„Einen Frappuccino. Ich war dort zum pinkeln und dann musste ich auch was kaufen, die haben da so eine komische Türensicherung, weißt du, und es ist ja so heiß, da dachte ich ein Frappuccino wäre ganz erfrischend."

„Frappuccino. Was ist das?" Mit zusammengekniffenen Lippen musterte er sein Getränk.

„Eiskaffee mit Milchschaum und Sahne und Karamellgeschmack. Also deiner, meiner ist mit Erdbeere

– wir können auch gerne tauschen, wenn du magst.“ Er schaffte es immer wieder mich zu verunsichern. Jeder normale Mensch hätte sich über einen kühlen Eiskaffee mit cremigem Milchschaum gefreut, doch er schaute so kritisch drein, als würde ich versuchen ihn damit zu vergiften.

„Ist schon gut, Karamell passt schon. Danke. Es ist nur… also ich geh sonst eigentlich nicht in diese Schnellimbissketten oder Café-Ketten, oder was das ist, deshalb… aber nee, danke. Echt nett von dir.“ Er versuchte ein Lächeln, doch es wirkte etwas verkrampft. „Wir sollten jetzt besser fahren, sonst kommt noch die Bereitschaftspolizei und nimmt uns wegen Verdacht auf terroristische Aktivitäten fest.“

„Ja, gute Idee.“ Auch mein Lächeln hing etwas schief auf den Lippen. Er reichte mir seinen Becher, ohne einen Schluck getrunken zu haben, und fuhr los.

Als wir uns in das Gedränge der Hauptstraße einfädelten, hätte ich mir mindestens zwei Augenpaare mehr gewünscht. Angestrengt versuchte ich so viel aufzunehmen wie möglich. Die fremden Hausfassaden studieren, skurril angezogene Leute betrachten und mir merken wo die coolsten Boutiquen waren. Während dieser Erforschung des Trubels von Madrid, erhaschte ich automatisch einen Blick in den Rückspiegel und bemerkte, dass der grüne Renault von heute Mittag schräg hinter uns fuhr. Es waren wirklich auffallend viele grüne Renaults, die seit Frankreich auf den Straßen verkehrten, und stets mit diesem eiförmigen Rostfleck auf der vorderen Stoßstange. Ein ungutes Gefühl breitete sich in meiner Magengegend aus, das nichts mit dem eiskalten Kaffee in meinem Bauch zu tun hatte. Doch ich sagte nichts. Das war ja lächerlich. Was sollte schon dabei sein?

Dennoch, von jähem Misstrauen gepackt, konnte ich nicht anders, als unauffällig den umliegenden Verkehr zu beobachten. Was dazu führte, dass Frieder bei unserer Suche nach einem Campingplatz alleine nach Hinweisschildern Ausschau halten musste, was ihn ziemlich nervte. Doch ich war zu abgelenkt um es zu bemerken. Es bestand kein Zweifel: der Renault verfolgte uns.

„Halte da vorne mal an, bitte!", wies ich Frieder an.

„Wieso denn? Da ist Parkverbot."

„Nur mal kurz anhalten."

Unter mürrischem Gegrummelt tat er wie geheißen. Ich folgte dem Renault mit meinen Augen, wie an uns vorbeifuhr, um bei der nächsten Gelegenheit, nur ein paar Meter vor uns, rechts in eine Seitenstraße abzubiegen. Bestimmt hielt auch er direkt nach der Kurve an und wartete, bis wir wieder losfuhren.

„Was ist denn los?", fragte mich Frieder genervt.

Sollte ich ihm von meinem Verdacht erzählen? Vielleicht würde er ja meine Sorgen zerstreuen können. Aber was wäre, wenn tatsächlich die Grenzpolizei ihn suchte, wenn der Wagen irgendeinem Geheimdienst

148

gehörte, wenn Frieder doch nicht so unschuldig war, wie er mir in Zaragoza versichert hatte? Würde ich das wissen wollen? Würde ich wollen, dass er mich ein weiteres Mal anlog? Würde ich ihn an sie ausliefern, wenn es so wäre? Es war besser, wenn ich die Wahrheit nicht wusste. Ich wollte nicht, dass zerstört wurde, was ich an ihm hatte. „Ähm… es ist nichts. Alles in Ordnung."

Und bevor mir noch eine plausible Ausrede für unseren Halt einfallen konnte, kam mir schon der nächste Gedanke: vielleicht würden sie ja auch mich festnehmen. Als seine Komplizin. Folgerung: Wir mussten den Renault irgendwie abhängen. „Ich habe nur gerade überlegt, ob du immer noch nach Toledo willst."

„Was?"

„Na ja, ich habe jetzt eigentlich genug von Madrid gesehen. Von mir aus können wir ruhig in deine schimmlige Mittelalterstadt fahren." Ich setzte ein fröhliches Lächeln auf.

„Ist das dein Ernst?"

„Voll und ganz", rief ich, als hätte ich gerade ein Kaninchen aus dem Zylinder gezaubert.

„Du schleifst mich also in diese Stadt, nervst mich mit deiner Pinkelpause, lässt zu, dass ich beinahe von Wachmännern massakriert werde und irrst mit mir durch ganz Madrid, nur um mir jetzt zu sagen, dass wir nach Toledo fahren können?"

Strahlend nickte ich. Er schnaubte und starrte mich ungläubig an. Dann lachte er schief. „Also schön, dann auf nach Toledo." Er ließ den Motor an und wollte sich gerade in den Verkehr einfädeln, als ich ihn zurückhielt.

„Oh, warte, warte! Kannst du nicht gleich hier zurückfahren?"

„Klar, Ich werde da vorne irgendwo wenden."

„Wozu denn? Fahr doch hier einfach auf die Gegenspur!"

Er sah mich an, als hätte ich ihm vorgeschlagen mal eben zum Mars zu fliegen. Samt Truck und Campingausrüstung. „Helena, das ist eine dreispurig befahrene Straße. Und falls es dir noch nicht aufgefallen ist: da sind Bäume, die die Gegenfahrbahn von dieser hier trennen."

„Aber guck doch mal! Nur drei Meter hinter uns ist so eine Durchfahrt, da kannst du doch rüber." Er schaute mich immer noch mit perplexer Mine an. Verschmitzt lächelte ich. „Wo bleibt denn Ihre Risikobereitschaft, Señor?"

Da grinste er breit und schlug mit dem Lenkrad nach links ein. „Okay, schau du auf die Gegenfahrbahn, ich guck, dass uns auf dieser Seite niemand platt fährt und auf drei fliegen wir zum Mond."

Den Mond erreichten wir nicht, Toledo allerdings schon, und das heil und unversehrt und ohne grünem Renault im Nacken. Wir kamen am frühen Abend an und hatten glücklicherweise keine großen Schwierigkeiten den Campingplatz der Stadt zu finden. Er lag etwas außerhalb, mit einem herrlichen Blick auf das auf seiner Anhöhe errichtete Toledo. Wie mir Frieder erklärte, war dies der einzige Grund, wieso Toledo nicht die Hauptstadt geblieben war, sondern sein Amt an Madrid abtreten musste. „Da es auf diesem Plateau gebaut ist, konnte es sich nicht ausdehnen. Aber eine Stadt muss wachsen, um wettbewerbsfähig zu sein.“

„Wettbewerbsfähig“, wiederholte ich belustigt. „Das hört sich an, als wäre die Stadt ein Unternehmen, das andere ausstechen muss.“

„So ähnlich ist das ja auch“, erwiderte Frieder mit ernster Miene. „Eine Stadt ist von ihrer wirtschaftlichen Lage abhängig. Wenn sie im industriellen Konkurrenzkampf nicht mithalten kann, geht sie bankrott.“

Darauf fiel mir nichts ein, also schwieg ich.

Der Campingplatz war galant angelegt, mit vielen Bäumen, sowie blühenden Oleandersträuchern und einem nobel aussehenden Swimmingpool (der allerdings extra kostete) und Sanitärhäuschen in vornehmem Weiß. Schon die Auffahrt gefiel mir. Links und rechts mit Bäumen gesäumt und hellem Kies ausgestreut, kam ich mir vor wie auf der Zufahrtsstraße zum Schloss Belle Vue. Ich setzte gerade zu einem „Ach wie schön!“ an, als Frieder meinte: „Etwas spießig, oder?“ und die Nase rümpfte. Wieder zog ich es vor, lieber nichts zu sagen und nickte nur schwach.

Wie sich herausstellte, besaß auch die Stadt selbst einen gewissen Charme, den ich ihr nicht zugetraut hätte. Die alten Brücken und Gebäude, wie die Festung Alcázar, schienen nicht nur in einer anderen Zeit, sondern auch in einer anderen Welt erbaut worden zu sein. Mir gefiel, wie Frieder mit leuchtenden Augen über den alten Stein eines gewöhnlichen Wohnhauses strich und dabei sanft lächelte. „Dieses Haus steht hier wahrscheinlich schon seit hunderten von Jahren. Wie viele Menschen wohl seitdem durch diese Gasse gelaufen sind? Wie viele hier gelebt haben, gestritten, gemordet, gefeiert.“

Langsam verstand ich, was ihn an dem Alter der Stadt so faszinierte. Plötzlich verspürte auch ich den Drang, meine Hand zu heben, um die Fassade zu berühren. Einfach nur um zu wissen, wie es sich anfühlte.

Ich merkte nicht wie Frieder mich beobachtete. Doch plötzlich stand er ganz nah neben mir, legte seine Hand auf die meine und führte meine Finger über den rauen Stein. „Es ist immer noch derselbe. Derselbe Stein wie vor eintausend Jahren.“

Ich musste mich stark aufs Atmen konzentrieren, sonst wäre ich wohl an dem heftigen Flattern in meinem Bauch erstickt.

„Ich habe sie verloren, Herr Doktor. In Madrid waren sie auf einmal verschwunden.

Es ist unmöglich, dass sie etwas bemerkt haben.

Natürlich, ich passe auf.

Gewiss. Ich bin schon auf der Suche nach einem geeigneten Modell.

Ja, in Madrid war er noch bei ihr.

Richtig, Herr Doktor, hier habe ich sein Motorradkennzeichen: GL-M-82.

Natürlich, Herr Doktor."

KAPITEL ELF:
Sevilla – Die Ankunft

Am nächsten Morgen weckte ich Frieder in aller Frühe. Bevor wir am vorherigen Abend schlafen gegangen waren, hatte er mir noch erzählt, wie gerne er einmal den Atlantischen Ozean sehen würde. An dessen Küste war er noch nie gewesen. Dies war auch ein Grund, wieso er ausgerechnet nach Frankreich gereist war. Ich wollte ihm diesen Wunsch gerne erfüllen.

Die halbe Nacht hatte ich nicht schlafen können. Zum einen, weil ich am Abend zuvor mehr als sonst gespürt hatte, dass sich irgendetwas in mir veränderte, und zum anderen, weil mich dieses Gefühl unglaublich glücklich machte. Es weckte neue Lebensgeister in mir, eine Neugierde auf die Welt. Gleichzeitig dankte ich Jesus, Allah, Shiva und Jehova, falls einer von ihnen mir meinen Weggefährten geschickt hatte. Ich war froh, Frieder bei mir zu haben. Trotz allen ungeklärten Mysterien, trotz grüner Renaults. Es war, als hätte er mir Gestern eine neue Welt eröffnet, einfach indem er meine Hand auf eine alte Wand aus Stein gelegt hatte. „So fühlt sich die Zeit an", hatte er noch gesagt und zusammen haben wir vor den Mauern des Alcázars gepicknickt. Dabei haben wir uns in einem von der historischen Kulisse inspirierten Fantasierausch vorgestellt, arme Bauern zu sein, die vor auf dem Lande wütenden, verfeindeten Streitmächten flohen und nun bei der Festung campierten, bis ihnen Einlass geboten wurde. Der Billigfraß aus dem Supermarkt passte meiner Meinung nach ganz gut dazu. Wir redeten albernes Zeug und lachten viel. Es war ein wahres Abenteuer. Erst recht als Frieder anfing, mich vor einem unsichtbaren Soldaten zu verteidigen, der bis in die Stadt eingedrungen war, um mich zu entführen. Da wurde ich plötzlich zu einer als Bauernmädchen verkleideten Prinzessin, die vor ihrem bösen maurischen Ehemann floh. Frieder fuchtelte wild mit seinen Armen um sich herum, versuchte es mit ungelenkem Karate und albernen Kampfgeheul, bis er seinen Luftgegner heldenhaft niedergerungen hatte und auch ich, von einem Lachkrampf geschüttelt, auf dem staubigen Boden lag.

„Dieser Unhold wird euch nie wieder belästigen, edle Maid.“, versprach er mir mit geschwellter Brust und verbeugte sich ehrenhaft. Doch als wir zwei uniformierte Wachmänner aus dem Besuchereingang traten sahen, bekamen wir einen solchen Schreck, dass wir eilig unsere Sachen zusammenpackten und, immer noch lachend, davonrannten, die Straßen entlang, Hand in Hand, damit wir uns nicht verloren, rannten, als wäre tatsächlich eine bis an die Zähne bewaffnete Maurenarmee hinter uns her. In meinem ganzen Leben hatte ich mich nicht so frei gefühlt. So sicher gefühlt. Er zog mich mit sich, wir flohen zusammen durch mittelalterliche Gassen, verließen diese Welt, erfanden eine neue, weit weg von Porzellangeschirr und heuchlerischen Grillpartys. Er hatte mir gezeigt, dass etwas jenseits von dem existierte, was mir immer als vernünftig beigebracht wurde. Es existierte und ich wollte es kennen lernen.

„He! Aufgestanden!" Ich öffnete die Luke zu seinem Zelt und zupfte an seinen Zehen. Er grummelte etwas Unverständliches und drehte sich auf die Seite.

„Der Tag ist jung, der Kaffee aufgesetzt und der Atlantik in greifbarer Nähe – na ja, fast. Zumindest wenn du jetzt aufstehst."

„Wie viel Uhr ist es?", kam es verschlafen aus der Kopfgegend, einem Gewühl aus Locken und Schlafsack.

„Es ist halb sechs", sagte ich fröhlich. „Wenn du dich beeilst, kannst du mit mir den Sonnenaufgang angucken. Er scheint vielversprechend zu werden." Ich kannte Frieder inzwischen gut genug, um zu wissen, dass ihn das garantiert von seiner Isomatte locken würde. Und tatsächlich: Ich hatte mich kaum aufgerichtet und dem rötlichen Streifen zugewandt, der sich bereits schwach am Horizont abzeichnete, als Frieder, nur mit Boxerhorts bekleidet, auch schon neben mir auftauchte. Ich goss uns Kaffee ein und gemeinsam standen wir an einem beliebigen spanischen Morgen zwischen einem verbeulten Truck und einem winzigen Einmannzelt, tranken billigen Instantkaffee und sahen zu, wie eine rote Sonne über einem atemberaubenden Panorama aufging. Toledo erwachte.

„Wie kommt es, dass du schon so früh auf bist?“, fragte mich Frieder irgendwann.

„Ich dachte, wir fahren heute ganz früh los, immer Richtung Süden und gucken, wie weit wir kommen. Wer weiß, vielleicht sind wir ja heute Abend schon am Meer.“

„Ja, wer weiß.“ Er sagte nichts weiter, doch ich spürte seinen Blick auf mir ruhen. Auch er schien gemerkt zu haben, dass sich etwas geändert hatte.

Ein schöner Sonnenaufgang war das eine. Aber durch einen frühen Aufbruch hoffte ich außerdem, eine eventuelle Verfolgung durch den grünen Renault so schwierig wie möglich zu machen. Je größer der Abstand, desto besser.

Wir wechselten uns mit Fahren ab, waren beide fit und voller Elan. Frieder freute sich auf das Meer, er konnte es kaum erwarten, und ich, ich freute mich auch. Das Meer bot eine hervorragende Möglichkeit mich in meinem sexy Bikini zu präsentieren, in dem ich, wie ich fand, schlichtweg fantastisch aussah. Es wäre auch schlimm wenn nicht, schließlich hatte ich ein halbes Vermögen für den Fetzen Mikrofaserstoff in Azurblau ausgegeben.

Frieders Vorfreude machte es mir außerdem ziemlich leicht, uns zum zügigen Vorankommen zu animieren. Ich behielt den Verkehr hinter uns im Auge, doch zum Glück fiel mir nichts Ungewöhnliches auf. Wir fuhren nun vermehrt auf Autobahnen, da das Straßennetz Spaniens nicht sonderlich gut ausgebaut war und es daher kaum Alternativen gab.

„Wir könnten uns langsam Gedanken darüber machen, wo wir heute Nacht schlafen wollen", regte Frieder am späten Nachmittag das Gespräch an.

„Wozu?" entgegnete ich zuversichtlich. „Wenn wir es beide vor Müdigkeit nicht mehr aushalten, können wir ja einfach am Straßenrand anhalten und im Wagen übernachten."

„Klar, einfach auf der Autobahn am Straßenrand anhalten.", bemerkte Frieder trocken.

„Dann eben auf einer Raststätte oder so."

„Das ist nicht so einfach. Ich glaube nicht, dass das erlaubt ist."

„Das ist doch das spannende daran", raunte ich ihm neckisch zu. Doch er runzelte nur die Stirn.

„Es gibt Autobahnpolizei, die auf so etwas achten."

Ja, das war blöd. Der Polizei galt es immerhin aus dem Weg zu gehen. Doch so leicht gab ich nicht auf. „Dann verlassen wir die Autobahn eben. Wir könnten bei der nächsten Ausfahrt rausfahren und weiter auf Landstraßen durchs wilde Spanien kurven. Das ist doch aufregend! Und in der Pampa stört das bestimmt niemanden, wenn da eine Nacht lang irgendwo ein alter Truck herumsteht."

„Wieso bist du denn auf einmal so risikoversessen?“

„Das bin ich doch gar nicht!“, verteidigte ich mich. „Ich versuche nur eine Möglichkeit zu finden, so schnell wie möglich ans Meer zu kommen. Da willst du doch hin, oder etwa nicht?“ Ich machte eine Kunstpause. „Und außerdem sparen wir uns die Kosten für den Campingplatz. Wie du selbst gesagt hast, ist das in Spanien immerhin nicht wenig.“, fügte ich noch hinzu, woraufhin Frieder langsam nickte. Letzteres schien er als Argument zu akzeptieren. Doch komplett wollte er meine Erklärung nicht kommentarlos hinnehmen.

„Natürlich will ich auch schnell zum Meer. Aber darum müssen wir ja nicht in Hektik verfallen. Wir haben doch Zeit, oder?“ Im selben Moment, wie er den letzten Satz sagte, schien er bemerkt zu haben, dass er gerade ein empfindliches Thema gestreift hatte. Er kniff die Lippen zusammen und starrte angestrengt auf die Fahrbahn. Wo kommen wir her, wann müssen wir zurück. Das waren Fragen, die wir nie geklärt hatten. „Außerdem sind wir ganz bestimmt langsamer, wenn wir durch die Pampa fahren“, fügte er schnell hinzu. „Das spricht also eher gegen dein Argument.“ Da hatte er recht. Allerdings wären wir in dem Wirrwarr der Landstraßen sicherlich schwerer ausfindig zu machen.

„Ich mach dir einen Vorschlag“, fuhr er fort. „In ca. zwei Stunden sind wir in Sevilla, von dort aus ist es nicht mehr weit bis an die Küste. Wir können uns dort etwas zum Übernachten suchen und am nächsten Morgen in aller Frühe zum Meer weiterfahren. Was hältst du davon?"

Wollte er tatsächlich mit allen Mitteln den Kontakt mit der Polizei vermeiden, keinerlei Risiken eingehen um nicht aufzufliegen? Oder redete ich mir das nur ein? Sein Vorschlag klang vernünftig, wahrscheinlich hätte jeder normale Mensch so entschieden. Ich stimmte also zu. Doch mich ließ der Gedanke nicht los, dass Frieder eben kein normaler Mensch war.

Der einzige Campingplatz Sevillas war wegen Umbauarbeiten geschlossen.

„Na toll. Und jetzt?", maulte ich, als wir vor dem geschlossenen Tor standen und das Hinweisschild anglotzten, das verkündete, dass der Platz erst wieder in zwei Monaten eröffnen würde. Frieder schaute mich nur mürrisch an, drehte sich wortlos um, stieg zurück in den Truck und startete den Motor. Ich beeilte mich auf den Beifahrersitz zu klettern und ließ es ohne Worte geschehen, dass Frieder den Truck zurück in die Stadt steuerte.

Es war bereits dunkel und das warme, orangefarbenen Licht der Straßenlaternen erleuchtete die Straßen. Auf unserer Reise war es schwierig nicht das Zeitgefühl zu verlieren, doch ich glaubte rekonstruieren zu können, dass heute ein Donnerstag war, ein Werktag also, auf dem ein nächster folgte. Dennoch schien es die

Spanier zu dieser späten Stunde nicht nach Hause zu
ziehen. Die Kneipen und Bars quollen über von Menschen, die lachend und lärmend auch die engen Straßen und kleinen Plätze füllten. Es war, als würde ein
großes Festival in der Stadt gefeiert, das weder An-
lass, noch Anfang oder Ende hatte. Klar war ich schon
in Spanien gewesen, doch immer in Urlaubsorten an
der Küste, wo sich ein Hotel an das andere reihte und
es mehr Touristen gab als Einheimische. Dort wurde
natürlich auch die gesamte Woche durchgefeiert,
schließlich hatte man Urlaub. Doch hier, in einer gewöhnlichen spanischen Großstadt, die Arbeit und All-
tag kannte, hatte ich das nicht erwartet.

Frieder lenkte den Wagen konzentriert an den Grüppchen vorbei, die vor den Cafés und Bars standen und
wegen der meist kaum einen Fuß breiten Bürgersteige
oftmals die Straße blockierten. Irgendwo am äußeren
Rand der Altstadt parkte Frieder in einer Seitenstraße
und stellte den Motor ab, dort wo man schon die hohen Klotzbauten der neueren Wohngebiete in der
Dunkelheit aufragen sah, die sich in aufgeräumt
quadratischen, dennoch heruntergekommenen Häu-
serblocks zusammensetzten. Hier war es ruhig. Hier
gab es keine Bars, keine feiernden Menschen. Er zog
eine der löchrigen Decken unter dem Sitz hervor,
knüllte sie zu einem Kissen zusammen, nuschelte:
„Gute Nacht" und steckte sie zwischen Fensterscheibe und seinem Kopf, um in dieser sehr ungemütlichen Haltung, wie ich fand, den Rest der Nacht zu

verbringen. So würde er doch unmöglich einschlafen
können.

„Moment mal!", lenkte ich ein. „Ist das etwa alles?"

Ohne die Augen zu öffnen murmelte er: „Ich bin
müde und der Campingplatz hat zu."

Ich hätte ihn gerne an der Schulter gepackt und ganz
kräftig geschüttelt. Seine Mundfaulheit war zum
Mäuse melken. Ich schnaubte und stieg erhitzt aus
dem Wagen. Ich hatte gut Lust eine richtige Szene zu
machen, wie in den Seifenopern, mit hysterischem
Gekreische und Haareraufen. Doch ich hielt mich zurück, atmete tief durch und stand so eine Weile mitten
auf der nächtlichen Straße herum, drehte mich ein
paar Mal um mich selbst und versuchte ein paar
Sternbilder zu erspähen, um mich abzulenken. Doch
die Luft war zu staubig und ich erkannte kaum etwas.
Nicht, dass ich sonderlich Ahnung von Astronomie
hatte, doch zumindest konnte ich in sternenklaren
Nächten wage den Gürtel des Orions und das Lichter-
getümmel des Siebengestirns ausmachen. An diesem
Abend jedoch, musste ich mich lediglich mit dem
großen Wagen begnügen, den jedes Kleinkind erkannte, fragte mich zum hundertsten Mal, wo der Unterschied zwischen dem großen und dem kleinen Wagen bestand, ob es ihn überhaupt gab, ärgerte mich,
dass ich ihn nicht finden konnte und fand mich im
nächsten Moment selbst ziemlich lächerlich.

Plötzlich näherten sich Schritte und ich verharrte aufmerksam. Ein Mann ging vorbei, mehr konnte ich in der Dunkelheit nicht erkennen. Er rauchte eine Zigarette, der orange glühende Punkt tanzte an seiner Hand durch die Nacht und leuchtete intensiver als die Sterne. Er sah zu mir hinüber. „Buenas noches."

Ich nickte höflich zurück, obwohl ich mir nicht sicher war, ob er das bei der Dunkelheit überhaupt sehen konnte, und machte, dass ich in den Wagen zurückkam. Frieder war schon eingeschlafen, oder tat zumindest so, wer wusste das schon. Ich kramte die zweite Decke unter dem Sitz hervor, warf einen Blick aus dem Fenster, ob die Luft rein war und verkrümelte mich schließlich auf die Ladefläche. Im Sitzen würde ich unmöglich einschlafen können.

KAPITEL ZWÖLF:
Sevilla – La Casa de la Rebelión

Am nächsten Morgen wachte ich mit einem zufriedenen Lächeln auf. Ich hatte in der Nacht überraschend gut geschlafen und als ich die Augen öffnete, strahlte mir ein azurblauer Himmel entgegen. Wohlig seufzend drehte ich mich auf die Seite und freute mich zu sehen, dass sich Frieder im Laufe der Nacht anscheinend zu mir auf die Ladefläche gesellt hatte. Seine braunen Locken lugten wirr unter der Decke hervor. Seltsam, ich hatte sie viel länger in Erinnerung. Und sie waren sehr dunkel, dunkelbraun. Eher schwarz. Und wieso schlief Frieder nicht in seinem Schlafsack? Ich stutze.

Der schwarzhaarige Hinterkopf ließ einen grunzenden Schnarcher vernehmen und wandte sich mir zu. Vor Schreck knallte ich mit meinem Hintern gegen die Ladeklappe und machte dabei ziemlichen Lärm. Zuerst durch das Klong beim Aufschlag von Knochen auf Metall und danach durch mein unsägliches Fluchen der Schmerzen wegen, die sich rund um mein Steißbein ausbreiteten. Doch der fremde Mann, der dort auf der Ladefläche meines Wagens lag, schlief seelenruhig weiter. Ungeschickt kletterte ich von der Ladefläche und rieb mir dabei den schmerzenden Hintern, bevor ich hastig zum Fahrerhäuschen eilte, um Frieder zu wecken – doch Frieder war nicht da.

„Scheiße!", entfuhr es mir, lauter als gewollt. Erschrocken klatschte ich mir die Hand vor den Mund. Der Fremde durfte auf keinen Fall aufwachen, bevor Frieder wiederkam. Wer weiß, was der mit mir machen würde. Vielleicht war er ein Penner, der weiß Gott was für eine Krankheit hatte und mich damit infizierte, indem er mich nur anatmete. Als Tochter eines Arztes wusste ich natürlich, dass das nicht möglich war, doch allein bei dem Gedanken, was der Mann für einen Mundgeruch haben musste, wurde mir schlecht. Auf Zehenspitzen schlich ich zum Rand der Ladefläche und lugte ganz, ganz vorsichtig über die Absperrung – und blickte in zwei braune Augen. Hastig duckte ich mich – obwohl es natürlich schon längst zu spät war, der Fremde hatte mich schließlich direkt angesehen.

„¡Buenos días!", drang es von der Ladefläche her. Ich erkannte die Stimme wieder. Es war dieselbe, mit der mich der Mann in der vergangenen Nacht gegrüßt hatte. Zögerlich richtete ich mich auf, wobei ich einen sicheren Abstand zum Wagen einhielt. „Buenos días", grüßte ich schüchtern zurück. Was würde als nächstes passieren?

„¡Que bonito día!", plauderte der Fremde weiter und blickte in den strahlendblauen Himmel. Ja, es war ein schöner Tag. „Me ilamo Ramón", stellte er sich vor und streckte mir die Hand über die Absperrung entgegen. Es widerstrebte mir, sie zu ergreifen, doch entwaffnet durch die Höflichkeit des Mannes, wusste ich nichts anderes zu tun. Ich schüttelte sie zögerlich und wollte meine Hand schnell wieder zurückziehen, doch der Fremde hielt sie fest. Er grinste belustigt bei dem Anblick, wie ich panisch versuchte sie aus seinem Griff zu entwenden und er lachte laut auf, als er schließlich überraschend losließ und ich, aus dem Gleichgewicht gebracht, ein paar Schritte zurücktaumelte und beinahe hinfiel. Was für ein Witzbold. Wütend funkelte ich ihn an. „¡Excusa!“, sagte er darauf hin, immer noch schmunzelnd. „¡Excusa, bella Helena!“

Wieder stutzte ich und fragte mich, woher der Fremde meinen Namen kannte, als ich Frieder um die Ecke biegen sah. In der einen Hand hielt er eine Einkaufstüte und in der anderen eine Pappschale mit frischem Obst. Er lächelte mich an, als er zu uns trat. „Wie ich sehe, hast du Ramón schon kennen gelernt.“

Wie ich sehe hast du- wie sollte ich denn das verstehen? Bemüht ruhig zu bleiben, lächelte ich verkrampft zurück. „Ach? Du kennst Ramón?“

„Wir haben uns letzte Nacht kennen gelernt, als ich nicht schlafen konnte. Er hatte keine Lust mehr nach Hause zu laufen, das ist nämlich am anderen Ende der Stadt, weißt du, da hab' ich ihm angeboten mit einer der Decken auf dem Truck zu übernachten – hier!“, er streckte mir die Pappschale mit Obst entgegen. Aprikosen. „Ich hab' Frühstück eingekauft. Hier hab' ich noch etwas Brot.“ Er zeigte die Einkaufstüte vor.

„Zwar nur das Waschlappenbrot aus dem Supermarkt, aber was Anderes findet man in diesem Land
ja nicht. Auf dem Rückweg bin ich in einen riesigen
Markt reingestolpert, da habe ich sofort an dich gedacht und dir ein paar Vitaminbomben mitgebracht."
Er deutete auf die Aprikosen in meiner Hand.
„Ramón, trinkst du Kaffee?"

„Sí, Señor" antwortete dieser erfreut und Frieder
machte sich daran Kaffee zu kochen. Ich war so perplex, dass ich nicht einmal bemerkt hatte, dass der
fremde Spanier auf meiner Ladefläche deutsch verstand.

Wir errichteten ein kleines Picknick auf dem auslad-
enden Hinterteil meines Trucks und frühstückten zusammen. Zu dritt. Ramón stellte sich ein zweites Mal
als Ramón, el Ratón vor, Ramón, die Maus. Das
passte irgendwie. Unter seinen krausen Locken blickten zwei kleine, wachsame Augen hervor, die durch
eine spitze Nase geteilt wurden. Sein Körperbau war
klein, doch robust. Er bewegte sich mit einer Ge-
wandtheit, die man seiner viereckigen Statur zunächst
gar nicht zugetraut hätte. Sein Alter zu schätzen war
schwer. Da sich schon erste graue Strähnen in sein
schwarzes Haar schlichen, konnte er nicht jünger als
Ende dreißig sein, doch sein Gesicht verriet etwas
Anderes. Es war dunkelbraun gebrannt und hatte
kaum Falten. Es sah noch sehr jungenhaft aus, besonders seine Augen sprühten geradezu vor Energie. Nur
seine Hände boten Hinweis auf ein bewegtes Leben.

Deren Haut war rau, fast schorfig und wies viele Narben auf.

Mein anfängliches Misstrauen ihm gegenüber war bald verflogen. Wie sich herausstellte war er weder obdachlos noch krank. Er hatte fünf Jahre lang in Deutschland gelebt und dort gearbeitet und konnte sich daher ohne Mühe mit uns auf Deutsch unterhalten. Er lachte viel und laut und erzählte gerne lustige Geschichten, von denen er zu genüge in Petto hatte. Meistens waren es seine eigenen Lebenserfahrungen, die er schilderte. Während dem Essen hatte er sich eine flache rote Mütze aufgesetzt, die ihn aussehen ließ, wie ein kleiner Che Guevara. Es machte spaß ihm zuzuhören und ich lachte viel bei diesem Frühstück, was auch meinen Ärger über Frieder, dass er einem wildfremden Menschen meinen Truck als Übernachtungsstätte angeboten hatte, restlos verfliegen ließ.

Besonders interessant wurde es, als Ramón uns anbot in seinem Haus zu wohnen, während wir in Sevilla weilten. Wobei es nicht nur sein Haus war, wie er sich schnell korrigierte, sondern noch fünf weiteren Bewohnern gehörte. Eine Wohngemeinschaft also, am anderen Ende der Stadt.

„Danke, Ratón, aber wir wollten Heute weiter zum Meer fahren.", schlug Frieder das Angebot mit einem Seitenblick auf mich aus.

„Ich würde mich wirklich freuen, dich als Gast zu haben, Camarada." Auch die drei Jahre in Deutschland hatten das rollende R nicht aus Ramóns Aussprache verbannen können. „Und natürlich wäre mir auch der Besuch deiner hübschen Freundin eine Ehre." Er lächelte mir freundlich zu. Freundlich. Sonst nichts.

„Ich bin nicht seine Freundin.", korrigierte ich schlicht, spuckte einen Olivenkern in die fast leere Obstschale und streifte Frieder mit einem flüchtigen Blick.

„Ich bin gespannt Neuigkeiten aus Deutschland zu hören." Der Spanier ließ nicht locker. „Ich war seit vielen Jahren nicht mehr dort. Es interessiert mich sehr, was dort in der Zwischenzeit alles passiert ist."

„Glaub mir, viel hat sich nicht getan.", sagte Frieder mit einem wehmütigen Unterton.

„Bitte, Camarada, auch meine Freunde würden sich sicher freuen mehr zu hören."

Ich hatte das schleichende Gefühl, dass ich das Kernthema des Gesprächs nicht erfasst hatte. Wieder dieser Seitenblick auf mich. Erwartungsvoll sah ich Frieder an. Etwas zögerlich wollte er wissen, ob wir nicht noch einen Tag in Sevilla bleiben wollten.

„Aber du hast dich doch so auf das Meer gefreut", rief ich erstaunt aus.

„Das Meer läuft uns schon nicht weg. Und Sevilla scheint eine wunderschöne Stadt zu sein und garantiert einen längeren Besuch wert und außerdem wäre es ja nur für einen Tag.

Aus dem einen Tag wurden drei. Frieder hatte recht gehabt, Sevilla war in der Tat wunderschön. Nur, dass wir letzten Endes nicht besonders viel davon mitbekamen. Ich werde erzählen, wieso.

Mit dem Truck brauchten wir ungefähr dreißig Minuten zu der Casa de la Rebelión, wie Ramón und seine fünf Mitbewohner ihr Haus nannten. Ich fand die Bezeichnung ziemlich proletisch, doch ich hielt mich mit Bemerkungen dieser Art lieber zurück. Erst recht, als ich später herausfand, dass es das Wort „proletisch“ überhaupt nicht gab, sondern der Ausdruck „Prolet“ von „Proletariat“ stammte, meine Bezeichnung für das Haus also „proletarisch“ lauten müsste, worin mir die Bewohner überhaupt nicht widersprechen würden. Doch alles der Reihe nach.

Um ehrlich zu sein, hielt ich mich mit Bemerkungen jeder Art zurück. Das lag an der ungeheuren Autorität, welche das Haus, sowie die Bewohner auf mich ausstrahlten. Doch es war eine ganz andere Autorität, wie ich sie von meinen Lehrern oder von meinem Vater oder irgendeiner anderen höheren Instanz her kannte. Ich glaube nicht, dass es ihre Absicht war autoritär zu wirken. In Wahrheit waren sie alle ziemlich nett. Doch sie lebten ihr Leben mit solch einer Überzeugung, dass ich schlichtweg eingeschüchtert war.

Das Haus lag in einer der Vororte, es war ziemlich heruntergekommen. Schon von Weitem war das riesige schwarz-rote Transparent zu sehen, das an dem Geländer des Balkons im zweiten Stock befestigt war und fast bis zur Haustür reichte. Ich dachte mir jedoch nichts dabei, sondern beäugte nur den abfallenden Putz. Die Fensterläden waren zum Schutz vor der glühenden Sonne geschlossen, so dass das Haus einen verlassenen Eindruck machte. Die Türe war nicht abgeschlossen. Im Innern herrschte Dämmriges Licht. Es gab zwei Stockwerke und ein Zimmer direkt unterm Dach. Von Innen sah das Haus genauso verwahrlost aus wie von außen. Jedes Zimmer war in einer anderen Farbe gestrichen, doch die bunte Farbe an den Wänden verblasste schon. An manche waren in willkürlicher Anordnung Sprüche geschrieben. Die Möbel schienen vom Flohmarkt oder vom Sperrmüll zu stammen, zumindest kam es mir so vor. Wild zusammengewürfelt standen sie im Gemeinschaftszimmer und im Flur, wie Gäste, die zu einer fröhlichen Party geladen waren. Die Küche jedoch, hegte von Anfang an mein Wohlwollen. Sie erinnerte mich an Klara. Sie war groß und geräumig und barg einen alten Holzofen, der offensichtlich noch benutzt wurde. Wie in Kientzville. Von der Küche führte eine schmale Doppelglastür in einen verwilderten Garten hinaus, der von hohen Mauern umringt war und in dem ein einziger Orangenbaum stand.

Vier von Ramóns fünf Mitbewohnern waren zuhause. Ich wurde als Helena vorgestellt, Helena, la Bella. Niemand fragte nach meinem Nachnamen, nach meinem Alter, nach meinen Studienplänen oder dem Beruf meines Vaters. Das fand ich angenehm erfrischend. Bedauerlicherweise stand auch Frieders Nachname nicht zur Debatte.

In der Küche stießen wir auf Beltran aus Barcelona, ein stämmiger Bursche mit einem grimmigen Gesicht, der uns zur Begrüßung nur stumm zunickte und mich beängstigend eindringlich musterte. Kurz darauf kam Cornelio hinzu, der von allen nur Nello genannt wurde, ein großer, gutaussehender junger Mann Anfang Zwanzig und Alejandro, sein kleiner Bruder. Dieser war der Jüngste von allen, ein hagerer Junge mit Haaren so schwarz wie Krähenfedern. Ich erschrak etwas, denn er konnte nicht älter als acht Jahre alt sein.

„Dario schläft noch", sagte Cornelio auf Spanisch zu Ramón und schüttelte Frieder und mir zur Begrüßung die Hand.

Wie sich herausstellte, kam es nicht selten vor, dass Besucher in der Casa de la Rebelión hausten, jedoch waren dies meist einheimische Gäste.

„¿Alemania, sí?", stellte Cornelio fest. „¡Svea se alegrará!"

„Sí, Svea wird sich freuen", wiederholte Ramón auf Deutsch. Svea. Was für ein seltsamer Name für eine

Spanierin. „Ihre Oma war aus Deutschland.“, erklärte
Ramón. „Daher spricht sie eure Sprache.“

„Ist sie nicht da?“, fragte Frieder.

„Nein, sie wird wohl noch auf der Universität sein.“

„In der Universität“, verbesserte ich Ramón automatisch.

„Gracias, Señorita“, bedankte sich dieser und lächelte
mir höflich zu. „¡Bien!“ Er klatschte in die Hände.
„Ich zeige euch nun die Stadt. Nello, Alejandro,
Beltran – begleitet ihr uns?“

Beltran musste zur Arbeit. Er war Bauarbeiter, wie
uns Ramón erklärte.

„Was ist denn mit dir?“, fragte ich ihn. „Musst du
nicht auch arbeiten?“

„No, Señorita“, sagte dieser nur gut gelaunt und beließ es dabei. „Wir können meinen Wagen nehmen.“,
schlug er vor. „Damit kommen wir besser voran.“

„Wieso denn? Meiner läuft hervorragend.“, entgegnete ich etwas eingeschnappt, wobei ich mir einen
verstimmten Blick von Frieder einfing.

„Glaube mir, es ist besser, wir nehmen meinen Wagen“, beharrte Ramón ganz ruhig und ging voran. Er
fuhr eine kleine, lila Ente, die sich ganz offensichtlich
das Baujahr mit meinem Transporter teilte. Der Motor knallte laut, als Ramón ihn anschmiss und der
Auspuff stieß gewaltige, rußschwarze Qualmwolken

aus. Alles ganz normal, wie uns seelenruhig versichert wurde. Frieder fand das wohl witzig, er war bester Laune. Ich konnte darüber irgendwie nicht lachen. Es war verdammt eng auf der Rückbank, weil ich sie mit Cornelio, dem kleinen Alejandro und Cornelios Gitarre teilen musste, da wir die beiden in die Innenstadt mitnahmen. Cornelio war Straßenmusiker, wie er mir auf der Fahrt erzählte und sein Bruder Alejandro half ihm beim Geldeintreiben, wenn ich auch nicht genau verstand, wie ich mir das vorzustellen hatte. Außerdem wollte ich nicht glauben, dass man von der Tätigkeit als Straßenkünstler leben konnte. „Wenn er nicht gerade durch die Gassen streunt, macht er seine Arbeit ziemlich gut, el monito" sagte Cornelio lachend und wuschelte dem kleinen Äffchen, wie er seinen Bruder nannte, durch das kohlenschwarze Haar. Dabei wirkte der junge Mann in der Tat ausgesprochen attraktiv, wie er den Jungen so herzlich anlächelte und seine Augen dabei leuchteten. Sie waren grün. Plötzlich machte mir die Enge auf dem Rücksitz überhaupt nichts mehr aus.

Die beiden verließen uns an der Grenze zum historischen Stadtkern. Als wir die Überbleibsel der alten Stadtmauer passierten, wurde mir auch klar, wieso es Ramón vorgezogen hatte, mit seinem Wagen zu fahren. Bei unserer Ankunft in Sevilla war es mir nicht aufgefallen, da es dunkel und wenig Verkehr gewesen war. Doch nun, bei Tag, fragte ich mich, wie es Frieder in der Nach zuvor geschaffte hatte, den sperrigen Truck durch die engen Straßen zu manövrieren.

Jetzt war auch noch mit ständigem Gegenverkehr zu rechnen und dazu kam, dass das Kopfsteinpflaster uns so sehr durchschüttelte, dass ich jeden Moment damit rechnete, dass Ramóns klapprige Ente auseinanderfiel. Doch sie hielt.

Und zwar an einem kleinen Platz, an dem sich ein paar Bänke unter vier monströsen Bäumen drängten. Und mit „monströs" meine ich wirklich monströs. Sie hätten gut aus dem Urwald ausgebuddelt und hier wieder eingepflanzt worden können. Selbst wenn wir drei, Frieder, Ramón und ich uns bei den Händen gefasst hätten, wäre ich mir nicht sicher gewesen, ob wir einen der Stämme ganz hätten umschlingen können. Schon allein wegen der gigantischen Wurzeln wäre es nicht möglich gewesen, sich dazu dem Stamm ausreichend zu nähern. Wie zweidutzend Spinnenbeine sahen sie aus, wie sie sich um den Stamm horteten und sich irgendwann in der Erde verloren.

Ich legte meinen Kopf in den Nacken, doch die Baumspitzen suchte ich vergebens. Sie wurden von dem gewaltigen Blätterdach jedes einzelnen Baumes verdeckt, die sich zusammen über den gesamten Platz spannten. Hin und wieder hingen lianenartige Stränge von der Krone herab, an denen purpurfarbene Blüten wie Feuerbälle leuchteten. Dies waren in der Tat die seltsamsten Bäume, die ich je gesehen hatte.

„Da wären wir!", sagte Ramón glücklich und rieb sich die Hände. „Der beste Siestaplatz der Stadt."

176

Das glaubte ich ihm aufs Wort. Die Mammutbäume spendeten dem Platz sicherlich den gesamten Tag über wohligen Schatten.

„Also, dann sucht sich jetzt jeder eine Bank und dann treffen wir uns wieder gegen…" er warf einen Blick auf seine Armbanduhr. „Gegen siebzehn Uhr. Vale?"

Bitte was? „Ähm, Ramón?", ließ ich vorsichtig verlauten. „Wolltest du uns nicht die Sehenswürdigkeiten der Stadt zeigen?"

„Das tue ich!", behauptete er mit aufgerissenen Augen. „Diesen Platz zu kennen ist sehr gut. Hier macht man die beste Siesta in ganz Spanien, glaube mir!"

„Ja schon, aber beim Siestamachen, bekommt man nicht besonders viel von der Stadt mit, oder? Ich meine, man sieht dabei nicht besonders viel… Interessantes.", schloss ich lahm.

„Du willst etwas Interessantes sehen?" Er stellte sich ganz dicht neben mich und zeigte auf die Bäume. „Siehst du die Bäume?" Was für eine Frage. „Das sind Mammutgewächse tropischen Ursprungs." Dabei beließ er es. „Es ist zwölf Uhr im andalusischen Sommer" erklärte er noch, während er zwischen den Bänken herumlief, um sich die angenehmste auszusuchen. „Da werdet ihr keinen Spanier finden, der euch in dieser Hitze durch die Stadt führt. Vor einer Stunde haben die Läden zu gemacht. Sie öffnen erst um siebzehn Uhr wieder. Die ganze Stadt ruht, schöne Helena, tu du es auch!" Mit diesen Worten legte er sich auf die von ihm ausgewählte Bank und zog sich seine rote Mütze über das Gesicht. Als Krönung ließ er einen lauten Schnarcher vernehmen, den Frieder zum Lachen brachte. Wütend sah ich ihn an. „Klar, dass du das lustig findest."

„Wieso regst du dich so auf?"

„Ich reg mich gar nicht auf!"

„Ach so."

Eine Pause entstand.

„Dieser Zwerg nervt mich.", gab ich dann flüsternd zu, damit uns niemand hören konnte. Es fühlte sich nicht gut an, das zu sagen.

„Wer? Ramón?"

„Ja, – nein! Ist schon gut.", schloss ich unentschlossen.

„Nee, sag mal!", sagte Frieder mit ruhiger Stimme. „Was stört dich denn? Durch Ramón bekommen wir doch einen ziemlich authentischen Eindruck von Spanien, oder nicht? Ich wette, dieser Platz steht in keinem Reiseführer."

Vogelgezwitscher drang aus den umstehenden Bäumen. Frieder lächelte mich an und nahm meine Hände. Ich versuchte mir nicht anmerken zu lassen, wie sehr mich das besänftigte.

„Versuche es einfach zu schätzen, dass wir solches Glück hatten." Er zögerte kurz, dann sagte er sanft:

„Ich nehme an, dass die Casa de la Rebelión nicht gerade deine Welt ist aber immerhin haben wir schon einen Schlafplatz für heute Nacht und das zusammen mit ziemlich coolen –"

„Du willst dort ehrlich übernachten?" unterbrach ich Frieder entsetzt. Dieser ließ verdutzt meine Hände los. „Klar, was denn sonst?"

„Ich weiß nicht, ob mir das recht ist", gab ich zurück und bereute es im selben Moment. Frieders Augen wurden ganz matt, er kniff die Lippen zusammen und stemmte sich die Fäuste in die Seite, bevor er sich dann doch mit der rechten Hand schnaubend über das Gesicht strich, als würde er nachdenken, und schließlich beide Arme vor der Brust verschränke. Dann brach es aus ihm heraus. „Na, dann läuft es eben mal nicht so, wie es Prinzessin Helena recht ist.", sagte er laut, er brüllte es fast. So hatte ich ihn noch nie reden hören, es war erschreckend. „Ich bin deinetwegen ein Menge Kompromisse eingegangen – quatsch, was heißt Kompromisse! Ich hab' Vieles gemacht, nur weil *du* es wolltest. Ich bin deinetwegen nach Spanien gekommen, wegen dir nach Madrid gefahren und hab sogar deinen scheiß imperialistischen Starbucks-Kaffee getrunken! Ich werde es mir nicht mit Ramón verscheißen, nur weil so eine bourgeoise Möchtegernausreißerin wie du, mal wieder die Zicke raushängen lässt."

Ich gebe zu, ich hätte nicht gedacht, dass er das Wort „bourgeois" kennt. Das war der erste Gedanke, den ich damals hatte. Und es erinnerte mich daran, dass ich Frieder als Mensch eigentlich gar nicht kannte. Außer, dass er gerne Dosenwurst aß, wusste ich nichts über ihn. Vielleicht waren wir uns ja doch nicht so nah, wie ich immer geglaubt hatte. Vielleicht war alles ganz anders, als ich mir hoffnungslos optimistisch eingeredet hatte. Vielleicht war alles nur ein Wunschtraum gewesen. Vielleicht hatte ich zu sehr auf den guten Willen des Lebens vertraut.

„Tja, das war's dann wohl." Ich war weder beleidigt, noch wütend auf ihn. Als ich den Satz aussprach, war ich einfach nur enttäuscht über die Situation.

Er fuhr sich mit der Hand durch die wilden Locken und ein Funken Wehmut machte sich in meinem Herzen breit. Der schöne Abend in Zaragoza. Herumalbern vor Toledos Alhambra. Zusehen wie die schönste Sonne über deren Türmchen aufgeht. War es das jetzt schon gewesen? „Ich brauch etwas Schlaf", sagte er und legte sich mit dem Rücken zu mir auf die Bank gegenüber von Ramón, dessen Schnarchen schon längst verstummt war. Ich ließ ihn gewähren, hin und her gerissen zwischen dem Gefühl, mich sofort auf den Boden gleiten zu lassen und zu heulen, oder ihn zurück zu zerren und anzuschreien, auch wenn ich nicht wusste, was ich ihm hätte sagen sollen. Er hatte ja nichts falsch gemacht. So wie er nie etwas falsch machte. Er ging einfach nur weg. Und weil ich nichts Besseres zu tun wusste, tat ich es auch. Ich drehte mich um und ging. Ging fort von diesem exotischen Platz mit dem schützenden Blätterdach, fort von den mammutstarken Bäumen, hinein in das Labyrinth Sevillas' Altstadt.

Ich konnte mich noch in etwa daran erinnern, wo sich die große Einkaufsstraße befunden hatte. Irgendwo außerhalb des historischen Kerns. Dort lenkte ich meine Schritte hin. Ich hatte es nicht glauben wollen, doch als ich dort ankam, waren tatsächlich alle Läden geschlossen. Ich lief durch die mäßig bevölkerte Fußgängerzone und konnte es nicht fassen. Ralph Lauren, Louis Vuitton, Tommy Hilfiger, es schien, als wäre die Auswahl nicht schlecht, sogar ein Geschäft meiner Lieblingsdesignerin Jette Joop war präsent. Doch alles hatte zu. Außer die Fastfood-Ketten an der Hauptstraße. Die hatten geöffnet. Ich konnte mich nicht erinnern, jemals so deprimiert gewesen zu sein. Nach dem Streit mit Frieder fühlte mich ziemlich verloren. Ich dachte an die Zeit zurück, als ich mich bei mieser Laune immer in das Getümmel der Boutiquen geworfen hatte. Ablenkung durch die Jagd nach dem perfekten Kleidungsstück. Das Auswählen der schönsten Stücke, das Drehen und Wenden vor dem Spiegel in der Umkleidekabine. Ob Streit mit Papa oder einer schlechten Note, Jette Joop hatte es immer geschafft mich wieder aufzurichten. Doch war ich mich nicht sicher, ob es dieses Mal wirklich so einfach gewesen wäre. Verdammt war das alles scheiße. Was wollte Frieder eigentlich von mir?

Dieser seltsame Junge der vielleicht ein Drogen- oder Waffenhändler war, der mich nun dazu bringen wollte in einem Haus zu übernachten, in dem Straßenmusikanten, Straßenkinder und anderer Freaks lebten. Das waren dort bestimmt alles Schmarotzer. Was hatte ich mir nur dabei gedacht? Die vermeintliche Erkenntnis kam rasch, wie eine Flutwelle überrollte sie mich. Es war wohl die größte Dummheit meines Lebens gewesen mit diesem Jungen in dasselbe Auto zu steigen. Überhaupt diese ganze Ausreisergeschichte. Möchtegernausreißerin hatte er mich genannt. Er hatte Recht, das passte nicht zu mir. Wahrscheinlich hatte auch mein Vater Recht gehabt. Mit Allem. Dass ich unvernünftig war und mich zu leichtfertig meinen prämenstrualen Stimmungsschwankungen hingab. Dass ich keine Verantwortung übernehmen konnte, wie man es von einem Mädchen meines Alters eigentlich erwarten könnte. Und dass ich sie alle enttäuscht hatte. Die Frage war nur, ob ich die Schande ertragen konnte, nach Hause zu kriechen und meinen Vater um Verzeihung zu bitten. Zu sagen, ja, Papa, du hattest recht. In der prallen Sonne stand ich vor dem sevillanischen McDonald's und heulte.

Die Enttäuschung, die meine Einsicht mitbrachte, war zu groß. Wieso war Frieder nicht hier um mich zu suchen? Um mich in den Arm zu schließen und zu sagen, dass es ihm leidtat? Wieso kam er nicht, nahm mich und trug mich fort, zurück nach Toledo vor die Tore der Alhambra, um mich ein weiteres Mal vor

den kriegerischen Mauren zu beschützen. Wieso war
er bloß nicht da? Weil sein Weg ein anderer war.

Wage bemerkte ich, wie mich eine Frau besorgt von
der Seite ansprach, ob alles in Ordnung sei. Schluch-
zend fragte ich sie nach einer Telefonzelle.

„Papa? Hier ist Helena.

Gut, danke.

Ich weiß, es tut mir leid. Ich bin gerade in Sevilla.

Spanien, genau.

Nein, ich wollte jetzt nach Hause kommen.

Sofort, ja.

Aber ich bin mit Klaras Chevy hier!

Ich meine, Klaras Auto.

Ist gut, ich gehe noch heute zum Flughafen.

Ja, ist gut, ich nehme ein Taxi.

Ist gut, Papa.

Ja, danke, ich meld' mich dann wieder.

Bis dann!

Ja, tschüss."

Ich hängte auf und fühlte mich nicht besser. Zum Flughafen sollte ich, mit dem Taxi. Ich stand nur da, unfähig mich zu rühren. Das war einfach alles zu viel. Es war heiß, die Sonne brannte. Meine Augen schmerzten von der Heulerei. Ich wollte nicht irgendwohin, ich wollte fliegen. Nicht nach Hause, sondern wie ein Vogel. Oder ich wollte mich hier und jetzt auf den Boden legen und schlafen, schlafen bis ich alle Enttäuschungen und Zwänge vergessen hatte.

Ich weiß nicht, wie lange ich so dastand, mit abwesendem Blick ins Leere starrend. Ich spürte nur, wie mich die zwei starken Arme fingen, als meine Beine schließlich einknickten und ich beinahe neben dem Telefonzellenmast auf dem Boden gelandet wäre.

Frieder!, war mein erster Gedanke und ich spürte bereits die Erleichterung in meinem Herzen, dass er doch noch gekommen war, mich doch noch gefunden hatte und mich nun festhielt. Mit einem zufriedenen Lächeln auf den Lippen schaute ich auf. Es war nicht Frieder, der mich aufgefangen hatte. Mein Lächeln erlosch, meine Augen weiteten sich vor Überraschung. Es war auch nicht Ramón oder ein Polizist.

Es war Leon Ronnersbach.

„Du!", brachte ich erschöpft zwischen meinen Lippen hervor. Er lächelte.

„Schön, dass du dich an mich erinnerst, Helena Wallenstein."

KAPITEL DREIZEHN:
Sevilla – Nach Hause

Leon erklärte mir Alles. Er erklärte mir das mit dem grünen Renault. Er lud mich dazu auf einen Kaffee ein und plapperte munter drauf los. Zuerst hatte er mich in ein Café setzten wollen, klimatisiert und mit zuvorkommender Bedienung. Doch ich bat ihn, uns lediglich zwei Kaffees zum Mitnehmen vom McDonald's zu holen, um ihn hier, auf der Straße, zu trinken. Er sah mich verwundert an, tat es jedoch auf mein Bitten hin. „Aber lass uns wenigsten von der Hauptstraße weggehen.", sagte er, als er mit zwei heißen Kaffeebechern zurückkam und führte mich ein paar Querstraßen weiter, an den geschlossenen Modeboutiquen vorbei, zu einem Platz, in dessen Mitte ein paar Bänke unter schattenspendenden Dattelpalmen standen. Keine Mammutbäume.

Wir setzten uns und er erzählte. Erzählte wie er nach Spanien kam, erzählte wie mein Vater sich kurz nach meinem Anruf aus Kientzville bei ihm gemeldet hatte, oder besser, bei Herr Ronnersbach Senior, der in der Schweiz lebte und ein guter Freund meines Vaters war. Wie Herr Ronnersbach dann der Meinung war, dass sich sein Sohn genug im Reichtum seines Vaters ausgeruht hatte und ihn anwies, die Tochter Wallenstein auf ihrer Fahrt zu „begleiten". Wie er dann ständig den Wagen wechselnd, sich von Ort zu

Ort fragend, es schaffte mir auf den Fersen zu bleiben.

Ich blieb stumm während er sprach, es gab nichts zu fragen, er erzählte es auch so. Er schien ziemlich stolz auf sich zu sein und prahlte mit seinen französischen Kontakten.

„Einem Freund von mir gehören fast alle Hotels in Südfrankreich, hättest du nicht gedacht, was? So war es ein Leichtes mir Zugang zu deren Datenbanken zu verschaffen um herauszufinden wo du gerade steckst. Das mit dem ständigen Wagenwechsel war ein Problem, aber zum Glück habe ich gute Beziehungen in ganz Europa. Dennoch wurde es in Spanien schwieriger. Es hat lange gedauert bis ich einen Ersatz für diesen vermaledeiten grünen Renault bekommen habe doch letztendlich interessiert es die Leute nur wie viel Scheinchen du ihnen zusteckst, dann wird ein Fahrzeugbrief ganz schnell zur Nebensache – und ein gewisses Verhandlungsgeschick ist natürlich auch von Nöten.“ Er ließ ein selbstgefälliges Lachen ertönen. „Selbst die Polizei ist bestechlich und das übrigens nicht nur hier, sondern auch bei euch in Deutschland. So hab' ich die nötigen Informationen, die dein Vater über deinen Freund angefordert hatte, herausfinden können.“

„Welchen Freund?“, musste ich zum ersten Mal nachhaken, denn Leons Redeschwall war plötzlich versiegt. Dieses Thema schien ihn nicht so zu begeistern.

„Na diesen Biker, diesen Friedolin Hirt.“

Ich erstarrte. „Wie dem auch sei“, fuhr er fort, als ich vor lauter Schrecken nicht weiterfragte, kreuzte ausladend seine Beine übereinander und streckte seinen Arm so aus, dass er auf der Rückenlehne der Bank direkt hinter meinen Schultern lag. „Zugegeben, in Madrid hatte ich euch kurz verloren. Doch zum Glück hatte ich vorgesorgt.“ Er machte eine kleine Spannungspause und nahm einen Schluck von seinem Kaffee. Auch wenn mir klar war, dass er auf ein gespanntes „Wie denn?“ meinerseits wartete, sagte ich nichts. Er würde es mir auch so erzählen.

„Willst du wissen wie?“, fragte er, als er in seiner Absicht enttäuscht wurde. Ich nickte nur erschöpft. „Ich hatte in der Nacht zuvor einen Peilsender an eurem Wagen, dieser Schrottkiste, angebracht.“ Er grinste als hätte er es geschafft der Königin von Spanien ihre Spitzenunterwäsche zu klauen. „Da staunst du, was?“ Ich bezweifelte, dass ich diesen Eindruck machte, doch ich ließ ihm in dem Glauben. Meine Gedanken waren mit Wichtigerem beschäftigt. Ich hörte nur mit halbem Ohr hin als er weiter von korrupten Autoverkäufern sprach, die bestechlichen Behörden pries und sich selbst als den Oberspion der Welt lobte.

„Was hast du über Frieder– ich meine Friedolin Hirt“ Der Name klang seltsam fremd auf meinen Lippen „Was hast du über ihn herausgefunden?“

Leons selbstgefälliges Grinsen verrutschte etwas.

„Nichts Gutes", sagte er. „Ich bin mir nicht sicher ob das ein angebrachter Gesprächsstoff für ein junges Mädchen ist."

Langsam taute mein Körper wieder aus seiner dumpfen Apathie auf und ich spürte wie mich Leon ernsthaft zu nerven begann. „Keine Sorge, ich halte das schon aus." Angestrengt versuchte ich ein selbstsicheres Lächeln.

„Nein, es ist mein Ernst. Es ist gut, dass du endlich von ihm wegkommst und auch von diesen anderen Leuten – also bitte Helena!", ermahnte er mich plötzlich „Ich habe dieses Haus gesehen, in das dieser Che Guevara euch gebracht hat mit dieser schwarz-roten Anarchieflagge, die groß und breit davor hängt – ehrlich, was hast du dir eigentlich dabei gedacht, dich auf diesen Pöbel einzulassen?"

Anarchisten!

„Ich hab' mich nicht auf die eingelassen!", verteidigte ich mich beleidigt. „Was meinst du, warum ich nach Hause wollte?"

„Das war die beste Entscheidung die du treffen konntest, das hast du gut gemacht!" Sein Lob klang, als wäre ich eine Sechsjährige, die ihm vorrechnete, dass eins plus eins zwei ergibt. „Ich hoffe du bist dir bewusst, dass ich dich nur beschützen will." Plötzlich war Leons Gesicht sehr nah an dem meinen und sein Arm war unvermittelt von der Lehne auf meine Schultern gerutscht.

„Schon klar." Ich versuchte etwas von ihm abzurücken. „Erzähl mir einfach was du über Frieder weißt. Bitte! Ich geh doch jetzt sowieso nach Hause, da ist es doch egal."

Er seufzte theatralisch und setzte ein gütiges Lächeln auf. „Also gut. Angesichts der Tatsache, dass du ihn nie wieder sehen wirst…" Ich musste schlucken, versuchte mir aber den Schrecken, der mich bei diesen Worten gepackt hatte, zu verbergen. Leon setzte an wie zu einer Protokollverlesung am Obersten Gerichtshof: „Über Friedolin Hirt habe ich folgendes herausgefunden: Achtzehn Jahre alt, geboren am 3. Juli 1992 in Bergisch Gladbach, Wohnhaft in Bergisch Gladbach. Er hat die Mittlere Reife bestanden und danach eine Ausbildung zum Kraftfahrzeugmechatroniker begonnen, musste diese allerdings vorzeitig im zweiten Lehrjahr beenden, er wurde gekündigt, die Gründe dafür sind mir nicht bekannt. Seitdem ist er arbeitslos, genau wie seine Mutter, die sich seit Herbst vergangenen Jahres in einer psychiatrischen Klinik befindet, vor allem wegen Drogenentzugs, Genaueres entzieht sich meiner Kenntnis. Hirts Vater, Alfred Hirt, ist gelernter Koch und führt seinen eigenen

Gastronomiebetrieb in Bergisch Gladbach. Dieses… Etablissement… steht seit zwei Jahren unter Beobachtung der Polizei. Zum Beispiel wurden dort nationalsozialistisch-propagandistische Aushänge im Gastraum sichergestellt, es gab noch weitere

Vorfälle. Friedolin Hirt wohnt seit Beginn seiner Ausbildung nicht mehr im väterlichen Haus. Er selbst kann drei Strafanzeigen vorweisen: wegen Verstoß gegen das Versammlungsgesetz, wegen leichter Körperverletzung und wegen Widerstand gegen die Staatsgewalt. Er steht unter inoffizieller Beobachtung, wegen der polizeilichen Einstufung ‚linksradikal'. Seine Arbeitsstunden, zu denen er seiner Strafanzeigen wegen verurteilt wurde, hat er bereits abgearbeitet. Du siehst also Helena, du hast dich nicht zu früh von diesem Jungen abgewandt."

Ich fühlte mich unfähig etwas zu sagen. Ich fühlte mich schuldig, dass ich ihm die Verfolgung durch den grünen Renault zugeschrieben hatte und gleichzeitig erschlagen durch die Masse von unglaublichen Informationen, die ich eben über ihn erfahren hatte. In Wahrheit war das alles noch viel schlimmer als ich angenommen hatte. Bereits drei Strafanzeigen! Und er steht unter polizeilicher Beobachtung, wenn auch inoffiziell, was auch immer das bedeutete. Ein Linksradikaler. Sagt zumindest die Polizei. Dennoch verspürte ich den Drang mich bei ihm zu entschuldigen, allein des Irrtums wegen, er sei ein Drogendealer. Ich war ungemein erleichtert, dass dies nicht zutraf. Dieses Gefühl überstieg alles Andere. „Ist das alles was du weißt?", versicherte ich mich.

„Ja – ach, nein! Seine Schwester ist vor Kurzem gestorben. Sabine, fünfzehn Jahre alt. Woran weiß ich nicht, war auch nicht meine Aufgabe zu recherchieren. Das ist Alles.“

Wieder versuchte ich zu schlucken, doch meine Kehle war wie zugeschnürt. Frieders Familiengeschichte war grausam. Der Vater ein Nazi, die Mutter in der Psychiatrie, die Schwester tot.

Wie konnte ein Mensch das ertragen? Und ich hatte ihm Vorwürfe gemacht! Ihm ständig meine Wünsche aufgedrängt, um dann einfach weg zu gehen. Meine Augen brannten, ich spürte, dass jeden Moment ein Wasserschwall aus ihnen hervorbrechen würde, ich hatte nur noch Lust zu heulen. Doch nicht vor Leon. „Das ist traurig“, murmelte ich nur leise als Reaktion auf die letzte Information und versuchte die sich anbahnende Tränenflut zurückzuhalten.

„Mag sein“, sagte Leon ungerührt. „Aber du hast ja gehört wie diese Familie ist. Wahrscheinlich hat sie sich das selbst zuzuschreiben.“

Meine Abneigung gegenüber Leon verwandelte sich in puren Hass. Die gestriegelt blonden Haaren und die plastikblauen Augen dieses ignoranten Speichelleckers, dem Papas Geld so weit aus dem Hintern quoll, dass es mich wunderte, dass er überhaupt aufrecht sitzen konnte, widerten mich an. Ich hielt es nicht mehr aus, so dicht neben ihm zu sitzen und sprang auf.

„Alles in Ordnung?", fragte er in diesem besorgt väterlichen Ton, den er auch schon in Besançon angewandt hatte. „Geht es dir nicht gut? Das ist bestimmt nur wegen der Hitze."

Ich stand nur da und starrte auf den Kaffeebecher in meiner Hand. Ich wollte mich nicht wieder setzten, doch einfach weg gehen konnte ich auch nicht. Wo sollte ich denn hin? Zurück zu Frieder? Ich wusste nicht einmal wo das war und außerdem wartete zuhause mein Vater auf mich. Unschlüssig blickte ich um mich. Auf dem Platz war nicht viel los. Noch ruhten die meisten Spanier in ihren kühlen Wohnzimmern, um der Mittagshitze zu entgehen. Zwei Bänke weiter saß eine Gruppe alter Herren, die genügsam ihre Zigarren rauchten. Ein paar Kinder spielten an einem nahen Brunnen. Nur eines der fünf Cafés auf dem Platz hatte geöffnet und ein Kellner servierte gerade zwei jungen Frauen ihre Eisbecher. Meine Gedanken überschlugen sich, ich hatte vergessen was mir je irgendwann wichtig gewesen war, wieso ich hier war, wer ich war, wo ich eigentlich war. Schlafen, hinlegen und schlafen, vergessen. Ich vergrub das Gesicht in meinen Händen und wäre am liebsten verschwunden…

« Solo voy con mi pena
Sola va mi condena
Correr es mi destino
Para burlar la ley »

Ich hatte die Musik, die plötzlich die warme Luft erfüllte, gar nicht als äußerliches Vorkommen wahrgenommen. Sie hatte sich still und heimlich in meine Gefühlswelt gesponnen und ich hatte sie als einen unscheinbaren Teil von mir gehalten, bis mir auffiel, dass sie von dem Platz herrührte. Eine Gitarre Spielte. Eine männliche Stimme sang.

« Perdido en el corazon
De la grande babylon
Me dicen el clandestino
Por no llevar papel »

Ich sah auf und versuchte die Quelle der Musik ausfindig zu machen. Das Lied kannte ich, ich hatte es oft genug im Radio gehört. Es war Manu Chaos Clandestino. Doch noch nie hatte ich es jemanden mit so viel Seele singen hören, dass es mir direkt ins Herz floss und dort die innere Kälte in warme, weiche Watte verwandelte. Wer war er? Mit meinem Blick tastete ich die Umgebung ab und dort, am anderen Ende des Platzes, saß er. Nello, der Straßenmusiker aus der Casa de la Rebelión und spielte. Er fing meinen Blick auf und lächelte mir zu. Unweigerlich lächelte ich zurück und mein erwärmtes Herz ging auf wie eine Blume in der Vormittagssonne. Und plötzlich löste sich der beklemmende Knoten der Verzweiflung, der sich im Laufe des Tages immer fester um meine Brust gezogen hatte und ich wusste, was nun zu tun war.

Solo voy con mi pena / Sola va mi condena. Einsam gehe ich mit meinem Leid, einsam mit meiner Strafe.

Ich war nicht einsam und allein. Um ehrlich zu sein, hatte ich mich nie zugehöriger gefühlt, als wenn ich bei Frieder war. Ich wollte jetzt nicht einfach gehen.

Correr es mi destino / Para burlar la ley. Meine Bestimmung ist es wegzulaufen, um das Gesetz zu hintergehen.

Ich wollte nicht weglaufen, in mein altes Leben zurückkehren, um wieder von vorne anzufangen. Die scheinbar unumstößliche Grenze zwischen dem, was richtig und was falsch war, verschwamm. Ich war mir nicht mehr im Klaren darüber was auf welche Seite gehörte. Ich wollte, musste das hier beenden, auch wenn ich nicht wusste, wie dieses Ende aussah und wann es eintreten würde.

„War es eigentlich Zufall, dass wir uns in Besançon getroffen haben?" fragte ich Leon aus einer intuitiven Eingebung heraus. Ihm schien nicht aufzufallen, dass meine Stimme plötzlich viel fester und sicherer war.

„Na ja, nicht unbedingt. Ich war so neugierig auf dich und wollte unbedingt einmal mit dir sprechen. Da hat sich das bei deinem kleinen Missgeschick angeboten." Mit einem falschen Kichern stimmte ich in sein gönnerhaftes Lachen ein. Dieser Großkotz.

„Wenn dein Vater das allerdings herausfinden würde, wäre ich des Teufels, er hat mir oberste Geheimhaltung angeordnet. – Aber das war es wert." Er bedachte mich mit einem eindringlichen Blick und nahm meine Hand. „Willst du dich denn nicht wieder setzten? Du stehst da so rum."

„Ja, – nein… eigentlich hätte ich gerne noch einen Kaffee." Ich hielt ihm meinen halbleeren Kaffeebecher hin. „Der hier ist kalt geworden."

„Er ist doch noch ganz warm!"

„Trotzdem, der ist abgestanden."

Da wieder, dieses gönnerhafte Lächeln. „Also gut, wenn die schöne Prinzessin Wallenstein es will, bekommt sie einen frischen Kaffee. Aber dieses Mal aus einem richtigen Café und nicht aus diesem billigen Schnellimbiss wo Obdachlose auf die Toilette gehen." Er wollte mich mitziehen, doch ich schnappte ihm meinen McDonald's-Becher aus der Hand und setzte mich schnell hin. „Wenn es dir nichts ausmacht, warte ich hier. Ich fühle mich noch etwas schwindelig – der Kreislauf und so."

„Das ist nur die Hitze, mach dir keine Sorgen. Ich bin gleich wieder zurück." Er zwinkerte mir zu und verschwand in Richtung Hauptstraße.

Ich atmete tief durch und wollte den Platz so schnell wie möglich verlassen. Doch eine Minute später saß ich immer noch auf der Bank unter den Bäumen.

Du musst schon aufstehen, Helena, wenn du Frieder finden willst. Doch meine Beine versagten. Was sollte ich ihm sagen, wenn ich vor ihm stand?

„Hey Frieder, ich dachte du wärst ein gesuchter Drogen- oder Waffenhändler und habe dir misstraut, aber jetzt weiß ich, dass unser Verfolger ein Handlanger meines reichen Papas ist, der mich bewachen sollte, um mich schließlich mit einem First-class-Flug wieder nach Hause zu schicken, also ist jetzt wieder alles O.K. zwischen uns?“

Ich hatte den Eindruck, dass ihn das nicht sonderlich besänftigen würde. Grübelnd in meinen Gedanken versunken, hatte ich gar nicht bemerkt, dass die Musik auf dem Platz verstummt war. Ich schaute erst auf, als plötzlich der Schatten einer Gestalt auf mich fiel. Erschrocken fuhr ich zusammen, weil ich dachte, Leon sei schon zurückgekehrt, doch es war Cornelio, Nello, der Musiker.

„Helena, no?“, fragte er freundlich und setzte sich neben mich auf die Bank.

Ich nickte, geschmeichelt, dass er sich an meinen Namen erinnerte. Er fragte, wo ich el Ratón und meinen Freund gelassen hätte. Ich sagte, die hielten Siesta und er musste lachen. Das sähe el Ratón ähnlich. Ich wollte ihm ein Kompliment für sein Lied aussprechen, doch obwohl ich sonst wenige Probleme mit dem Spanischen hatte, kamen die Worte in der fremden Sprache nur in Bruchstücken über meine Lippen.

196

Er verstand mich trotzdem und lobte meine Aussprache. Dann fiel sein Blick auf meinen Kaffeebecher.
Ob der blonde Mann mir diesen Kaffee gekauft hätte.
Ich bejahte, merkte aber an, dass dieser inzwischen
sicherlich kalt war. Daraufhin sagte Nello etwas sehr
Seltsames: Er würde mich verstehen, auch ihm pas-
siere es öfters, dass die Passanten, anstatt ihm ein paar
Münzen in seinen offen daliegenden Gitarrenkoffer
zu werfen, ab und zu etwas zu essen gaben oder etwas
Warmes zu trinken, wenn es kälter sei, im Winter
etwa. Meistens seien dies irgendwelche Fastfood-
Produkte. Doch um ehrlich zu sein, fuhr er fort und
bedachte mich mit einem neugierigen Blick, hätte ich
auf ihn nicht den Eindruck einer Schnorrerin gemacht.

Ich verschluckte mich fast an meinem letzten Schluck
lauwarmen Kaffees, den ich eben hinuntergestürzt
hatte, um diesen blöden Becher endlich loszuwerden,
und hustete pikiert. Hier lag ganz offensichtlich ein
Missverständnis vor. Doch viel Zeit um das zu klären
blieb mir nicht, denn in diesem Moment, sah ich wie
Leon gerade aus einer der Gassen trat, die am gegenüberliegenden Ende auf den Platz mündeten.

Zum Glück wurde er von einem der Kellner des ge-
öffneten Cafés aufgehalten, der mit einem voll bela-
denen Tablett in der Hand fast in ihn hineingerannt
wäre und blickte daher nicht direkt zu uns herüber.

„¡Rápido!", wies ich den verdutzten Nello an, packte ihn am Arm und zog ihn hinter die nächste Dattelpalme.

„¡Mi guitarra!", stieß er hervor. Seine Gitarre war in der Hektik auf der Bank liegen geblieben. Gemächlich schritt er zu der Bank zurück, an der sich inzwischen auch Leon eingefunden hatte. Verdammt! Nervös meinen inzwischen leeren Kaffeebecher knetend, betete ich zu Jesus, Allah, Shiva und Jehova, dass dieser Nello verstehen, und mich nicht verraten würde und machte mich hinter der Palme, hinter dem ich mich versteckte, ganz schmal. Meine Angst vertrieb jedoch nicht gänzlich meine Neugierde und ganz vorsichtig lugte ich an dem krummen Stamm vorbei. Die zwei Männer unterhielten sich, soviel konnte ich erkennen, Nello mit seiner Gitarre in der Hand. Doch was sie redeten, konnte ich nicht verstehen. Nello zuckte mit den Schultern und schüttelte den Kopf, Leon sah sehr verärgert aus und sah seinem Gesprächspartner abfällig hinterher, als sich dieser schließlich abwandte und in eine der nächst gelegenen Gässchen verschwand. Leon blieb zurück, mit zwei weißen Kaffeebechern in den Händen, die sicherlich aus keiner Fastfoodkette stammten und blickte suchend über den Platz. Er sah ziemlich verloren aus, wie er so dastand, vor der leeren Bank, und hoffnungsvoll nach mir Ausschau hielt. Fast ein wenig hilflos. Für einen kleinen Moment tat er mir leid. So gesehen war er ja selbst nur ein Opfer der

Machenschaften von Wallenstein und Ronnersbach Senior, immer noch ein kleiner Junge, dem nie etwas anderes beigebracht wurde, als Geld auszugeben. Ich unterdrückte den Drang, der alles kaputt gemacht hätte: hinter meiner Palme hervorzutreten und ihm mit einem entschuldigenden Lächeln einen seiner Kaffeebecher abzunehmen. Stattdessen wartete ich, bis er mir den Rücken zudrehte – dann rannte ich los. An spielenden Kindern und rauchenden alten Männern vorbei, hastete ich in den Schutz der nächsten Gasse, die vom Platz wegführte – und rannte dabei direkt in Cornelios Arme. Er lächelte zunächst in mein verhetztes Gesicht, warf dann einen Blick hinter mich und handelte rasch. Diesmal war er es, der „¡Rápido!" rief und den Anderen von uns mitzerrte. „Was denn-?", keuchte ich verwirrt, bis ich einen Blick über meine Schulter warf und mit Schrecken bemerkte, dass Leon mir gefolgt war. „Scheiße!", stieß ich hervor, Nello verstand und legte einen Zahn zu.

„Helena!", brüllte Leon hinter uns „Bleib stehen!"

Ich riskierte einen weiteren Blick über die Schulter, sah wie zwei Becher zu beiden Seiten der Gasse flogen und Kaffee auf Leons Hemd spritzte. Ich rannte weiter, immer noch fest in Nellos Griff.

„Helena!", hörte ich es wieder Rufen. „Bitte! Dein Vater bringt mich um." Doch ich drehte mich nicht noch einmal um. „Bitte!" drang ein weiteres Mal Leons Stimme an mein Ohr, sie klang schon um einiges schwächer. „Ich hab' doch sonst nichts! ER WIRD MICH UMBRINGEN!" Den letzten Satz schrie er, doch es klang fern. Er schien uns nicht weiter zu verfolgen. Ich konnte mich nicht umdrehen um dies nachzuprüfen, ich konnte einfach nicht. Wir rannten weiter. Ein dicker Kloß saß in meinem Hals, den ich mit aller Kraft versuchte hinunterzuschlucken. Doch es nützte nichts. Meine Augen füllten sich mit Tränen, die von dem Gegenwind verwischt wurden und mir die Sicht nahmen. Allmählich wurde Cornelio langsamer und wir hielten an. „Se ha ido.", sagte er und ließ meinen Arm los. Ja, wir hatten ihn abgehängt.

KAPITEL VIERZEHN:
Sevilla – Die Küche

„¿Quién es este hombre?" Wer ist dieser Mann?, fragte mich Nello immer, und immer wieder auf dem Weg zurück zur Casa de la Rebelión. Ich rückte nur zögerlich mit der Sprache heraus. Den zerknautschten McDonald's-Becher hielt ich immer noch schlaff in meiner Hand.

Er hat uns verfolgt, seit wir in Frankreich waren, er wollte mich von hier wegholen. Es sträubte mich mehr zu sagen. Doch Cornelio ließ nicht locker. „¿Por qué?", hakte er nach.

„Er hat Sachen über Frieder rausgefunden…", sagte ich leise, eher zu mir selbst.

„¿Qué?", wollte Nello wissen und ich übersetzte widerstrebend. Seine nächste Frage erschreckte mich. Ist er ein Polizist?, wollte er wissen.

„No!", platzte es aus mir heraus, vielleicht etwas zu hastig um nicht an Glaubwürdigkeit einzubüßen. Der darauffolgende Ausdruck auf Cornelios Gesicht gefiel mir ganz und gar nicht, doch zumindest fragte er nicht weiter.

An der Grenze zum Stadtkern stießen wir auf Alejandro, Cornelios kleinen Bruder, und wie es schien, war er tatsächlich wie „un monito". Er sprang herum und kletterte auf alles was ihm in den Weg kam. Mülleimer, Parkuhren, Bäume. Es war sehr amüsant ihm dabei zuzusehen. Als Nello ihm von unserer Verfolgungsjagd erzählte, war er ganz aus dem Häuschen und wir taten unser Bestes um die Geschichte angemessen aufzubauschen, damit sie besonders spannend klang.

Hatte er eine Waffe?, wollte der kleine Alejandro wissen. Hat er auf euch geschossen?

Er hatte Pfeil und Bogen, erzählte ihm sein großer Bruder, und ein Jagdhorn, fügte ich hinzu.

Wollte er dich entführen, schöne Helena?, fragte er und blickte mich mit weitaufgerissenen Murmelaugen an. Doch ich lachte nur und schüttelte meinen üppigen Blondschopf als zusätzlichen Effekt. Nello lachte nicht, sondern legte nur seinen Arm um die Schultern seines kleinen Bruders und sagte leise, dass er jemand anderes hatte entführen wollen. Der Ernst in seiner Stimme machte das Ende der Märchenstunde deutlich und ließ in mir böse Vorahnungen aufsteigen.

Die Casa war menschenleer, bis auf einen verschlafen aussehenden Jungen in Unterhosen, der in der Küche saß und Kaffee trank. Er war jünger als ich, da war ich mir sicher, nicht älter als sechzehn. Sein Haar war feuerrot gefärbt und zu einem Irokesenschnitt rasiert.

Angestrengt versuchte ich, den halb nackten Schädel
nicht entgeistert anzustarren.

„¡Hola, Dario!" Der Junge sah nicht einmal auf, als
Cornelio ihn begrüßte. „¿Dónde están todos?"

Der Junge namens Dario wusste nicht wo sich die
restlichen Bewohner der Casa befanden, was er durch
einen gleichgültigen Grunzer zum Ausdruck brachte.
Zumindest schaute er jetzt auf. „¿Quién es esa allí?",
fragte er Nello, wobei er mich musterte, als wäre ich
von oben bis unten mit Stunkschlamm beschmiert.
Dass eine völlig Fremde in der Tür stand, er jedoch
nichts anhatte, schien ihn nicht zu stören.

Nello stellte mich vor, wobei er das „bella" unter-
schlug, was vielleicht auch besser war, ich glaube,
Dario hielt mich schon so für Nellos neue Freundin.
Mir wurde Kaffee angeboten (von Nello nicht von
Dario) und ich setzte mich neben den Jungen mit dem
kahlen Kopf an den Tisch. Nello schickte Alejandro
nach oben um das Geld zu zählen, das sie am heutigen
Tage eingenommen hatten und ließ sich ebenfalls auf
einen Stuhl nieder, während sein kleiner Bruder gut
gelaunt über das Treppengeländer in eines der oberen
Stockwerke kletterte.

Nello fragte Dario ob dieser letzte Woche zur Schule
gegangen sei und ob er schon seine Eltern besucht
hatte. Dieser bejahte halbherzig.

Wieso er heute so müde wäre und so spät aus dem
Bett gekommen sei?

Er hatte am vorigen Abend einen Auftritt gehabt.

Aber heute sei ebenfalls Schule.

Wieder eine halbherzige Zustimmung Darios'. Die würde er dann heute wohl verpassen.

Ich verfolgte das Gespräch der Beiden interessiert und wenn ich auch nicht jedes Wort verstand, so erfasste ich doch den Kern der Unterhaltung und wunderte mich, wie Dario als Schüler die Miete für sein Zimmer aufbringen konnte. Ich traute mich nicht zu fragen, doch wenige Augenblicke später erklärte es sich auch von selbst. „Rubén y Rafael quieren ocupar una casa en La Paz. Quizás me voy con ellos."

Nellos Gesichtsausdruck ließ vermuten, dass er nicht besonders viele Stücke auf Rubén und Rafael hielt und daher Darios Aussage, er würde vielleicht bald das Haus wechseln, nicht für voll nahm. Doch mir wurde so manches klar. Ocupan una casa, natürlich! Die Bewohner der Casa de la Rebelión waren keine ordentlichen Mieter. Sie waren Besetzter. Hausbesetzter.

Ich brach in schallendes Gelächter aus. Verwundert sahen mich Dario und Nello an. „Perdonen...", brachte ich keuchend hervor, doch ganz beruhigen konnte ich mich noch nicht. Die Situation war einfach zu komisch. Ich, Helena Wallenstein-von Bering saß mit einem kleinen Punk in Unterhosen und einem Straßenmusikanten am Küchentisch eines besetzten Hauses und trank in aller Ruhe Kaffee, während ich auf einen kleinkriminellen Linksradikalen wartete um mich bei ihm zu entschuldigen. Dario machte eine Handbewegung, die keinen Zweifel daran ließ, dass er mich für absolut verrückt hielt, was mich nur noch mehr zum Lachen brachte. Nello schenkte mir amüsiert Kaffee nach.

Es war schon später Nachmittag gewesen, als Nello und ich in die Casa de la Rebelión zurückgekehrt waren und bald neigte sich der Tag langsam gen Abend und schließlich gen Nacht. Die Sonne verschwand unbemerkt hinter Sevillas Häuserdächern und trübes Dämmerlicht legte dem Orangenbaum im Hof der Casa seinen grauen Mantel um. Doch Frieder kam und kam nicht und so wartete und wartete ich. Die ganze Nacht. Zusammen mit Dario am Küchentisch.

Irgendwann kam Beltran von der Arbeit, ließ einen Grunzer verlauten, den man wohl als müden Abendgruß auffassen konnte, nahm sich ein Feierabendbier aus dem Kühlschrank und verdrückte sich in seinem Zimmer. Wie Nello erklärte, würde Beltran dort den Rest des Abends verbringen und die Russen lesen und nur ein-, zweimal herunterkommen, um sich Doseneintopf zu holen, den er kalt und ohne einen Löffel zu benutzen, direkt aus der Dose trank.

Mir schauderte bei dem Gedanken an die scharfe Dosenkante, fuhr mir unwillkürlich über die Lippen und fragte ihn, was die Russen waren.

„Kropotkin, Bakunin, Tolstoi, Gorki." Wobei er letzteren etwas wehmütig las, wie Nello mir erklärte, da jener ein Kumpel von Lenin gewesen sei. Ich ließ das mal so stehen und spielte an meinem inzwischen ziemlich mitgenommenen McDonald's-Kaffeebecher herum, den ich immer noch nicht weggeworfen hatte.

Auch Nello ging irgendwann nach oben, um Alejandro ins Bett zu bringen und kam danach nicht wieder. Im Haus wurde es still. Die Gartentür stand offen und es wehte ein lauer Wind aus der sich verdichtenden Nacht in die erleuchtete Küche. Neben mir verschlang Dario eine Portion Spaghetti. Ich hatte keinen Hunger. Mir war eher übel. Wo blieb Frieder nur? Hatte er sich vielleicht verirrt? Das war unmöglich, Ramón war doch bei ihm, und der kannte die Stadt wie seine Westentasche. Vielleicht haben sie sich aber getrennt um mich zu suchen? Dieser Gedanke war so egozentrisch, dass ich mir selbst eklig vorkam. Stöhnend vergrub ich mein Gesicht in den Händen. Dario schmatzte seelenruhig weiter. Angestrengt lauschte ich auf ein Geräusch, das ihre Ankunft ankündigen würde. Das Knattern eines Entenmotors etwa, Schritte auf dem Asphalt oder ein verdächtiges Rascheln an der Tür. Doch die Nacht draußen blieb grauenvoll still.

„¿Cuánto has ganado hoy?", fragte mich Dario plötzlich durch sein Schmatzen hindurch. Wie viel ich heute verdient hatte? Ich verstand nicht. Mit seiner

Gabel deutete er auf den halb zerquetschten Kaffeebecher. Wie viel drin sei, wollte er wissen.

Ein zweites Stöhnen entfuhr meinem Innern, nicht das schon wieder.

Ich war nicht Geld eintreiben, ich habe schlicht einen Kaffee getrunken, erklärte ich dem kleinen Punk etwas entnervt.

„¿Con McDonald's?", fragte er angriffslustig. Wie ein kleiner Köter, der bellte, bevor er zuschnappte.

Ja, bei McDonald's, gab ich zu und fragte ihn gereizt, wieso sich alle deswegen verdammt noch mal so anstellten! Erst Frieder bei Starbucks, jetzt er bei McDonald's. Ich erntete einen feindseligen Blick.

Ob ich denn nicht wüsste, dass McDonald's in Südamerika riesige Flächen des Regenwaldes abgeholzt hatte, um Weideland für ihre Rinder zu schaffen?

Ob mir denn nicht klar sei, dass für die europäische Viehzucht immer noch enorme Futtermassen aus Ländern importiert wurden, in denen Menschen verhungerten weil ihnen die von Ausländern genutzten Felder für ihren eigenen Anbau fehlten?

Ja, ob es für mich denn etwas Neues sei, dass die kleinen, lustigen Figuren für das Happy Meal, das speziell für Kinder kreiert wurde, auch Kinder herstellten und um sie älter zu machen, teilweise extra gefälschte Ausweise ausgestellt wurden und die Kinder bis zu fünfzehn Stunden Arbeit am Tag verrichten mussten?

Ganz zu schweigen von dem imperialistischen Ausmaß des Konzerns, der das Sinnbild schlechthin für den globalen Kapitalismus stellte. Ob ich ernsthaft so ein Unternehmen unterstützen wollte, indem ich dessen Produkte kaufte?

Ich wusste zunächst nichts Anderes zu tun, als ihn sprachlos anzustarren. Bis mir klar wurde, dass mein Mund dabei offenstand und ich ihn schnell zuklappte. Ganz davon abgesehen, dass mich diese Informationen plätteten, hätte ich dem kleinen Punk in Unterhosen solch ein Wissen gar nicht zugetraut. Erstaunt fragte ich Dario, ob er denn nie bei McDonald's esse. Wenn nicht Leute wie er, wer sonst, dachte ich im Stillen.

Er verneinte meine Frage, beschwor sogar, dass er niemals bei Fastfood-Ketten aß. Sie zerstörten die Kleinhandelsbetriebe.

Diese Tatsache beeindruckte mich, das musste ich zugeben. Gleichzeitig hielt ich sie für ziemlich verrückt und wusste nicht genau, ob ich darüber lachen sollte. Zumindest wusste ich jetzt, wieso Frieder so seltsam reagiert hatte, als ihm plötzlich ein – wie würde er das ausdrücken – imperialistischer Eiskaffee vorgesetzt wurde. Ach Frieder, wo bleibst du nur?

Dario löffelte weiterhin seine Spaghetti. Irgendwann fragte er mich, ob ich denn nicht langsam nach oben gehen wolle, Nello würde bestimmt schon auf mich warten. Ich erklärte ihm, dass ich nicht wegen

Cornelio hier sei, sondern dass ich selbst auf jemanden warten würde.

„¿Sí? ¿A quién?", wollte er wissen.

„A un amigo."

Der Orangenbaum trug Früchte. Mit federnden Schritten spazierte ich durch den wilden Garten. „Willst du auch eine?", fragte ich Tante Klara und pflügte eine zweite goldgelbe, pralle Frucht von einem der Äste.

„Den hast du aber schön gegossen!", lobte mich Tante Klara, tätschelte den Stamm des Baumes und schälte die Frucht, die ich ihr reichte.

„Das macht das Benzinöl", erklärte ich ihr und tat es ihr mit meiner Orange nach. Dabei verflüssigte sich plötzlich die Schale in meiner Hand und wurde zu einem triefenden Sirup von dunklem Gold, der mir durch die Finger rann und restlos im Gras versickerte. Verzweifelt versuchte ich noch die Flüssigkeit mit meinen Händen aufzufangen, doch es war vergebens. „Tante Klara?", schrie ich verzweifelt und rannte um den Baum herum, um sie zu suchen. Auf der anderen Seite des Stammes saß ein nackter Dario auf dem Boden und futterte Lasagne mit bloßen Händen.

„Versau dir dein Hemd nicht!", rief ich erschrocken, denn er trug plötzlich eine schwarze Stoffhose und dazu ein weißes Hemd, das bereits mit tomatenroten Sprenkeln versehen war.

„Mach dir keine Sorgen!", wollte er mich beruhigen, stand auf und begann auf einer hölzernen Flöte „Can't Stop" zu spielen. Da forderte mich der bärtige Berenz mit den blauen Augen zu einem Tanz auf und wir wirbelten um den Orangenbaum mit Honigfrüchten, während seine Freundin Sandra, Nello und Frieder um uns herumstanden und freudig im Takt klatschten. Berenz hielt mich und führte mich, wies mir den Lauf der Melodie und ich wurde leicht wie ein Blatt des Orangenbaumes, sodass meine Füße kaum das saftig grüne Graß berührten, während wir tanzten. So wunderte es mich gar nicht, dass wir plötzlich mitten in der Baumkrone saßen, hoch oben, wo wir einen wunderschönen Ausblick über die Pyrenäen hatten.

Ich sah zur Seite und wo eben noch Berenz gesessen hatte, war jetzt Frieder, der mich ansah. Zusammen saßen wir in einem riesigen Vogelnest, umgeben von einer Menge Aprikosen. Frieder streckte seinen Arm aus und deutete in die Ferne, irgendwo hinter die vielen Bergspitzen. „Wo kommst du her?", fragte er. Ich konnte nicht antworten, meine Stimme war versiegt. „Wo kommst du her?", fragte er ein zweites Mal. Mit aller Anstrengung versuchte ich einen Ton herauszubekommen, doch da war nichts, nur trockene Luft, die meine Lippen verließ. „Wo kommst du her?", fragte er erneut, dieses Mal mit fester, lauter Stimme. Die Verzweiflung packte mich. Ich griff an meine Kehle, die stumm blieb, und sah Frieder flehentlich an, er sollte aufhören mich zu quälen, bitte, bitte nicht weiterfragen! Daraufhin ließ er seine Hand sinken und verschwand. Ganz plötzlich war er einfach weg. Und da löste sich auch der Baum unter mir in Nichts auf und mit ihm die Aprikosen im Nest. Die Berge rückten in fremde Ferne und ich hing mitten in der Luft, weit abdriftend, wie ein Boot in der Strömung, fort von jedwedem Hafen.

Ich habe kein Wasser, dachte ich verzweifelt und tastete hektische mit meinen Augen die Umgebung ab. Ich habe kein Wasser!

Ich erwachte, weil ich durstig war. Oder vielleicht auch, weil sich die Küchentür geöffnet hatte und jene fürchterlich quietschte. Verschlafen hob ich den Kopf von der harten Tischplatte und fragte mich, wie ich darauf nur hatte einschlafen können. Stöhnend rieb ich meinen steifen Hals und blinzelte mit schweren Liedern in das helle Morgenlicht, das der neue Tag in die Küche schickte.

„Buenos días", sagte Ramón. Wie vom Blitz getroffen richtete ich mich schlagartig auf. Die Realität hatte mich wieder. Wenn Ramón da war, war vielleicht auch Frieder-

„Ihr wart sehr lange weg!", sagte ich und klang gegen meinen Willen vorwurfsvoll.

„Hast du etwa auf dem Tisch geschlafen?" fragte mich Ramón ohne auf meine Feststellung einzugehen. Ich stöhnte ein „Jaaaahhh" und rieb erneut meinen schmerzenden Nacken.

„Wir haben doch genügend freie Betten" sagte Ramón erstaunt. Davon hat Dario nichts gesagt, dachte ich bitter. Er hat nur von Nellos Bett geredet.

„War schon O.K.", versicherte ich halbherzig, wobei ich ein Gähnen unterdrückte. Ich musste fürchterlichen Mundgeruch haben.

„Ich brauche einen Kaffee", sagte Ramón und sprach mir dabei aus der Seele. Er machte sich an der Kaffeemaschine zu schaffen und ließ mich auf meinen glühenden Kohlen sitzen. Ich wollte unbedingt wissen, was in der Nacht passiert war.

Mit ausdrucksloser Mine, stellte er mir schließlich eine dampfende Tasse Kaffee vor die Nase und setzte sich mit einer eigenen mir direkt gegenüber. In aller Ruhe schlürfte er die ersten Schlucke. Ich tat es ihm nach, auch wenn ich nicht halb so ausgeglichen dabei war.

„Um ehrlich zu sein", fing er schließlich an „hätte ich nicht damit gerechnet dich hier vorzufinden. Ich hatte eher den Eindruck, dass es dir bei uns nicht sonderlich gefallen hat." Er klang nicht vorwurfsvoll als er das sagte, oder gar gekränkt. Er stellte einfach nur fest. Halb hatte ich den Eindruck, dass es ihn sogar belustigte. „Wieso bist du trotzdem wiedergekommen?"

„Ich hab' Cornelio unterwegs getroffen", antwortete
ich ausweichend. „Der hat mich mitgenommen." Das
war keine direkte Antwort auf seine Frage, doch die
Wahrheit wäre etwas kompliziert geworden, vom Anruf bei meinem Vater zu erzählen und dann noch zu
erklären, wer Leon war. Doch Ramón ließ nicht zu,
dass ich seine Frage einfach so überging. „Du bist wegen Frieder gekommen." Schon wieder eine Feststellung. Nebenbei kramte er ein Päckchen Tabak aus seiner Hosentasche und begann sich eine Zigarette zu
drehen. Gastfreundlich hielt er auch mir das Päckchen
hin, doch ich klammerte mich nur an meiner Kaffeetasse fest und schüttelte ablehnend den Kopf. Ich hielt
es vor Spannung nicht aus. Ich wollte– nein, ich
musste wissen wo er war!

„Was ist mir ihm passiert?", platzte es aus mir heraus.
„Wo ist Frieder?"

„Er bringt sein Motorrad in die Werkstatt" antwortete
Ramón seelenruhig und lies das Zippo klacken.

„Was?" Es war nur ein schwacher Hauch von einem
Wort, das mir über die Lippen kam. Er ließ sein Motorrad reparieren. Er würde unabhängig werden, meinen Truck nicht mehr brauchen. Er würde mich verlassen. Angestrengt, um nicht loszuheulen, starrte ich
in meinen Kaffee.

„Was willst du eigentlich, bella Helena?" Ramóns
raue Stimme klang sanft, und dennoch durchfuhr sie
mich wie ein Blitz. Diese Frage hatte mir schon lange

niemand mehr gestellt. Ich hatte einmal ein Ziel gehabt: herauszufinden was ich werden will. Das war in den letzten Tagen ziemlich in den Hintergrund gerückt. Stellten sich inzwischen vielleicht ganz andere Fragen? In müder Verzweiflung bröckelte der Rest meines Stolzes von mir ab wie spröder Putz von einer Wand.

„Ich will, dass Frieder zurück kommt", antwortete ich mit piepsiger Stimme. Dann würde alles gut werden. Dann wäre ich in Sicherheit. Dann könnte das Leben so weitergehen, wie in den vergangenen Tagen, seit in den Pyrenäen dieser ungewöhnliche Junge zu mir ins Auto gestiegen war, leicht und unbeschwert, alle Sorgen vergessend.

Nachdenklich zog Ramón an seiner Zigarette und ließ den bläulichen Rauch sanft durch seine Lippen entweichen. Die braunen Augen musterten mich eindringlich. Unbehaglich wich ich seinem Blick aus, ich hatte das Gefühl, dass meine Seele geröntgt würde.

„Frieder meinte ihr kennt euch noch nicht besonders lange." sagte Ramón schließlich. Ich nickte schwach. Die unbarmherzig durchdringenden Augen kamen näher, er beugte sich leicht nach vorne und stützte sich dabei mit den Unterarmen auf der Tischplatte ab, wie ein Wissenschaftler, der sein Untersuchungsobjekt näher betrachten will. „Was weißt du eigentlich über ihn?"

214

Ich schluckte. So, jetzt musste ich raus mit der Wahrheit, von Leon berichten, und davon, was er mir erzählt hatte. Andererseits – hätte es Frieder gewollt, dass ich seine gesamte Lebensgeschichte ausposaune? Sicherlich nicht. Das waren vertrauliche Informationen, sie Ramón zu erzählen, schien mir recht treulos zu sein. „Ich weiß genug." entgegnete ich tapfer und schluckte abermals. Mein Mund war ganz trocken. Schnell nahm ich einen Schluck Kaffee.

„Genug" wiederholte Ramón und lehnte sich wieder in seinem Stuhl zurück, ohne mich jedoch aus den Augen zu lassen. „Du scheinst dir dessen sehr sicher zu sein, also werde ich deinem Urteil vertrauen. Ich will dich trotzdem warnen." Er drückte seine Zigarette aus, wobei er mir endlich eine kleine Verschnaufpause gewährte, in dem er seinen Blick abwandte. „Es ist gefährlich sich so hartnäckig an einen Menschen zu klammern, den man nicht lange kennt und der ganz offensichtlich ein anderes Leben führt, als man selbst." Innerhalb einer Millisekunde hatte sein Blick mich wieder eingefangen und verscheuchte den meinen im selben Moment auf die Tischplatte. „Dinge über jemanden zu wissen und ihn wirklich zu kennen ist ein Unterschied."

„Ich weiß", sagte ich heiser. Mein Blick wanderte zu Ramóns Händen, die neben seiner Kaffeetasse auf der dunklen Tischplatte lagen. Wo hatte er wohl all diese Schrammen und Narben her?

„Natürlich weißt du das" bestätigte er mich mit sanfter Stimme. „Ich hoffe nur, dass du auch begriffen hast, worauf du dich einlässt, bella Helena."

Ich wagte es meinen Blick zu heben und Ramón direkt anzusehen. El Ratón lächelte leicht, es war wieder dieser spezielle Gesichtsausdruck zwischen Hohn und Verständnis, der ihn so jung und doch alt und weiße aussehen ließ. Meine Augen flackerten und ich sah wieder weg. Mein Blick landete genau auf dem zerquetschten McDonald's-Becher, der die ganze Zeit über zwischen uns gestanden hatte. Ramón stand auf. „Du musst sehr müde sein, es ist noch sehr früh am Morgen. Willst du dich noch etwas hinlegen?"

Abermals nickte ich schwach, gleichzeitig war ich ihm dankbar, einen Ort zugewiesen zu bekommen, an dem ich mich verkriechen konnte.

„Komm mit, ich zeige dir, wo ein Bett ist, in dem du schlafen kannst." Und ich folgte Ramón, el Ratón, die Treppe der Casa de la Rebelión hinauf.

„Sie verdammter Nichtsnutz! Sorgen Sie schleunigst dafür, dass sie in die nächste Maschine steigt und zurückkommt, koste es was es wolle. Ich will sie wieder hier haben, haben Sie das verstanden? Sie wissen was passiert, wenn Sie mich enttäuschen, Leon. Bringen Sie mir meine Tochter wieder, egal wie! Mir ist jedes Mittel recht, hören Sie! Jedes Mittel."

KAPITEL FÜNFZEHN:
Sevilla – Liliths Zimmer

Ich verschlief den voranschreitenden Morgen und den Vormittag. Zum Glück traumfrei. Zumindest wachte ich einigermaßen erholt auf. Es dauerte einen Moment, bis ich begriff wo ich war. Am Abend zuvor, als Ramón mir das Zimmer gezeigt hatte, war ich ihm wie in Trance die Treppe hinauf gefolgt und hatte mich dann nicht groß umgesehen, sondern war geradewegs ins Bett gefallen und sofort eingeschlafen. Ich hatte es gerade noch so geschafft, vorher meine Schuhe auszuziehen.

„Ach gut, du bist wach.“

Erschrocken fuhr ich zusammen. Die weibliche Stimme, die gesprochen hatte, passte nicht in das Bild meiner Erinnerungen. Ich setzte mich auf und erblickte auf der gegenüberliegenden Seite des Raumes eine junge Frau an einem Schreibtisch sitzend. Normalerweise wäre mir ihr Rücken zugewandt, doch sie hatte sich auf ihrem Stuhl so umgedreht, dass sie mich direkt ansah. Für einen Moment verschlug es mir den Atem. Nicht nur, weil ich überrascht war, mich bei meinem Erwachen einer völlig Fremden gegenüber zu finden, sondern auch, weil jene außergewöhnlich schön war.

Ihre Haare waren dunkelblond und sehr kurz. Glatt lag es ihr am Kopf entlang und betonte ihre schmale Gesichtsform. Ihre Züge waren sehr fein mit hohen Wangenknochen und einer spitzen, schmalen Nase. Die Form ihres Mundes war sehr ausgeprägt, perfekt geschwungene Lippen hatte sie. Wie zwei Weidenblätter geformt lagen ihre Augen groß und schön leicht schräg unter schmalen Augenbrauen. Das tiefe Grün der Iris lies mich an wilde Bäume des Urwaldes denken. Zusammen mit ihrem zierlichen Körperbau hatte sie etwas Elfenhaftes, dessen Eindruck durch die Art wie sie sich bewegte nur noch verstärkt wurde. Geschmeidig erhob sie sich von ihrem Schreibtischstuhl und schritt durch das Zimmer auf mich zu, wobei sie mit ihren Füßen kaum den Boden zu berühren schien. „Du bist das Mädchen aus Deutschland, richtig?" Ihre Stimme überraschte. Sie war nicht hoch und piepsig, wie ich es von einer so kleinen und dünnen Person erwartet hätte. Klangvoll, angenehm tief und rau erfüllte sie den Raum. Ihr Deutsch war gut, doch mit einem unverkennbar spanischen Akzent versehen.

Ich nickte und versuchte so wenig verschlafen wie möglich auszusehen. Bei dem überwältigenden Anblick der Fremden fühlte ich mich so klein, hässlich und unbedeutend wie nie. „Ich heiße Helena."

„Helena, wie aus der Ilias?", fragte sie mit ihrer ruhigen Stimme und setzte sich neben dem Bett auf den Boden.

Ich bejahte und lächelte bescheiden, doch insgeheim stolz über den häufigen Vergleich mit der berühmten Helena von Troja.

„Du bist schön", sagte das Mädchen mit so viel Aufrichtigkeit in der Stimme, dass ich verlegen loskichern musste. Ich wirkte bestimmt wie ein albernes Schulmädchen. Von jedem anderen hätte mich dieses Lob nicht so nervös gemacht. Ganz im Gegenteil wäre ich dem selbstbewusst mit einem aufmüpfigen Lächeln begegnet. Doch von dieser zauberhaften Gestalt als schön bezeichnet zu werden, stand außerhalb jedem irdischen Austausch von Schmeicheleien. Am liebsten hätte ich erwidert „Du bist viel schöner als ich, damit das mal klar ist", doch ich fürchtete, dass sie das nur als abgedroschene Höflichkeitsfloskel aufnehmen würde, und das wäre der Wahrheit nicht Gerecht geworden. Daher fragte ich sie nach ihrem Namen.

„Ich heiße Svea", antwortete sie. Da erinnerte ich mich.

„Deine Oma kommt aus Deutschland! Ramón hat es uns erzählt."

Svea lächelte und nickte. „Du bist nicht allein hier?"

Meine Gesichtszüge wurden zu Stein. „Wir sind… wir waren zu zweit. Ich und ein… Freund von mir.", schloss ich notdürftig und hoffte, dass die elfenhafte Svea meinen Stimmungswechsel nicht bemerkt hatte.

Hatte sie. Sie war aber taktvoll genug nicht darauf einzugehen. Ganz anders als Ramón, also ehrlich!

„Ich habe mich schon gewundert, warum man dich hier bei mir einquartiert hat und nicht oben auf unserer Gästecouch. Aber die ist dann vermutlich von deinem Freund besetzt."

„Vermutlich" sagte ich verbittert. Frieder war also die ganze Nacht im Haus gewesen und hatte sich am Morgen nicht bei mir blicken lassen? Dieser Gedanke war nicht nur verletzend, sondern auch demütigend. Svea bedachte mich mit einem prüfenden Blick. „Nein, nein, ich merke schon, wieso dich el Ratón zu mir gesteckt hat."

Es dauerte einen Moment, bis ich mich von diesem verletzenden Gedanken losreisen konnte und sah sie fragend an. „Wie meinst du das?"

Doch Svea lächelte nur ein magisches Lächeln und reichte mir eine Zigarette von der Schachtel auf ihrem Nachttisch. Ich zögerte, bevor ich sie bescheiden dankend annahm. In meinen neunzehn Lebensjahren hatte ich es bisher immer geschafft dem Zigarettenrauchen auszuweichen. Nur einmal, als ich neun Jahre alt gewesen war, hatte mich mein Onkel Herbert an seiner Zigarre ziehen lassen, ein teures Teil, direkt aus Kuba. Trotzdem war mir danach so schlecht geworden, dass ich allen Tabakprodukten auf ewig abgeschworen hatte – woran ich mich bisher auch immer gehalten hatte. Doch jetzt war ich fast zwanzig und es musste ja einen Grund geben, wieso die halbe Welt für diesen Glimmstängel Krebs riskierte. Ich ließ mir also Feuer geben und erstickte fast an den Folgen. Nur ein heftiger Hustenanfall konnte mich retten.

„¡Por dios!", rief Svea aus und klopfte mir besorgt den Rücken. „Geht es dir gut?"

„Ich rauche sonst eigentlich nicht", gab ich krächzend zu.

„Dann weg damit!" Mit ihren schlanken Fingern nahm sie mir die glühende Zigarette aus der Hand und drückte sie im Aschenbecher auf dem Nachttisch aus.

„Ich kauf dir eine neue", sagte ich schuldbewusst. Ich hätte mich vor Scham am liebsten unter der Bettdecke verkrochen.

„Sei nicht albern." Mit einer federleichten Handbewegung scheuchte Svea eine unsichtbare Fliege weg. Ihre grünen Augen sahen mich freundlich an. „Du siehst elend aus."

Da musste ich lächeln. Sveas Direktheit machte sie auf unerklärliche Weise vertrauenswürdig. „Ja, das trifft so ziemlich die Ebene meiner Gefühle. Ich habe ziemlichen Mist gebaut." Meine Stimme wurde zunehmend gepresst, mein Lächeln verschwand. „Und jetzt will er ohne mich weiterfahren."

„Dein Freund?"

Ich nickte, bemüht, mich unter Kontrolle zu halten und den sich anstauenden Tränen keinen Raum zu geben. „Er ist stinksauer und das zurecht und jetzt wird er gehen, ohne mich." Die letzten Worte brachte ich nur noch in einem leisen Flüsterton heraus. Meine Stimme versagte.

Da umarmte Svea mich, einfach so. Und mit dieser mächtigen Geste der Herzlichkeit, brach in mir alles wie ein gewaltiges Kartenhaus in sich zusammen. Ich spürte die Einsamkeit in mich einschlagen wie ein leuchtender Blitz von Zeus höchstpersönlich an mich gesandt. Die Wunden des Verlassenwerdens, die Unsicherheit meiner Zukunft, das langsame Zerbröseln meiner alten, gut behüteten Welt, alles ballte sich zu einer einzigen Wassermasse zusammen und überflutete meine innere Schädelwand. Die Tränen flossen unaufhaltsam und Svea hielt mich, die perfekte Svea. Tröstend fuhr sie mit ihren zarten Fingern durch mein ungewaschenes Haar und presste meinen unförmigen Leib an ihren geschmeidigen Körper. "llora, Ilora, bella Helena, el día es largo." Weine, weine, schöne Helena! Der Tag ist noch lang.

Wie ein Regen aus Tränen meiner selbst rann das Wasser aus dem Duschhahn meinen Körper entlang. Wie ein kleines Mädchen, das sich an seine Mutter schmiegt, ließ ich mich von den Tropfen einhüllen, in die sanfte, warme Decke des Trostes.

Mein Gefühlsausbruch in Sveas Zimmer hatte mich sehr erschöpft. „Du siehst aus, als könntest du eine Dusche vertragen.", hatte sie bemerkt, nachdem ich mich nach zwanzig malträtierenden Minuten langsam wieder beruhigt hatte. Doch Millisekunden, nachdem ich ihr zugestimmt hatte, fiel mir ein, dass die Tasche mit meinen Klamotten immer noch im Truck lag und ich nicht wusste ob Frieder noch mit ihm unterwegs war, oder ob er schon wieder zurück war und ob ich dann auf ihn treffen würde, wenn ich zum Truck ginge, und er mich dann so sehen müsste mit fettigen Haaren und Morgenmundgeruch und ein zweiter Tränenschwall des Frustes überkam mich.

Svea versuchte mich zu beruhigen. „Es ist alles gut, alles gut! Du kannst Klamotten von mir anziehen, wenn du magst."

Und so lagen nun eine Schlaghose (die Svea mindestens zwei Nummern zu groß war) und ein T-Shirt mit der Aufschrift „Consume less – live more" vor der Duschkabine bereit. Ich verließ meinen Wassertempel der tröstenden Wärme, schlug ein Handtuch um meinen Kopf und schlüpfte in die Klamotten. Die Jeans saß knalleng und hatte ein Loch unterm Knie, sowie am hinteren Oberschenkel. Aber mein Hintern sah fantastisch darin aus. Meine Augen blieben kurz an dem Satz auf dem T-Shirt hängen, der in eleganter Schnörkelschrift auf Brusthöhe aufgedruckt war. Ich verstand ihn nicht.

Svea empfing mich mit einem strahlenden Lächeln. „Du siehst schon viel besser aus. Schau mal!" sie deutete auf ihr Bett, über dem inzwischen eine flauschige Tagesdecke lag, worauf ein Tablett mit Brot, Oliven und frischem Obst stand. „Ich habe uns etwas zu Essen hochgeholt, ich dachte, das tut uns beiden ganz gut."

Meine Dankbarkeit für das schöne Mädchen stieg ins Unermessliche. Erst jetzt bemerkte ich, wie hungrig ich war.

„Wo hast du eigentlich heute Nacht geschlafen, Svea?"

Wir saßen auf dem Bett und futterten Brot mit Oliven.

„Ich war seit gestern nach der Uni bei meiner Freundin."

„Und heute hast du keine Uni?"

„Nein, heute habe ich frei. Dafür muss ich morgen zu einem Wochenendseminar." Sie verzog das Gesicht.

„Was studierst du denn?", fragte ich neugierig. Was hatte ich als Antwort erwartet? Philosophie und Kunst vielleicht.

„Touristik und Hospitality Management." Bekam ich als Antwort.

224

Ich versuchte erst gar nicht meine Überraschung zu verbergen. „Und das macht dir Spaß? Ich meine… ist es das was du machen wolltest?"

„Es ist nicht übel." Svea schob sich eine Olive in den Mund und lächelte verschmitzt. „Früher wollte ich immer Stewardess werden. Ich wollte immer ganz viel reisen müssen – die Welt sehen." Ihr Lächeln bekam einen traurigen Anklang. „Meine Oma hat mich darin immer bestärkt und mir zum Beispiel Deutsch beigebracht. Ihr hat es hier in Spanien nicht gefallen, darum wollte sie unbedingt, dass ich die Möglichkeit hatte von hier weg zu kommen, wenn mir danach wäre. Letztendlich bin ich nicht einmal bis nach Paris gekommen."

„Wieso hat deine Oma hier gelebt, wenn es ihr doch nicht gefiel?"

„Mein Vater ist Spanier. Er hat zehn Jahre in Deutschland gearbeitet und dort meine Mutter kennengelernt. Sie ist kurz nach meiner Geburt gestorben und wenige Monate später wurde mein Vater abgeschoben. Meine Oma – also die Mutter meiner Mutter – war zu diesem Zeitpunkt nicht mehr fit genug um für sich selbst zu sorgen. Da hat mein Vater sie einfach mit nach Spanien genommen. Ihr blieb keine Wahl: Entweder sie kommt mit uns oder sie muss in Deutschland in ein Heim gehen."

„Und lebt sie noch hier?", fragte ich.

„Nein, sie ist vor fünf Jahren gestorben."

„Das tut mir leid.", sagte ich, bestürzt über so viel Tod in Sveas Leben.

„Wir müssen alle einmal sterben. Der Tot gehört zum Leben. Hast du das hier probiert?"

Verwirrt durch den schnellen Themenwechsel merkte ich zunächst gar nicht, dass Svea mir ein Gläschen mit einer roten Paste unter die Nase gehalten hatte. „Vegetal puro pasta de tomate" stand darauf und darunter ein grünes Logo mit der Aufschrift vegano. „Mach das auf dein Brot!", sagte sie „Das schmeckt gut." Sie hatte recht.

„Bist du Veganerin?", fragte ich sie mit einem Blick auf das Grüne Logo auf dem Gläschenetikett.

„Sí, Señorita!"

„Das bedeutet du isst…"

„Keine Produkte mit tierischen Inhaltsstoffen." Vollendete sie den Satz für mich und tunkte ein Stück Brot in die Tomatenpaste. „Und bevor du fragst" fuhr sie fort, bevor ich den Mund aufmachen konnte. „Nein, ich habe keine Mangelerscheinungen, ich bin kerngesund und esse nicht nur Gras und Blätter. Bei den meisten Gerichten können die Zutaten durch pflanzliche Produkte wie Soja ersetzt werden. Außer bei einem Rührei vielleicht." Sie schmunzelte. „Ich könnte mir nicht vorstellen in einer Welt zu leben, in der ich auf Kuchen und Pan Cakes verzichten müsste."

Ich biss in mein Brot um nicht sofort darauf eingehen zu müssen. „Aber ist das nicht unnatürlich, sogar auf Milch zu verzichten?", fragte ich schließlich vorsichtig.

„Fändest du es natürlich, wenn du einem Affen die Brust geben würdest? Oder Katzen plötzlich die Milch von Hunden saugen?"

„Nein" musste ich zugeben.

„Ist es aber nicht das gleiche, wie wenn der Mensch Kuhmilch trinkt? Und die Kälber bleiben dabei auf der Strecke."

Ich dachte einen Moment darüber nach. Mir viel nichts ein, was ich darauf hätte erwidern können, außer dem Argument das war aber schon immer so. Aus dem Verdacht heraus etwas Dummes zu sagen, schwieg ich jedoch lieber.

„Hier, probier die mal!" Svea hielt mir ein zweites Gläschen mit weißem Inhalt entgegen. „Diese Paste habe ich selbst gemacht aus Tofu und frischen Kräutern aus unserem Garten."

Ich muss zugeben, das Wort „Tofu" fand ich zunächst sehr abschreckend, doch ich traute mich und es schmeckte nicht schlecht. Allerdings fielen mir ständig meine immer noch feuchten Haare nach vorne über die Schultern und hingen in den leckeren Brotaufstrich und in die Oliven. Ich war es einfach nicht gewohnt im Bett zu essen. Früher hatte meine Mutter es Moritz und mir manchmal erlaubt im Bett zu Frühstücken, wenn Wochenende war und Papa nicht zuhause, früher als wir noch Kinder waren. Doch spätestens mit der Einschulung wurde dieses schöne Kindheitsprivileg aus dem heimlichen Wochenendprogramm gestrichen. Und so saß ich nun hier in Spanien und hatte Schwierigkeiten mit der Haarkoordination beim Auf-dem-Bett-Essen. Vielen Dank, Mama. Irgendwann erbarmte sich Svea und flocht mir einen langen Zopf, damit mir das Haar nicht mehr nach vorne über die Schultern fiel.

„Du hast wunderschöne lange Haare" sagte sie bewundernd und strich abschließend mit ihrer schmalen Hand anmutig über den Zopf. „Wie lange hat es gedauert bis die so lang waren?"

„Keine Ahnung. Ich hatte schon immer lange Haare, schon als Kind. Mein Vater hätte mich umgebracht, hätte ich sie jemals abgeschnitten." Und ich mich auch, fügte ich im Stillen hinzu.

„Dein Vater muss wohl sehr autoritär sein."

„Er ist schon in Ordnung." Wie bitte? Nahm ich hier gerade meinen Vater in Schutz? „Er ist schon streng, klar. Aber er arbeitet auch hart für uns, da darf er das, oder etwa nicht?" Wenn ich auf Bestätigung gehofft hatte, wurde ich enttäuscht.

„Alle Menschen müssen hart arbeiten." entgegnete Svea. „Das war schon immer die Ausrede des Patriarchats gewesen. Wir arbeiten doch für euch!",

zitierte sie mit verstellter Männerstimme. „Das be-
rechtigt sie in keinerlei Hinsicht zur Erhebung über
andere. Außer vielleicht über jene, von denen sie
selbst unterdrückt werden.“

„Von wem sollten denn Männer unterdrückt werden?“

„Na von anderen Männern. Ihrem Arbeitgeber zum
Beispiel.“

„Na da hat mein Vater dann aber Glück.“ Ich lächelte
verschmitzt. „Der ist nämlich sein eigener Boss.“

„Was arbeitet er denn?“

„Er ist Chefarzt für Radiologie.“

„Und was macht deine Mutter?“

„Nichts. Sie ist Zuhause.“

Für einen Moment herrschte Stille im Raum. Svea sah
mich mit einem nachdenklichen Gesichtsausdruck an
und ich, die ich erst jetzt erschrocken realisiert hatte,
was ich alles über mich ausgeplaudert hatte, wartete
gespannt auf das was als nächstes passierte.

„Wieso bist du hier?“, fragte mich Svea schließlich.
Ich überlegte. Würde Svea mich verstehen? Würde
sie verstehen wie es war unter Zwängen zu leben,
ständig mit einem falschen Lächeln im Gesicht?
Würde sie verstehen, dass eine schöne Villa und die
Aussicht auf ein großzügiges Einkommen mir keine
Befriedigung geben konnten? Würde das überhaupt
irgendjemand verstehen?

„Viele würden mein bisheriges Leben als perfekt bezeichnen.", versuchte ich es langsam zu erklären. „Ich wohne in einem schönen Haus, mein Vater hat viel Geld und ich hätte studieren können. Jura, das wollte mein Vater so." indem ich es aussprach, begriff ich erst den Unsinn dieser Worte. Das wollte mein Vater so. Und was war mit meinem Willen? „Irgendwann empfand ich diese Perfektion als sehr erdrückend. Kannst du das verstehen?"

„Ja, ich verstehe dich. Ich fühlte mich von meinem Vater auch immer sehr eingeengt." Mit traurigen Augen strich Svea abwesend über ihre Tagesdecke. „Das war natürlich eine andere Situation. Mein Vater war sehr religiös, weißt du. Er ging regelmäßig in die Kirche und spendete der Gemeinde viel von seinem wenigen Geld und erwartete von meiner Mutter ihn zu verstehen und zu unterstützen. Er betete viel und ermahnte mich es ihm gleich zu tun. Als Kind habe ich als Gute-Nacht-Geschichte aus der Bibel vorgelesen bekommen. Einmal hat er mich verprügelt, weil ich heimlich Pippi Langstrumpf gelesen habe." Bei der Erinnerung daran breitete sich ein sentimentales Grinsen auf ihrem Gesicht aus. „Er meinte sie stehe für eine der sieben Todsünden – den Stolz."

Beide mussten wir kichern bei der Vorstellung von Pippi im Beichtstuhl.

„Ich bin so bald wie möglich ausgezogen. Und heute habe ich meine eigene Beziehung zu Gott."

„Was meinst du damit?"

Leichtfüßig sprang Svea vom Bett auf und nahm ein Bild von der Wand, das links neben der Tür hing. Meine Augen waren vorhin kurz daran hängen geblieben, als ich zum Duschen raus bin. Es war eindeutig die Abbildung einer biblischen Gestalt. Es zeigte eine Frau mit rotbraunen Haaren, eingehüllt in eine weißte Tunika. Sie saß auf einem hölzernen Thron und hatte beide Hände auf die Armlehnen gestützt. Der Hintergrund war dunkel und ließ einen Sturm mutmaßen, der ihr Haar wild aufbauschte. Was das Bild jedoch so besonders machte, war der Gesichtsausdruck der Frau. Jener war weder demütig, noch mütterlich liebreizend wie bei sonstigen Abbildungen biblischer Frauen. Diese hier schaute ihren Betrachter fordernd an, fast aufmüpfig. Ihr Kinn war leicht gehoben, sie wirkte stolz.

„Das ist Lilith." Svea legte mir das Bild auf die Knie. „Sie ist ein Teil der Schöpfungsgeschichte, auch wenn sie in der Bibel nicht als solcher beschrieben wird."

„Wie kann das sein?" Bewundernd strich ich mit einem Finger über das würdevolle Gesicht der Frau.

„Die Bibel ist nur eine Auswahl an religiösen Schriften.", erklärte mir Svea. „Zu der Zeit als die Bibel erstellt wurde, waren die Weltbibliotheken voll von Texten über Jesus, seinen Jüngern, die Entstehungsgeschichte der Welt und so weiter.

Was die Gelehrten der damaligen Zeit als gut und wichtig erachteten, kam dann in die Bibel, meistens waren das Texte mit ähnlichem Kontext. Erzählungen wie jene über Lilith zum Beispiel, wurden außer Acht gelassen."

„Aber wieso? Was wurde über sie erzählt?" Gespannt wartete ich darauf, dass Svea weitererzählte.

„In der Bibel werden – wie wir wissen – Adam und Eva als die ersten Menschen genannt. Wobei Eva aus der Rippe Adams entstand, also ein Teil von ihm war. Jahrhunderte lang galt dies für viele Christen und besonders für den Klerus als Argument, dass die Frau sich dem Manne unterordnen sollte."

Ich nickte, das war nichts Neues. „Und was hat diese Lilith damit zu tun?"

Angetan durch meinen Wissensdurst fuhr Svea fort. „Ein Text, der nachweislich zur selben Zeit wie die Geschichte von Adam und Eva aufgeschrieben wurde, besagt, dass Eva eben nicht die erste Frau war, die Gott erschaffen hat." Um die Worte wirken zu lassen, machte Svea eine kurze Pause, bevor sie fortfuhr. „Nach diesem Text wurden die beiden ersten Menschen der Erde gleichzeitig erschaffen. Ihre Namen waren Adam und Lilith."

„Aber wieso wird dann die Geschichte von Adam und Eva erzählt, wenn es Eva doch gar nicht gab?"

„Oh doch, es gab Eva schon", versicherte mir Svea mit ihrer klangvollen Stimme. „Sie kam allerdings erst später in den Garten Eden."

„Wie das?"

„Das Problem war, dass Lilith sich weigerte Kinder von Adam zu bekommen. Sie wollte sich ihm nicht unterordnen. Sie widersetzte sich sowohl seinen, als auch den Worten Gottes und fuhr ungeachtet aller Verbote zurück in den Himmel hinauf."

„Wie, einfach so?"

„Ja. Seitdem gilt sie als Dämon, der junge Männer verführt und für Kindstode verantwortlich ist. Als solcher wird sie in der Bibel nämlich durchaus genannt."

„Aber wie kommt es, dass immer die Geschichte von Adam und Eva erzählt wird?" Ich wusste nicht genau, was ich von der ganzen Angelegenheit halten sollte. „Das ist doch merkwürdig."

„So merkwürdig nun auch wieder nicht. Es ist doch wunderbar bequem, wenn man einen Beweis für die Abhängigkeit der Frau vom Mann hat. Dann kommt niemand auf die Idee Ansprüche auf Gleichberechtigung zu stellen." Svea sagte das ganz trocken. Mir wurde ganz schlecht bei dem Gedanken, dass solch ein elementares Objekt wie die Bibel eine willkürliche Zusammenstellung irgendwelcher Gelehrter im ersten Jahrhundert war. Sveas Geschichte, wie abstrakt sie auch sein mochte, bot mir auf jeden Fall eine Menge Stoff zum Nachdenken.

„Wie sieht es aus, bella Helena?“ Ich hatte nicht bemerkt, wie mich Svea interessiert beobachtete hatte. „Meinst du, dass du nun bereit bist dein Zerwürfnis zu klären?“

Mein Zerwürfnis. Es gab Einiges worauf sich das beziehen konnte. Ich wusste nicht, worauf Svea hinzielte, auf meine Patsche mit Frieder oder der Streit mit meinem Vater, doch im Grunde war es egal. Ich fühlte mich gesammelt genug um mich beidem zu stellen. Da mein Vater allerdings über zweitausend Kilometer entfernt war, entschied ich mich mit dem Naheliegendsten anzufangen und begann entschlossen den Abstieg in die Küche.

KAPITEL SECHSZEHN:
Sevilla – Flucht und Abschied

Laute Stimmen drangen hinter der Küchentür hervor, als ich mich ihr näherte. Zwei ziemlich erhitzte Gemüter schienen zu diskutieren. Ich verstand kaum etwas, sie sprachen schnelles Spanisch. Mit leichtem Bedauern sehnte ich nun doch den Beistand von Svea herbei, den ich oben in ihrem Zimmer noch eben konsequent abgelehnt hatte. „Ich muss da alleine durch.", hatte ich ihr mutig gesagt.

Ich hatte schon die Hand auf der Klinke, als zwischen dem wirren Wortgefecht plötzlich der Name „Frieder" fiel. Da hielt ich inne und lauschte angestrengt. Wörter wie „búsqueda" und „redada" sagten mir nichts. Doch es fielen auch Begriffe wie „Polizei" und „Verfolgung" und eine der beiden Stimmen sagte ganz sicher etwas wie: „Wir sind nicht mehr sicher!". Ich versuchte noch etwas aufzuschnappen, doch die zweite Stimme war der ersten ins Wort gefallen, woraufhin ein komplettes Wortchaos entstanden war. Das wurde mir jetzt zu blöd und ich riss die Tür auf.

Wie zwei aufgescheuchte Gockel fuhren Ramón und Cornelio herum, als ich so in die Küche platzte. Cornelio sah sehr erhitzt aus und sehr angespannt. Ramón wirkte verärgert, schien jedoch seine übliche Ruhe weitgehend behalten zu haben.

„Buenos días", sagte ich höflich. „¿Me pueden decir donde está Frieder?"

„Er ist oben und schläft", antwortete mir Ramón auf meine Frage.

„Gracias." Ich rührte mich nicht vom Fleck. Beide Männer starrten mich erwartungsvoll an.

„Du findest ihn im zweiten Stock, die Tür auf der rechten Seite. Es ist der einzige Raum dort oben. Du kannst ihn also nicht verfehlen." Ramón, el Ratón, brachte sogar ein kleines Lächeln zustande. Ich stand immer noch in der Tür und wartete darauf, dass ich genügend Mut gesammelt hatte um zu fragen, was es mit diesem Streit auf sich hatte, in den ich hineingeplatzt war. Doch dann blickte ich auf Nellos aufgewühltes, leicht gerötetes Gesicht und Ramóns kluge Augen, die mich nicht zum ersten Mal einschüchterten und mein Mut verdrückte sich feige in die hinterste Ecke meiner Seele.

„Tja, ich geh dann mal wieder.", verkündete ich, durch meine plötzliche Nervosität zurück ins Deutsche fallend, stand noch einen Moment unschlüssig auf der Schwelle, drehte mich schließlich um und verschwand. In der Küche begannen zwei Stimmen wieder leise zu sprechen.

Ja, da stand ich nun, mit der Hand auf der Klinke, zögernd. Ähnliche Situation wie vor zwei Minuten, nur dass ich mich zwei Stockwerke höher befand und hinter der Tür absolut nichts zu hören war. Das war ja aber auch verständlich, wenn Frieder dalag und schlief. Sollte ich ihn wirklich wecken und nicht besser warten, bis er frisch und munter war? Wieso schlief er eigentlich ausgerechnet jetzt, zum Teufel? Dazu hatte er doch die ganze Nacht Zeit gehabt!

Ich atmete tief durch, kratzte all meinen Mut aus seinem Versteck hervor und drückte die Klinke.

Im Zimmer war es dunkel. Es lag direkt unterm Dach und durch die einfallenden Dachschrägen war es sehr eng hier drin. Einzig ein kleines weißes Viereck spendete etwas Licht, das sich am Rand einer heruntergelassenen Jalousie abzeichnete. Frieder lag darunter, auf einer breiten, ausgesessenen Couch. Er schlief. Durch die offene Tür fiel ein schmaler Lichtstreifen auf sein Gesicht. Seine Stirn schien angespannt, hinter seinen Augen flackerte es, doch er wachte nicht auf. Leise trat ich an ihn heran. Ich konnte nicht anders, ich musste meine Hand ausstrecken und über seine Locken streichen. Wie wild sie waren. Ich lächelte zärtlich und betrachtete noch einen Moment lang sein schlafendes Gesicht, bevor ich mich abwandte und das Zimmer wieder verließ. Er schlief so fest. Da wollte ich ihn nicht wecken.

„Und?“ Am Fuße der Treppe stand Svea und sah zu mir auf.

„Er schläft“, sagte ich seufzend und kam die Treppe zu ihr hinunter.

„El Ratón meint, sie seien die ganze Nacht in einer Bar gewesen und hätten getrunken. Vor allem er." Sie nickte in Richtung Dachzimmer. „Er ist nicht hier gewesen, bevor er in die Werkstatt gefahren ist. Nur kurz um sein Motorrad zu holen."

Dann hat er es erst recht verdient, sich auszuschlafen, dachte ich milde gestimmt. Er war also nicht hier gewesen, ohne mit mir zu sprechen. Dieser Gedanke tat gut.

„Dario und ich gehen jetzt für die WG einkaufen. Willst du mitkommen oder lieber hier warten, bis er aufwacht?"

„Nein" so positiv gestimmt wie schon lange nicht mehr, hatte ich Lust ein wenig raus zu gehen. „Ich komme mit, sonst fällt mir hier noch die Decke auf den Kopf."

„WAS?" erschrocken sah Svea nach oben an die Decke. Ich musste lachen.

„Das darfst du nicht wörtlich nehmen! Das ist ein Sprichwort und bedeutet, dass ich unbedingt mal aus dem Haus muss."

Svea stimmte in mein Lachen mit ein und gemeinsam gabelten wir Dario in seinem Zimmer auf und gingen los.

„Können wir deinen Truck nehmen? Der ist perfekt für so einen Großeinkauf."

„Ja gerne!" Ich war richtig stolz auf meinen guten, alten Chevy.

Wir quetschten uns zu dritt ins Fahrerhäuschen und fuhren los, raus aus der Stadt, über die Autobahn, wo sich die großen Einkaufscenter im Industriegelände tummelten, unter anderem auch einer der französischen Hypermarchés.

Mit Svea und Dario einkaufen zu gehen war ein wahres Erlebnis. Der kleine Punk trug zwar dieses Mal mehr als nur Boxershorts, zog aber darum nicht weniger Aufmerksamkeit auf sich. Bei jedem Schritt den er ging, klapperte, rasselte, klingelte irgendein metallisches Accessoire an ihm und sein ausgeflipptes Outfit mit der Schottenkarohose und dem löchrigen T-Shirt sorgten dafür, dass die Leute ihn in regelmäßigen Abständen mit großen Augen angafften.

Svea schien das nicht zu stören, ich war mir nicht einmal sicher, ob sie es überhaupt bemerkte. Graziös wie sonst schritt sie neben Dario einher und schenkte dem Platzanweiser auf dem Parkplatz, sowie dem Wachmann am Haupteingang ihr bezauberndes Lächeln.

Irgendwann begriff ich auch, dass die Leute, die mir ständig auf die Brüste zu glotzen schienen, in Wahrheit den Spruch lasen, der auf dem T-Shirt abgedruckt war, das mir Svea ausgeliehen hatte und begann nach meiner anfänglichen Beklemmung zunehmend Gefallen an der Aufmerksamkeit zu finden, die unser ungewöhnlichen Trio auf sich zog. Ich hatte eine

Menge Spaß. Dario räumte fast das gesamte Nudelregal leer, woraufhin ihn Svea mit einer Packung Spaghetti verdrosch. Es war ein Vergnügen dabei zuzusehen, wie der Wachmann, der Dario ermahnte nicht alle Käse-Gratisproben aufzufuttern, unter Sveas Liebreiz förmlich dahinschmolz und zum Schluss bei der Frau hinter der Käsetheke eine zweite Ladung Probehäppchen „für den hungrigen jungen Mann" anforderte.

Es geschah auf dem Weg zur Toilette. Wir hatten schon gezahlt und waren mit unserem bis zum Rand gefüllten Einkaufswagen auf dem Weg zum Parkplatz, als ich mich kurz abseilte um aufs Klo zu gehen.

„Wir gehen schon mal vor", rief mir Svea hinterher und ich winkte ihr, als Zeichen, dass ich verstanden hatte. Kaum war ich in den leeren, sterilen Gang eingebogen, der zum Wickelraum und den Toiletten führte, da packte er mich am Oberarm und zog mich unsanft durch eine offenstehende Tür in einen Raum voller Wischmobs und Putzeimern. Ich hatte nicht einmal Zeit zu schreien, bevor er mir seine kräftige Hand auf den Mund presste. Leon Ronnersbach.

„Hallo, Helena. So sehen wir uns wieder."

Ich strampelte zornig unter seinem festen Griff, doch er ließ nicht locker.

„Die Freude ist ganz meinerseits.", war sein einziger Kommentar auf meinen Versuch, mich freizukämpfen.

Energisch versuchte ich ihm in die Hand zu beißen, die auf meinen Mund lag. Ich fürchtete irgendwann keine Luft mehr zu bekommen.

„Dein Vater ist ziemlich wütend, weißt du. Ihm ist es sehr wichtig, dass du zu ihm zurückkehrst. Er kann es sich nicht leisten eine Tochter zu haben, die sich mit Kriminellen einlässt, er hat einen Ruf zu verlieren. Ihm liegt sehr viel an seinem Ruf."

Was sollte dieses Gesäusel? Was wollte dieser Schleimbeutel von mir? Dass ich an einer Heimkehr nicht interessiert war, hatte ich wohl klar gemacht. Tut mir leid, wenn Papa das missfiel.

„Ich hatte doch schon einmal meinen Vater in Basel erwähnt" Leons Gesicht bekam einen kranken Ausdruck. „Er ist Vorstandsvorsitztender in demselben Pharmaziekonzern, die zum Teil auch deinem lieben Papa Dr. Wallenstein gehört: Vontaris. Schon mal gehört?"

Wieso zum Teufel erzählte er mir das? Klar wusste ich, dass mein Papa irgendwelche Aktien von irgendwas hatte. Was sollte mich das kümmern?

„Es war geplant, dass ich dort bald einen Job bekomme und endlich aufhören kann mich der Demütigung hinzugeben, ständig den scheiß Handlanger für

deinen Vater zu spielen." Waren das Tränen in seinen
Augen?

„Doch wie es aussieht", er atmete schwer, „Bist du
gerade dabei mir das zu vermasseln."

Ich wagte es nicht mich zu rühren. Meine anfängliche
Wut hatte sich in nackte Angst verwandelt. Ich befand
mich hier in einer abgelegenen Putzkammer in den
Händen eines Psychopathen, der mir die Schuld an
dem Scheitern seines Lebens gab.

„Mir ist bewusst, dass dein Vater dich unversehrt wie-
derhaben will." Ich versuchte ein hektisches Nicken.
„Um dich dazu zu bringen endlich Vernunft anzunehmen und dich von diesen Pissern zu trennen, kann ich
dir also nichts tun. Aber dein Freund ist deinem Vater
egal."

Ich erstarrte. Kalter Schweiß rann meine Wirbelsäule
entlang. Das war jetzt nicht wahr.

„Vontaris sucht regelmäßig Freiwillige, die sich Studien anschließen, um neu entwickelte Medikamente
zu testen. Es wäre ein Leichtes für mich ihn als For-
schungsobjekt einzuschleusen. Ich würde dich natürlich über den Ablauf der Studien auf dem Laufenden
halten. In den Berichten kannst du dann lesen, wie
viele Haare ihm schon ausgefallen sind und ich werde
von den Hautausschlägen Photos beilegen." Ein hä-
misches Grinsen breitete sich auf seinem Gesicht aus.
In meinem Kopf schwirrte nur ein einziger Gedanke:
Der ist verrückt.

„Und damit du nicht auf den Gedanken kommst, es handele sich um einen Bluff, kann ich dir erzählen, dass Vontaris auch kein Problem damit hat, wenn irgendwelche schmutzigen Negerkindern an Aids verrecken oder ungarische Schizophrene mit Placebos behandelt werden. Dann wird es sie kaum stören, wenn so ein dreckiger Terrorist auf der Strecke bleibt."

Die Wut hatte mich wieder. Die Taubheit in meinen Gliedern löste sich. Wie konnte er es wagen Frieder in Gefahr zu bringen und uns beide zu trennen? Leons Griff hatte sich während meiner Starre etwas gelöst und mit einem plötzlichen Tobsuchtsanfall hatte er nicht gerechnet. Ich zappelte und schüttelte mich, kratzte, kreischte, biss wild um mich, bis ich auf einmal Fleisch zwischen meinen Zähnen spürte und fremdes Blut schmeckte. Ich hörte Leon laut aufheulen, rief selbst noch lauter um Hilfe, doch da war er schon weg. Geflüchtet durch die Tür der Abstellkammer, in der wenige Augenblicke später eine pummelige Putzfrau auftauchte, die mich zunächst mit einem Schwall an spanischen Vokabeln überschüttete um mich dann aus ihrem Territorium zu verscheuchen. Ich war so verstört, dass ich sogar vergaß Pinkeln zu gehen.

Als ich schwer atmend auf dem Parkplatz auftauchte, hatten Svea und Dario die Einkäufe schon auf der Ladefläche verstaut.

„Ist alles in Ordnung?", fragte mich Svea.

„Ja, ja, alles O.K.", sagte ich schnell. Wie hätte ich ihr das erklären sollen?

Svea wies Dario an, den Einkaufswagen zurückzubringen, anstatt sich in ihn hineinzusetzen, und nahm mich beiseite, als der kleine Punk zu den Abstellplätzen jagte.

„Du siehst verstört aus.", stellte sie besorgt fest.

„Mir geht's aber gut.", log ich. „Mach dir keine Sorgen!" Meine Stimme war sicherlich zwei Oktaven zu hoch um glaubwürdig zu klingen, doch was sollte ich ihr erzählen? Dass ein Psychopath gedroht hatte Frieder zu entführen und in das Forschungslabor der Firma meines Vaters zu stecken, wo ihm dann Haare ausfallen würden und alles nur, um mich aus meiner Rebellenphase zu hebeln und mich dazu zu zwingen nach Hause zu kommen? Das würde mir doch kein Mensch abnehmen! Ich musste nur ganz dringend zurück zur Casa de la Rebelión. Wer wusste schon, ob Leon bereits auf dem Weg dorthin war, um Frieder mitzunehmen. Das Grauen packte mich, als ich mir vorstellte, wie der verrückte Schweizer auf den Dachboden stürzte, den schlafenden Frieder bei seinen Locken packte, ihn in einen riesigen Sack stopfte und ihn über seine Schulter werfend, schallend lachend aus dem Haus trug. Wie der Weihnachtsmann seine Geschenke.

„Fahren wir jetzt?", fragte ich Svea. Ich war ganz hibbelig.

„Gleich, Dario ist noch den Wagen wegbringen."

„Aber da steht er doch, der Wagen!"

„Er bringt den Einkaufswagen weg. Sag mal, ist wirklich alles in Ordnung?"

„Sicher, ich muss nur ganz dringend auf's Klo."

„Aber du warst doch eben erst."

„Es war abgesperrt, die putzen da gerade." Ich faselte irgendetwas und hoffte, dass es Sinn machte.

Ob das mit dem Forschungslabor Papas Idee war?, fragte ich mich auf der schweigsamen Fahrt zurück zur Casa. War es ihm wirklich zuzutrauen, dass er so einen abscheulichen Plan ausheckte? Svea saß am Steuer und ich wünschte, sie würde etwas mehr Gas geben. Leon fuhr bestimmt ein schnelles Auto.

Als wir nach gefühlten Stunden endlich an der Casa ankamen, sprang ich hektisch aus dem Wagen, riss die offene Haustür auf und hastete die Treppen in den zweiten Stock hinauf.

„Mann, die hat's aber eilig!", hörte ich fern Dario feixen. Bitte, bitte, dachte ich nur. Bitte, lass ihn noch da sein! Ich stolperte in die enge Dachkammer.

Das Sofa war leer. „Scheiße!" Die Treppe wieder runter, vielleicht war er in der Küche. Im Flur im

Erdgeschoss rannte ich beinahe in Nello hinein, der Svea und Dario half die schweren Einkaufstüten in die Wohnung zu schleppen.

„Suchst du das Bad?“, fragte Svea, die hinter Nello durch die Wohnungstür gekommen war.

„Nein, ich suche Frieder“, sagte ich außer Atem. „Busco Frieder“, wiederholte ich, damit mich auch ja alle verstanden.

Nello warf sich mit einem verkniffenen Gesichtsausdruck die schwere Einkaufstasche über die Schulter. „Frieder se ha ido.“

Mein Herz blieb stehen. „Er ist weg? Was soll das heißen, er ist weg?“ In meiner Aufregung hatte ich ganz vergessen, dass Nello mich auf Deutsch nicht verstand. „Wo ist er hin?“

„Helena, beruhige dich!“ Svea hatte die Einkaufstasche, die sie in die Küche hatte tragen wollen, abgestellt und strich mir nun besänftigend über die Schultern. „Erzähl erstmal was passiert ist.“

„Nein“, schluchzte ich. Tränen der Verzweiflung rannen über mein Gesicht. Ich hatte in letzter Zeit wirklich sehr nah am Wasser gebaut. „Ich kann es dir nicht erzählen, es geht einfach nicht!“

„Was ist hier los?“ Ramón war am Fuße der Treppe aufgetaucht und überdachte die Szenerie mit seiner bestimmenden Stimme.

„Ramón!“ Erleichtert drehte ich mich zu ihm um. Ramón, die Maus, konnte immer helfen. „Sag du mir wo Frieder ist!“

Ramóns Blick verdunkelte sich. „Frieder ist weg.“

„Verdammt, das weiß ich!“, kreischte ich. Meine Geduld war versiegt. „Ich will wissen wo er hin ist.“

Ramón sah Nello an, der dessen niederschmetterndem Blick auswich und die schwere Einkaufstasche, die immer noch über seiner Schulter hing, in die Küche trug.

„Komm mit!“ Ramón legte seine Hand auf meinen Rücken und schob mich sachte Nello hinterher. Svea folgte uns. Dario verdrückte sich in den ersten Stock.

„Nello!“ Ramóns Stimme war ruhig, aber bestimmt. Da tickte Cornelio aus.

Frieder hätte nicht hierbleiben können, rief er. Er hätte die gesamte WG in Gefahr gebracht, in letzter Zeit hätte es in der Stadt so viele Razzien gegeben, sie könnten es sich einfach nicht leisten aufzufallen. Dario und Alejandro seien noch minderjährig, erinnerte er seine Wohngenossen, ganz zu schweigen von Beltran, der keine Aufenthaltsgenehmigung hatte und Ramón mit seiner Hanfplantage im Zimmer sollte mal ganz ruhig sein! Es wäre einfach ein zu großes Risiko gewesen, wenn sie jemanden herbergen würden, der von der Polizei gesucht wird.

Ich verstand absolut nicht, von was Cornelio da redete. Wie kam er dazu, anzunehmen, dass Frieder von der Polizei verfolgt wurde?

Und außerdem, fuhr er wild gestikulierend fort, verstände er nicht wieso alle ständig versuchten ihm ein schlechtes Gewissen einzureden, sie hätten schließlich gemeinsam entschieden Frieder fortzuschicken, im Kollektiv.

Mein Groschen fiel. „Ihr habt ihn weggeschickt?" Ich konnte es nicht fassen. Den einzigen Ort, den ich einigermaßen für sicher gehalten hatte, war die Casa de la Rebelión!

„Ich habe überhaupt nichts entschieden!", mischte sich Svea ein. Auf ihrem formvollendeten Gesicht bildeten sich Furchen des Ärgers. Sie wandte sich an Ramón. „Ich habe von all dem nichts gewusst!"

„Nello, Beltran und ich haben entschieden. Und Alejandro war auch dafür."

„Alejandro, Alejandro! Natürlich war Alejandro dafür, wenn sein großer Bruder ihm das sagt. Nello hat doch nur Angst vor der Polizei, weil er weiß, dass sie Alejandro ins Heim stecken, weil sie sagen, dass er nicht für ihn sorgen kann!" Svea war richtig wütend. „Das gibt euch noch lange nicht das Recht eine Entscheidung im Namen der Gemeinschaft zu treffen und nicht einmal alle nach ihrer Meinung zu fragen."

Schweigend verließ ich die Küche, als Nello anfing Svea auf Spanisch anzuschreien. Ich hörte nicht zu. Ich wollte nicht verstehen was er sagte, was sie sagte, wollte nicht wissen, wie es um die Menschen in der WG stand, wollte nicht Ramón ansehen, um mich unter seinem stummen Blick so klein vorzukommen. Schwach ließ ich mich im Flur auf die unterste Stufe der Treppe plumpsen und stützte mein Gesicht müde in meine Hände, als könnte ich mich so vor den dumpfen Stimmen aus der Küche verstecken.

„El se va a Granada." Erschrocken fuhr ich zusammen. Diese Stimme war nicht aus der Küche gekommen. Ich drehte mich um und sah Dario mit dem kleinen Alejandro am Kopf der Treppe sitzen.

Frieder fahre nach Granada, wiederholte Dario. Er hätte es ihm gestern erzählt, als er ihm sein Motorrad gezeigt hatte. Bevor er es in die Werkstatt brachte. Eine coole Maschine, wie der kleine Punk sagte.

„Granada?", fragte ich ihn noch einmal. Dario nickte. Seltsam, Frieder hatte doch so unbedingt ans Meer gewollt.

Schüchtern lugte der kleine Alejandro hinter Darios Ellenbogen hervor. Ob der weißhaarige Krieger meinen Freund fangen würde, wollte er wissen. Ich seufzte und lehnte mich müde an das Treppengeländer. Ich hoffe es nicht, antwortete ich.

Dario verdrehte genervt die Augen. Der Mann sei kein Krieger, sondern ein Polizist gewesen.

Der größte Feind der Menschheit. Der kleine Affe solle sich das endlich mal merken.

Ach daher wehte der Wind. Nello dachte, Leon sei von der Polizei. Wie auch immer, es spielte keine Rolle mehr. Frieder war weg und in Gefahr und ich musste ihn finden und ihn warnen.

„Cornelio te quiere mucho.", sagte der kleine Alejandro und sah mich mit seinen großen Murmelaugen bewundernd an. Ich lächelte müde zurück. Dario lachte hämisch. Er meinte, dass das wahrscheinlich der einzige Grund sei, wieso er Frieder aus dem Haus haben wollte. Damit er sich an mich ranmachen konnte. Höflich hielt ich mein Lächeln bei, doch in Wahrheit hatte ich momentan keinen Nerv für Scherze, mochten sie noch so schmeichelhaft sein. Ich stand auf.

„¿Te vas ahora?" Hastig tat Dario es mir nach. Ich nickte, ja, ich hatte jetzt vor aufzubrechen. Es wurde höchste Zeit.

„¿A Granada?"

Ich nickte erneut. Wenn Frieder tatsächlich auf dem Weg nach Granada war, würde ich ihm auf diesem Weg folgen.

„¿Me Ilevas contigo?"

„¿Qué?"

Nimmst du mich mit?, wiederholte der kleine Punk mit flehendem Blick. Er sagte, er hatte schon immer die Alhambra sehen wollen.

„No!“, sagte ich bestimmt. Ich konnte ihn unmöglich mitnehmen, das war doch verrückt. Ramón und Svea würden sicherlich wütend werden. Außerdem hatte ich keine Lust die Verantwortung für einen minderjährigen Punk zu übernehmen, der weiß was alles anstellen würde, und was würden seine Eltern sagen.

Sehnlich sah Dario mich an. Er schien meine Gedanken zu erraten, jedenfalls versicherte er mir, dass es niemanden gab, der ihn vermissen würde. Niemand würde nach ihm suchen, wenn er wegginge.

Er müsse zur Schule gehen, erklärte ich ihm mit vielleicht etwas zu harter Stimme. Das war mein letztes Wort. „Lo siento“, sagte ich noch im Vorbeigehen auf dem Weg nach oben. Ich war mir nicht sicher, wie leid es mir in Wirklichkeit tat.

Mein Ziel war Sveas Zimmer. Vor unserer Einkaufstour hatte ich meine Reisetasche nach oben gebracht, damit wir Platz im Auto hatten. Ich packte schnell meinen Kram zusammen und stopfte die Klamotten, die ich Gestern getragen hatte, in meine Tasche zurück. In diesem Moment fiel mir ein, dass ich ja noch Sveas Sachen trug. Mist, zum Umziehen blieb jetzt keine Zeit mehr. Kurz entschlossen wühlte ich in meiner Tasche und zog schließlich eine ziemlich neue Levi’s Jeans hervor, die mir ohnehin viel zu klein war, mein Schlafhemd (ein T-Shirt von dem Korn-Konzert letzten Jahres, dem ersten und letzten Rock-Konzert auf dem ich je gewesen war, und das nur, weil mich Jessica dazu gezwungen hatte) und einen superteuren und superflauschigen Kashmerepullover in silbergrau, den ich zwar immer gerne getragen hatte, Svea mit ihrer elfengleichen Gestalt jedoch hervorragend stehen würde. Ich legte alles schön drapiert auf ihr Bett, während ich den Gedanken beiseiteschob, was Mama dazu sagen würde, dass ich meinen Kashmerepullover fortgab. Ein wenig wehmütig legte ich ganz zum Schluss, als ich schon fast aus der Tür war und dem Zimmer und Liliths Bild an der Wand einen letzten Abschiedsblick zugeworfen hatte, meinen azurblauen Bikini neben das kleine Kleiderhäufchen auf dem Bett. Sie würde darin wahrscheinlich noch viel fantastischer aussehen als ich.

Ich war schon fast am Wagen als Svea mich einholte.

„Helena!" Sie kam aus dem Haus auf mich zugeeilt und warf ihre schlanken Arme um meinen Hals. „Es tut mir so leid, was alles passiert ist."

„Ja, mir auch", sagte ich aufrichtig und erwiderte ihre Umarmung mindestens genauso herzlich.

„Du musst wissen, dass ich wirklich nichts davon wusste, ich…"

„Ist schon gut, Svea." Ich schenkte ihr ein mildes Lächeln. „Ich weiß. Ihr solltet wissen, dass Nello etwas übereifrig war. Es ist nicht die Polizei, die hinter Frieder her ist."

Mit großen Augen sah Svea mich an. „Wer ist es?" Doch ich schüttelte den Kopf.

„Ich muss jetzt los, sonst findet er Frieder vor mir."

Svea nickte verständnisvoll. „Vielleicht werden wir ja eines Tages die Wahrheit erfahren. Meine Oma sagte immer, die Wahrheit findet immer durch den Tunnel ans Licht."

„Ja, vielleicht." Ich stieg in den Wagen.

„Pass auf dich auf, bella Helena!"

„Und pass du auf, dass dir dort drin nicht die Decke auf den Kopf fällt!" Lachend verabschiedeten wir uns voneinander und ich versprach ihr zu schreiben, wenn ich wieder in Deutschland war.

Erst im Wegfahren erblickte ich Ramón, wie er in der Tür stand und bläulicher Zigarettenrauch ihn umschwebte. Als er meinen Blick bemerkte, hob er die rechte Hand zum Gruß, war das ein Lächeln auf seinen Lippen? Ich winkte zurück und beobachtete ihn im Rückspiegel, bis die Straße eine Kurve machte und er mit der Casa de la Rebelión hinter der nächsten Häuserwand verschwand.

KAPITEL SIEBZEHN:
Die Autobahn

Die Ausfahrt nach Granada fand ich schnell. Ich war guter Dinge, dass ich Frieder auf dieser Strecke finden würde, so viele andere Möglichkeiten bot einem das spanische Verkehrsnetz schließlich nicht.

Kurz vor der Autobahn hielt ich noch kurz an um zu tanken und fand dabei in dem Spalt zwischen Beifahrersitz und Autotür ein kleines, in groben Stoff eingeschlagenes Päckchen. Es fiel mir direkt vor die Füße, als ich die Beifahrertür öffnete, um in meiner Tasche nach meinem Geldbeutel zu suchen. Verwundert hob ich es auf und schlug den Stoffumschlag zurück. Drei Bücher befanden sich darin, in eher schlechtem als gutem Zustand. Ein Zettel lag dabei: „Una pequeña selección de rusos." Eine kleine Auswahl an Russen. Zwangsläufig musste ich schmunzeln. Das war ja nett. Ich wusste nicht genau, wer für diese kleine Beigabe verantwortlich war, Nello, Ramón oder Beltran persönlich, doch ich fühlte mich geschmeichelt. Vorsorglich verstaute ich die Bücher ganz unten in meiner Tasche und legte zwei dicke Handtücher darüber, die ich mit einer Schicht Hosen und Pullis versiegelte. Natürlich nur zum Schutz. Irgendwann würde ich die Bücher sicherlich lesen, auch wenn sie garantiert nicht auf der Empfehlungsliste der FAZ standen.

Während dem Fahren behielt ich sorgfältig den Verkehr hinter mir im Auge. Jedes Mal, wenn ich eine grüne Karosserie aufblitzen sah, zuckte ich unwillkürlich zusammen. Ich wusste selbst, dass das Blödsinn war. Leon hatte sicherlich inzwischen ein ganz anderes Auto aufgetrieben, aber dennoch: Mein Nacken hörte nicht auf zu kribbeln und ich war fest davon überzeugt, ich würde mich erst sicher fühlen, wenn ich bei Frieder war. Die Tatsache, dass Leon ihm und nicht mir etwas antun wollte, spielte dabei absolut keine Rolle.

Zielstrebig hielt ich auf das grüne Verkehrsschild zu, das mir die richtige Strecke wies. Córdoba, Granada, Jaén. Wenn ich mich jetzt ranhielt, hatte ich ihn sicherlich in wenigen Stunden eingeholt. Nee, warte, einen Moment mal! Wie kam ich auf einmal auf die linke Spur? Ich hatte doch auf die rechte Seite gemusst! Was ist denn das hier für eine blöde Abzweigung? Nein, ich will nicht nach Cádiz! Wieso machte die Straße jetzt hier so eine doofe Kurve? Ich muss nach Osten nicht nach Süden! Scheiße, wer plant denn hier die Verkehrsführung?

Der Plan weiter vorne einfach umzudrehen und es noch einmal zu versuchen, scheiterte kläglich. Das Gewirr Sevillas Autobahnknoten hatte mich. Es gab keine Chance auf Umkehr. Flüchtig sah ich das Straßenchaos Madrids vor meinem geistigen Auge auftauchen. Spanien muss sich ganz dringend neue Stadtplaner besorgen, dachte ich verärgert.

Ich erlangte meine Orientierung erst wieder am südwestlichen Stadtrand zurück, als ich einer Ausfahrt auf die Schliche kam, die mich nach Huelva lenken wollte. Nicht mit mir, Süße. Ich legte eine filmreife Wendung hin (ich glaube die Reifen haben sogar gequietscht) und hielt wieder dem anderen Ende der Stadt entgegen. Da hörte ich hinter mir plötzlich ein lautes Knattern. Ich blickte in den Rückspiegel und erspähte einen Motorradfahrer, der im zügigen Tempo von hinten angerast kam. Nicht auch das noch, hoffentlich versucht der nicht zu überholen, dachte ich nervös. Er würde mich ganz sicher schneiden. Aus Angst vor einer Karambolage trat ich auf die Tube und eilte dem Motorradfahrer voraus. Doch dieser beschleunigte ebenfalls. Was sollte das denn? Wollte der ein Wettrennen veranstalten? Lautes Motorenheulen, ein metallener Blitz sauste millimeterknapp an meinem Wagen vorbei und legte wenige Meter vor mir ein haarscharfes Haltemanöver hin, sodass ich gerade noch rechtzeitig auf die Bremse drücken konnte, bevor die Sache hässlich endete. Schon mit Verwünschungen auf meinen Lippen, die alle Motorradfahrer der Welt verfluchen sollten, hielt ich atemlos inne, als ich den Lockenschopf unter dem Helm erkannte.

Hinter mir hupte das erste heranrollende Auto, die Passanten fingen zu glotzen an. Doch unsere beiden Blicke verrannen sich durch die diesige

Windschutzscheibe ineinander ohne, dass sich einer von uns rührte. Dann hörte ich das Klopfen auf der Ladefläche.

„¿Qué pasó? ¿Está todo bien?" hörte ich eine vertraute Stimme durch die Rückwand des Fahrerhäuschens rufen.

„¿Quién está ahí?" Erschrocken wollte ich wissen, welcher Tölpel sich dort auf meiner Ladefläche breitmachte. Es gab einen RUMMS und zwei Sekunden später tauchte Darios besorgtes Gesicht am Beifahrerfenster auf. Was hatte der Knirps hier zu suchen? Nachdem er die Lage überblickt hatte und klar war, dass ein Unfall noch hatte vermieden werden können und mir nichts passiert war, sah er geknickt in mein verärgertes Gesicht.

„Hola Elena", sagte er, um ein Lächeln bemüht. Ich wollte ihn ausschimpfen, an den Schultern packen und schütteln, ihn anschnauzen, was er sich bitte dabei gedacht hatte, sich auf der Ladefläche meines Truckes zu verstecken, er hätte mich in Teufels Küche bringen können! Doch in diesem Moment erschien Frieders Gesicht neben dem Seinen. „Du hast ihn mitgenommen?", fragte er mich. Seine Stimme war wie immer ruhig und sanft. Wie Schmirgelpapier strich sie über meine Haut und sorgte dafür, dass die Haare auf meinen Unterarmen Männchen machten. Ich schüttelte den Kopf.

„Er hat sich eingeschleust. Ich wusste bis eben nicht, dass er da ist."

„Wie auch immer, wir sollten hier erst einmal verschwinden, wir blockieren den Verkehr."

Ich stimmte ihm zu.

„Fahr du doch einfach voraus und ich fahre dir hinterher, bis wir eine geeignete Stelle finden, wo wir… wo das hier geklärt werden kann.", schloss er und wuschelte Dario durch seinen bunten Haarstreifen.

Gesagt, getan. Dario durfte dieses Mal vorne im Fahrerhäuschen sitzen (auch wenn er zuerst die Ladefläche angepeilt hatte) und war mir hier ehrlich gesagt eine große Hilfe. Ohne ihn hätte ich die richtige Ausfahrt nach Granada wohl nie gefunden. Die kam nämlich erst gut zwei Kilometer weiter, als ich gedacht hatte. Dario lachte und machte sich über die autofahrenden Erwachsenen lustig, die sich ständig über den Verkehrsknoten in diesem Teil der Stadt ärgerten. Er würde sich nie ein Auto kaufen, sagte er. Er würde nur Motorrad fahren.

Ich war schrecklich nervös und warf ständig einen Blick durch den Rückspiegel auf das wendige Motorrad, das uns mit mäßigem Abstand folgte. Still machte ich mir Vorwürfe, dass ich es eben nicht sofort als Frieders erkannt hatte. Andererseits, dachte ich dann, hatte es schließlich die ganze Zeit stumm unter der Abdeckplane geschlummert. Es nun auf der Straße fahren zu sehen, wirkte seltsam fremd.

Ich legte mir allerlei Formulierungen und Erklärungen im Kopf zurecht und zögerte den Moment des Redens ziemlich lange hinaus. Wir waren soeben auf die Autobahn gefahren, als ich den Entschluss fasste endlich anzuhalten, um es hinter mich zu bringen, doch zwanzig Minuten und drei Parkbuchten später fuhren wir immer noch. Aber es musste sein. Na gut, Helena, jetzt oder nie, dachte ich und nahm mit bangem Herzen die Abzweigung zur nächsten Raststätte. Es war lediglich eine große Parkbucht mit einem Holztisch und einer Holzbank, die ein paar triste Bäume umstellten. Ich stieg aus, Frieder stieg ab, wir gingen auf einander zu und trafen uns mittig irgendwo auf dem verlassenen Rastplatz. All meine zurechtgelegten Sätze lösten sich mit einem leisen Plopp in Nichts auf, als ich in seine dunklen Augen sah.

„Du bis aber ziemlich weit gefahren…", setzte er an, doch ich überging seinen Versuch auf einstimmenden Smalltalk.

„Ich bin eine Riesenkuh.", platzte es aus mir heraus, was ihn zum Grinsen brachte.

„Es tut mir alles so leid, Frieder!"

„Nein, mir tut's leid, ehrlich."

„Ich wollte dich nicht anschreien –"

„Ich wollte nicht einfach so gehen –"

„Ich bin manchmal wirklich zickig, du hast schon recht –"

„Nello hat mich einfach so rausgeworfen –“

„Ich werde mich ändern, das verspreche ich.“

„Er hat irgendwas von Polizei gefaselt, ich weiß auch nicht.“

„Es tut mir leid“, wiederholten wir uns gleichzeitig.

„Ich wäre nie gegangen, ohne mich zu verabschieden.“ Er meinte es ernst. „Ich hab’ auf dich am Südrand gewartet, um dich abzufangen, wenn du zum Atlantik fährst, ich hab’ so gehofft, dass ich dich dort finden würde-“

„Das hast du gemacht?“, hauchte ich und sah ihn mit großen Augen an. Er schien etwas verlegen zu werden. „Naja, es hat ja zum Glück geklappt“, nuschelte er und fuhr sich mit der Hand über den Nacken.

„Ja, aber nur, weil ich mich verfahren hatte! Ich wollte dich in Granada suchen, Dario meinte du wärst auf dem Weg dorthin.“

„¿Qué?“ Als sein Name viel, stand Dario plötzlich neben uns. Ich hatte gar nicht gemerkt, dass er mir gefolgt war.

„Das hab’ ich mal fallen gelassen, stimmt schon“, fuhr Frieder unbeirrt fort. „Aber ich wäre doch nicht ohne dich –“ Seine Stimme erstarb. Verlegen wich er meinem Blick aus. Ich hätte ihn in diesem Moment einfach nur knuddeln können. „Und eigentlich wollten wir ja zum Meer.“

„¿Qué?“, beharrte Dario weiterhin. Er verstand kein Wort von dem, was wir redeten.

Immer noch rührselig lächelnd lenkte ich schließlich das Thema auf den Jungen. „Was machen wir jetzt mit ihm? Er hat mich schon in der Casa gebeten ihn mit nach Granada zu nehmen. Ich hatte nein gesagt, aber wir sehen ja, wie er das aufgenommen hat. Er hat sich auf der Ladefläche sicherlich unter der Plane versteckt – da hat es jetzt schließlich genug Platz.“ Einen kurzen Seitenblick auf das Motorrad konnte ich mir nicht verkneifen. Frieder entging das nicht. Er nuschelte irgendetwas von „läuft wieder“ und „war höchste Zeit“, bevor er etwas gefasster fortfuhr: „Wir können ihn jetzt nicht einfach auf der Autobahn wieder zu Fuß zurückschicken.“

„¿Qué?“

„Wieso denn nicht?“, fragte ich unbeeindruckt.

„*¿Qué?*“

„Schon gut! Klar, nee, das geht nicht“, gab ich unter Frieders eindringlichen Blick zu. „Aber er ist noch minderjährig. Wir können nicht die Verantwortung für ihn übernehmen.“

„Ich glaube, er kann ziemlich gut auf sich selbst aufpassen.“

„Was werden Ramón und die anderen sagen?“

„Sie werden sagen, dass es seine Entscheidung ist.“

„Und seine Eltern?“ Ich zweifelte immer noch.

„Ich kenne seine Geschichte, Helena. Niemand wird ihn suchen, da bin ich sicher.“

Ich schwieg.

„¿Qué? ¡Puta Madre!“ Dario wurde immer ungeduldiger.

„Und was wird aus dem Atlantik?“, fragte ich Frieder. Dieser zögerte einen Moment. „Der wird wohl warten müssen“, sagte er schließlich und lief pfeifend zu seinem Motorrad zurück. „Nimm ihn mit!“, rief er mir noch mit einem Kopfnicken auf Dario zu. „Es tut ihm nur gut, wenn er mal rauskommt.“

„¿Qué?“

„¡Madre mía!“, rief ich und warf aufgebracht die Hände in die Luft. „Meine Güte, dann komm halt mit, du kleine Nervensäge!“

Fragend sah mir der kleine Punk hinterher, als ich zurück zum Wagen lief. Auf halber Strecke drehte ich mich zu ihm um. „¡Vamos!“, rief ich ihm zu und musste lachen, als er vor Freude einen Luftsprung hinlegte.

Doch als ich schon im Transporter saß und den Motor anließ, durchzuckte mein Gesicht ein kurzer Schatten. Das Thema Leon war noch nicht abgehakt. Ich fragte mich nur, wann ich den Mut aufbringen würde, um Frieder davon zu erzählen.

KAPITEL ACHTZEHN:
Granada

Es war als fuhren wir direkt ins Paradies. Dunkelgründe Berge umgaben das Tal, in dem sich großzügig die Stadt ausbreitete. Spanien zeigte ein neues Gesicht, dem tristen Braun der nördlichen Wüstenlandschaft fremd und Glück breitete sich in meiner Brust aus, als wir die Straße hinaufkurvten, die uns zu einem Campingplatz führen sollte. Links unter uns lag wie ein ruhiger See die Stadt Granada in der Sonne und dort auf dem gegenüberliegenden Bergkamm-

„¡Ahí está! ¡Ahí está!", rief Dario neben mir aufgeregt und lehnte sich so weit hinüber, dass er mir die Sicht auf die Straße versperrte. „¡Ten cuidado!", versuchte ich ihn zu beruhigen, doch es hatte keinen Zweck. Dort war sie, die Alhambra, der Sitz der letzten Maurenherrscher von Spanien. Majestätisch und monströs erhob sie sich auf ihrem Hügel über der Stadt. Auch ich war gespannt sie aus der Nähe zu sehen, doch zunächst galt es, unser Lager für die Nacht zu errichten.

Ein kleiner Mann aus der Stadt hatte uns den Weg zu dem Campingplatz beschrieben. Sonst hätten wir ihn wohl nie gefunden. Er lag mitten in den Bergen, ungefähr fünfzehn Minuten mit dem Auto von Granada entfernt. Er war sehr gemütlich. Unser Stellplatz

wurde von einem riesengroßen Olivenbaum über-
schattet, unter dem sich Frieders und Darios Zelt be-
haglich nebeneinanderkuschelten.

„Ich hab' noch nie so einen großen Olivenbaum gesehen.", sagte Frieder anerkennend und legte den
Kopf in den Nacken, um durch das Blätterdach die
Baumkrone zu erspähen. Ich hingegen sah ihn an,
Frieder. Sollte ich jetzt mit ihm reden? War dies der
passende Zeitpunkt um ihn vor Leon zu warnen? Ich
entschied, dass es einen solchen nicht gab und öffnete
gerade den Mund, als Dario uns rief. Er wollte endlich
in die Stadt und die Alhambra sehen.

„Wir wurden verfolgt, stimmt's?"

Mein Herz hörte für einen Moment zu schlagen auf.
Ich wandte meinen Blick von dem beeindruckenden
Mosaikmuster eines Türbogens und sah in Frieders
dunkle Augen. Es schien, dass nun er den richtigen
Moment gewählt hatte. Ertappt nickte ich.

„Das erklärt so manches."

Die Alhambra war in der Tat ein wahrhaftiger Auge-
nöffner. Das Eintrittsgeld für den maurischen Palast
war so gewaltig wie das Monument selbst, ganz zu
schweigen von den Parkgebühren, von denen ein
Kind in Afrika sicherlich ein ganzes Jahr hätte leben
können. Doch das war es uns wert gewesen.

„Dafür gibt es die nächsten Tage nur noch Thunfisch aus der Dose und Leitungswasser“, hatte Frieder gut gelaunt gesagt und ich daraufhin das Gesicht verzogen, mit der Hoffnung, dass er scherzte. Nun standen wir hier, in den Sälen der maurischen Könige, umgeben von blühenden Gärten, deren Düfte einen das Herz öffneten, wie die Blüten deren blühenden Blumen selbst.

„Es ist nicht die Polizei, oder?“

Ich schüttelte den Kopf.

„Wie kommt Nello dann darauf?“

Ich zuckte hilflos mit den Schultern.

„Du bist ja nicht sonderlich gesprächig.“, stellte Frieder fest.

„Ich…“ suchte erfolglos nach den richtigen Worten.

„Ist schon gut. Du musst es mir nicht sagen. Sag mir nur, ob es jetzt vorbei ist.“

Endlich brachte ich ein paar Worte über die Lippen. „Nein“, gab ich überstürzt zu „Ist es nicht.“

„Sie sind immer noch hinter dir her?“

Ich schwieg. Genau genommen war Leon ja nicht hinter *mir* her.

„Bist du in Gefahr?“ Er sagte es ganz leise und ganz ernst. Er trat einen Schritt näher. Gemeinsam standen wir unter einem Torbogen aus Mosaik, gebaut für längst vergangene, adlige Herrscher.

„Nein, ich bin nicht in Gefahr. Es ist ganz anders, als du denkst, in Wahrheit…"

Da legte mir Frieder seinen Finger auf die Lippen. Ganz sanft, wie eine Katze. „Keine wirren Erklärungen, bitte." Wie eine Raubkatze. Sein Gesicht, dem meinem so nah.

Plötzlich traf mich etwas am Kopf. „Au!" Ein Lachen hallte an der prachtvoll verzierten Decke wieder. „¡Excusa!", kicherte Dario und warf mir erneut etwas zu. Diesmal fing ich das Wurfgeschoss und hielt eine Orange in den Händen. Die würden draußen im Garten wachsen, erklärte uns Dario.

Erstaunt fragte ich ihn, ob man die einfach so pflücken dürfte, woraufhin er immer noch lachend im Garten verschwand. Frieder hob die Frucht auf, die, nachdem sie meinen Kopf malträtierte hatte, auf dem Boden gelandet war. Die sind gut fürs Abendessen Heute. Jetzt, da sparen auf dem Programm steht." Er folgte Dario in den Garten. Seine Stimme drang von draußen herein. „Für die Unsumme an Eintrittsgeld, die sie von einem verlangen, können die ja wohl ein paar Orangen berappen."

„Also, wie geht es weiter?"

Es war schon Abend und wir saßen gemütlich zu dritt vor Frieders kleinem Zelt, aßen Ravioli aus der Dose, brüchiges Weißbrot und Oliven. Und natürlich Orangen.

„Wie wär's mit Málaga?", schlug Frieder vor. „Oder Córdoba! Soll eine interessante Stadt sein." Wir waren dabei die Route für den nächsten Tag festzulegen.

„Willst du wirklich ins karge Landesinnere zurück?", fragte ich skeptisch. „An der Ostküste ist es wunderschön. Das kann ich bestätigen."

„Klar, ist nicht umsonst das Touristenziel Numero uno. Ich bin nicht in Spanien um nur Deutsche zu treffen.", murrte Frieder.

„Barcelona!", schaltete sich nun Dario ein, der stillschweigend klargemacht hatte, dass es weiterhin in seinem Interesse lag uns zu begleiten.

„Da werden wir morgen kaum ankommen.", bemerkte Frieder.

„Wir könnten es als langfristiges Ziel im Auge behalten."

„¿Qué?" Nicht das schon wieder. Ich erklärte Dario die Situation. Dieser meinte, dass es in der Tat schöne Strecken die Ostküste hinaufgebe. Besonders mit dem Motorrad. Ich nickte eifrig zustimmen und somit war die Sache klar. Am späten Morgen (es hatte einige Zeit gedauert bis wir Dario aus seinem Schlafsack geschält hatten) brachen wir auf Richtung Osten.

KAPITEL NEUNZEHN:
Alicante

„Was ist unser Orientierungsziel für heute?", fragte ich Frieder, als er sich schon seine Reiseausrüstung anlegte und ich die letzten Sachen im Truck verstaute.

„Das Meer!", sagte er und stülpte sich seinen Helm über. Inzwischen hatte er mit der Küstenroute Freundschaft geschlossen. Auch wenn das Mittelmeer nur eine schwache Entschädigung für den Atlantik war, die Aussicht, sich bald in das unendliche, wellenschlagende Wasser zu werfen, munterte ihn auf.

Er fuhr voraus an diesem Tag und führte uns über Lorca und Murcia bis nach Alicante. Bis zum Meer.

„Hier bleibe ich", verkündete er, als wir alle nebeneinander an dem belebten Strand der Stadt standen und auf das Mittelmeer blickten. Ich schloss für einen Moment die Augen und ließ mir den salzigen Wind ins Gesicht wehen. Die Sonne stand hoch an einem wolkenfreien Himmel und machte das dunkelblaue Wasser noch einladender. Dario schälte sich aus seinem T-Shirt, seine schweren Springerstiefel, die er selbst bei dieser Hitze trug, lagen bereits im Sand. Er stieß einen Freudenschrei aus und rannte bis auf die Unterhose ausgezogen ins kühle, blaue Nass. Wenige Augenblicke später tat Frieder es ihm gleich.

Ich lächelte selig, als ich den beiden Jungs zusah, wie sie übermütig im Wasser herumtollten, sich gegenseitig nass spritzten und dabei freudig grölten und setzte mich in den Sand. Ich dachte an meinen Bikina, bereute es aber nicht ihn Sevilla gelassen zu haben. Svea hatte ihn nicht minder verdient als ich. Mit nackten Füßen bohrte ich meine Zehen zwischen die feinen Sandkörner und genoss den Augenblick. Mir kam der Gedanke, dass dies einer der Momente war, die man für immer festhalten möchte, damit man dieses Gefühl nicht vergisst, dieses Gefühl des Glücks und der Freiheit und der Unabhängigkeit. Es ist das Gefühl vom Sinn des Lebens. Anders kann ich es nicht benennen. Es war einer dieser Momente, in denen man froh ist, auf der Welt zu sein. Einfach weil es schön ist.

Ich hielt mein Gesicht in die Sonne. Hinter mir spazierten die Menschen die Promenade entlang, Hochhäuser standen säuberlich am südlichen Rand des Strandes aufgereiht. Dies war bei Weitem keine Idylle. Dies war das Spanien der Hotels und Sonnencremes. Doch das störte überhaupt nicht.

Sogar der Gedanke an Leon fühle sich nicht mehr ganz so schwer an. Auf dem Weg hierher hatte ich die Straße hinter uns sorgfältig im Auge behalten, doch wir wurden nicht verfolgt, da war ich sicher. Eine leise Hoffnung stieg in mir auf, dass Leon doch nur geblufft hatte und schon längst auf dem Weg zurück in die Schweiz war.

Wie naiv ich doch gewesen war. Die richtige Erklärung für die Ruhe auf den Straßen kam mir nicht in den Sinn, obwohl er sie mir in Sevilla selbst gegeben hatte. Stattdessen wog ich mich in Sicherheit.

Ich quietschte vergnügt als die Jungs mich mit kaltem Meerwasser besprühten, indem sie sich wie zwei Pudel schüttelten um das Wasser aus ihren Haaren zu befreien.

Barfüßig schlenderten wir durch die Stadt, die Jungs immer noch mit nassen Haaren und nacktem Oberkörper und lästerten seelenfroh über die bonzigen Jachten am Stadthafen. Der Tag war so leicht und schwerelos wie die Möwen, die über dem Kai kreisten. Im historischen Kern Alicantes entdeckten wir einen kleinen Handwerksmarkt, wo ich bei einer sehr sympathischen Frau, die Seifen aus Gewächsen aus ihrem eigenen Garten anfertigte, einen Badezusatz für Mama kaufte. Die Jungs schmökerten an einem Stand mit alten Büchern und mir fiel das Abschiedsgeschenk der Casa-Bewohner wieder ein.

„Die sind leider alle auf Spanisch“, sagte Frieder, als ich zu ihnen trat, und strich wehmütig über den grüngoldenen Einband eines Buches.

„Oh, die ist ja schön!“ Am Tisch nebenan, der offensichtlich einem Schmuckhändler gehörte, hatte ich ein silbernes Kettchen entdeckt, an dem ein winziger graublauer Stein in Form einer Träne, funkelte.

„Das ist Altsilber, oder?" Frieder nahm die Kette genauer in Augenschein.

„Sie ist wunderhübsch. Sie sieht aus, als wäre sie von Elfen geschmiedet worden." Unweigerlich musste ich an Svea denken.

„Von Elfen?" Spöttisch zupfte mit Frieder an den Haaren. „Da hat wohl jemand zu viel Herr der Ringe geguckt."

Der Händler nannte irgendeinen Preis, doch ich dachte nur an mein volles Schmuckkästchen zu Hause in Deutschland, und befand, dass ich eigentlich nicht noch mehr Accessoires aus Edelmetall brauchte. Außerdem maulte Dario, er hätte Hunger und so erbarmte ich mich und ging zu einem kleinen Lebensmittelgeschäft, das ich um die Ecke gesehen hatte, um ein paar Fressalien einzukaufen, während die Jungs einen Stand voller alter Waffen und Werkzeugen genauer untersuchten.

Die Nacht legte sich über Alicante, als Frieder, Dario und ich immer noch am Strand saßen, an Weißbrot herumknabberten und Bier aus Dosen tranken. Wir hatten keine Lust gehabt nach einem Campingplatz zu suchen und das Geld war ohnehin knapp.

„Wird nicht irgendjemand kommen und uns wegscheuchen?", hatte ich am Nachmittag besorgt gefragt, als die ersten Überlegungen aufkamen, am Strand zu übernachten.

„Na und, dann gehen wir halt", hatte Frieder leichthin geantwortet und in sein Wurstbrot gebissen. „Du hast doch einen Transporter mit großer Ladefläche oder nicht?" Sein Grinsen hatte mich überzeugt.

Das Meer rauschte, die Straßen leerten sich und die ersten Lichter erglommen in den Häusern. Es war einfach zu schön um sich Sorgen zu machen.

Dario wollte wissen, ob wir am nächsten Tag schon in Barcelona sein konnten.

„Vielleicht.", meinte Frieder. „Wenn wir früh aufbrechen."

Meine Hand strich unentwegt über den groben Stoff, in dem die drei Bücher aus der Casa eingewickelt waren. Ich hatte sie mit an den Strand genommen, um ein wenig darin zu schmökern. Leider waren sie auf Spanisch geschrieben und meine Kenntnisse in dieser Sprache zwar gut, aber nicht geschult genug um Fachliteratur zu verstehen. Irgendwann hatte ich mir ein Herz gefasst und sie Frieder gezeigt. Er hatte mich erst erstaunt, dann neugierig aber nie ohne ein bisschen Häme angeschaut, und mir versichert, dass ich diese Bücher bestimmt auch in Deutschland in verständlicher Sprache erwerben könnte. „Das eine hab' ich sogar. Ich leihe es dir, wenn du willst. Wenn wir wieder zuhause sind." Huschte da ein Schatten über sein Gesicht? Wenn es so gewesen war, hatte er sich schnell wieder gefasst und gratulierte mir schmunzelnd zu meinem Vorsatz, revolutionäre Literatur zu lesen. „Dir ist klar, dass sie dich einsperren, wenn das bei dir gefunden wird?", hatte er mir verschwörerisch zugeraunt und dann über meinen erschrockenen Gesichtsausdruck gelacht. „War nur Spaß!", sagte er und drückte mich an sich. Allein um diesen kurzen Moment zu erleben, wäre mir alles egal gewesen. Von mir aus auch ein Verhör der Stasi höchstpersönlich.

Seitdem trug ich das Bücherbündel mit mir herum, damit ich meinen Vorsatz nicht vergaß. Hier spürte ich es. Am nächtlichen Strand von Alicante, meine Hand auf Schriften von Bakunin und Kropotkin ruhend. In mir hatte sich ein Schalter umgelegt. Oder zumindest ein Stück in die andere Richtung bewegt.

Darios Feuerzeug knipste, dichte Rauchschwaden stiegen in die Luft und ein süßlicher Geruch in meine Nase. Zunächst dachte ich, er rauche diese seltsamen Vanillezigarillos, die auch mein Bruder Moritz manchmal qualmte, doch die rochen irgendwie anders. Dario gab den glühenden Stängel an Frieder ab und da ging mir ein Licht auf.

„Ist das Haschisch?", rief ich entsetzt. Die Jungs glotzten mich nur an und hielten mir den Joint hin. Energisch schüttelte ich den Kopf. „Auf gar keinen Fall! ¡De ninguna manera! No way! Ich nehme keine Drogen."

„Du trinkst doch auch 'nen Bier", erwiderte Frieder unbeeindruckt.

„Aber das ist noch lange nicht so schlimm und eigentlich mach ich das sonst ja auch nicht."

„Stimmt, sonst säufst du diesen Roséwein. Glaub mir, Alkohol ist um keinen Deut ungefährlicher als Gras, nur eben legaler."

„Das reicht doch, oder?"

„Soll das heißen, dass du dem Drogenkonsum nur nachgehst, wenn es vom Gesetz her erlaubt ist, auch wenn es vielleicht ungesünder und gefährlicher ist?"

Darüber musste ich einen Moment nachdenken. „Es wird doch wohl einen Grund haben, wieso das eine legal ist und das andere nicht."

„Stimmt. Die Alkohollobby ist eben mächtiger."

Ich lachte ein ironisches Lachen. Frieder war ernst geblieben, als er das sagte. „Frag das mal die ganzen Alkoholiker."

Mir fiel ein, dass seine Mutter in der Entzugsklinik war. Geschlagene fünf Minuten saß ich stumm im Sand während die Jungs die Nacht mit dichten Rauchschwaden tränkten. Und irgendwann juckte meine Neugierde einfach zu sehr.

„Okay, ich tu's!", verkündete ich schließlich und griff nach dem Joint, den Dario mir reichte. Ich konnte mich noch gut an die peinliche Szene in Sveas

Zimmer erinnern. Dieses Mal war ich vorbereitet. Gespannt beobachteten mich zwei Augenpaare, wie ich an der Tüte zog. Trotz aller mentalen Vorbereitungen überkam mich abermals ein gewaltiger Hustenanfall, der in einem abnormen Lachanfall endete.

Eine halbe Stunde später tanzte Dario halbnackt über den Strand (ich fragte mich, ob es mich beunruhigen sollte, dass ich ihn ungewöhnlich oft in Unterwäsche zu Gesicht bekam), während Frieder und ich dasaßen und an der zweiten Tüte zogen.

„Wo habt ihr das Zeug eigentlich her?", fragte ich unbekümmert.

„Das hat Dario noch aus der Casa. Das ist Ramóns Zeug, eigens angebaut." Genüsslich füllte Frieder seine Lungen mit Rauch. „Mann, das ist guter Stoff!"

Ich musste kichern. „Echt, ihr Leutchen schafft mich noch." Ich konnte es immer noch nicht glauben. Ich, Helena Wallenstein, saß mitten in der Nacht kiffend an einem Strand in Ostspanien.

„Was heißt hier ‚ihr Leutchen', du sitzt hier schließlich mit uns zusammen rum.", verteidigte sich ein belustigter Frieder. „Kompliment übrigens zu deinem T-Shirt, wollt ich dir schon 'ne ganze Weile sagen. Wo hast du denn das geklaut?"

„Hab ich gar nicht geklaut! Hab' ich von Svea aus der Casa de la Rebelión."

„Schien dir dort ja doch noch ganz gut gefallen zu haben." Feixend betrachtete er mich aus den Augenwinkeln.

„War nicht übel", sagte ich leichthin, musste aber bei der Erinnerung an das heruntergekommene Haus mit der zusammengewürfelten Einrichtung und seinen außergewöhnlichen Bewohnern lächeln. Eigentlich war es ziemlich gemütlich gewesen. Wenn man es sich recht überlegte, hatte sogar Ramóns rußende und knatternde Ente einen gewissen Charme gehabt.

„Frieder, nimmst du viele Drogen?", fragte ich plötzlich aus heiterem Himmel hinaus.

„Die eine oder andere Tüte mal ab und zu. Ich bin kein Junkie oder so, wenn du das meinst. Aber anders kann man das Leben ja nicht ertragen."

Eine kleine Pause entstand, dann traute ich mich zu fragen:

„Und wie geht es dir jetzt so? Hier so auf deiner Flucht, mein ich."

Irgendwo, zwei Meter weiter, begann Dario im Sand zu schnarchen.

„Auf welcher Flucht?"

„Auf deiner Flucht vor deinem Leben Zuhause." Auf deiner Flucht vor dem Tot deiner Schwester, hätte ich am liebsten gesagt, deiner psychisch kranken Mutter, deinem gewalttätigen Vater.

Frieder sah mich ziemlich überrumpelt an. „Du er-
staunst mich immer wieder, schöne Helena." Damit
legte er sich hin und schloss die Augen. Mein Blick
verlor sich in der Dunkelheit, wo ich das Meer über-
gangslos im schwarzen Nichts verlos. Mir fiel auf,
dass er mich zum ersten Mal „schöne Helena" genannt hatte.

KAPITEL ZWANZIG:
On the road – Die Panne

Wir wurden von der Sonne geweckt, die purpurrot über der Stadt aufging. Die ersten Autos brummten auf der Straße am Strand entlang und die Promenade füllte sich langsam mit Menschen. Dieser Morgen hätte wunderbar nach Urlaub geschmeckt, wenn ich nicht einen mörderischen Schädel gehabt hätte. Ich wusste nicht wem ich die Schuld geben sollte, den drei Dosen Bier oder dem Gras, wahrscheinlich beidem. Jedenfalls sorgte eine begleitende Übelkeit dafür, dass ich nicht einmal etwas zum Frühstück herunterbrachte.

„Komm schon, Helena! Wir haben noch massenhaft Brot von gestern, schön dick mit Wurst belegt. Mit Oliven? Nicht einmal eine klitzekleine Olive?"

„¿Una cerveza? ¿No?"

Die Jungs ergötzten sich an meinem Leid. Miesepetrig schob ich Darios Hand zurück, die mir ein weiteres Bier hinhielt. „No, gracias", sagte ich trocken und nahm mir vor, ihn später während der Fahrt aus dem Auto zu schubsen.

Ich ließ Frieder wieder mit seinem Motorrad vorausfahren. Zum einen, weil ich dann nicht über die Strecke nachzudenken brauchte (mein Kopf hatte schon genügend damit zu tun, sich mit diesem quälenden Pochen hinter der Schädelwand zu arrangieren) und zum anderen, weil ich dann die Straße hinter mir besser im Auge behalten konnte, um nach Verfolgern zu spähen. Wobei meine Aufmerksamkeit diesbezüglich sehr nachließ (wie gesagt, da war dieses Pochen).

Meine Fressattacke begann gegen Mittag. Ich hatte den ganzen Morgen ordentlich Wasser getrunken, um meinen Kopfschmerzen entgegenzuwirken. Das hatte tatsächlich funktioniert. Als Dario dann mit seinem „¡Tengo hambre!" nach Essen schrie und wir unseren letzten Proviant auspackten, verdrückte ich eine ganze Dose Ravioli und eine Stange Weißbrot mit einer fetten Schicht Wurst. Die Jungs sahen mit erstaunt grinsend dabei zu und Dario bemerkte, wie sexy es war, Frauen beim Essen zuzuschauen. Ich ignorierte sie beide und wunderte mich bloß, seit wann ich so viel essen konnte.

„Das sind die Nachwirkungen", erklärte mir Frieder und tat so, als würde er an einem Joint ziehen. Meine Laune stieg nach diesem ausgiebigen Frühstück beträchtlich und ich hatte genügend Energie mich an der wunderschönen Landschaft zu erfreuen, die an uns vorbeizog. Unser Weg verlief an hohen Klippen entlang, vor denen sich zu unserer Rechten das endlos blaue Meer erstreckte. Links am Hang fanden sich immer wieder ein paar Villen zu kleinen Ortschaften zusammen. Dario ließ sich weiträumig über die „Protztouristen" aus, die hier mit ihren

„Bonzenvillen" die Natur verschandelten. Schmerzlich dachte ich an unseren letzten Familienurlaub in Spanien zurück, für den uns Papa genau solch eine „Bonzenvilla" gemietet hatte. Mit Blick aufs Meer – und einem Pool im Garten. Wieso war mir damals nicht aufgefallen, wie verrückt das war?

Es geschah am frühen Nachmittag, kurz hinter Valencia. Wieder einmal überraschte Spanien mit einer neuen Landschaft. Das nahe Meer war außer Sichtweite geraten, stattdessen führte uns eine verlassene Landstraße durch saftig grüne Reisfelder, die bis zum Horizont reichten. Ich spürte wie die Lebensenergie in meinen Venen pulsierte, genährt, von der intensiven Farbe. Es fühlte sich an, als würden wir über einen grünen Teppich schweben, auf dem ab und zu kleine Hütten in unser Blickfeld kamen. Aber außer zwei alten Bauern, die mit geschulterten Schaufeln am Straßenrand entlang trotteten, begegneten wir niemandem. In diesen grünen Feldern also sollte es sein, dass plötzlich grauer Qualm unter meiner Kühlerhaube emporstieg, der Motor ein hässlich schnaubendes Geräusch von sich gab, bevor er verstummte und der Wagen langsam ausrollte.

„Scheiße."

Dario und ich stiegen aus, ein paar Meter vor uns kam Frieder auf seinem Motorrad zum Stehen. „Was ist denn passiert?", rief er uns zu, als er näherkam.

Ich zuckte mit den Schultern. „Keine Ahnung, es hat plötzlich angefangen zu qualmen." Ich war merkwürdig gefasst. Vielleicht hatte ich insgeheim schon erwartet, dass die Karre bald den Geist aufgeben würde. Wie hatte Svea gesagt? Wir müssen alle mal sterben.

Frieder öffnete die Motorhaube – was uns alle erst einmal drei Schritte zurückweichen ließ, da noch mehr grauer Qualm darunter hervorquoll. Als sich der Rauch langsam verzogen hatte nahm Frieder das Innenleben meines Trucks genauer unter die Lupe. Ich erinnerte mich daran, dass Leon erzählt hatte, dass er eine Ausbildung zum Kfz-Mechatroniker angefangen hätte. Dario und ich lugten ihm neugierig über die Schultern. Ich, die niemals zuvor einen Blick unter die Motorhaube eines Autos geworfen hatte, konnte nichts Ungewöhnliches erkennen. Frieder nestelte an ein paar Kabeln, Plättchen und Schrauben herum, bevor er eine rasche Diagnose stellte. „Kurzschluss", sagte er und knallte das Metallblech wieder zu. „Da kann ich nichts machen." Er wischte sich seine schmutzig-schwarzen Finger an seiner Hose ab.

„Da ist etwas Werkzeug im Truck", versuchte ich mein Glück, doch Frieder schüttelte den Kopf.

„Das reicht da leider nicht. Wie's aussieht, ist das halbe Getriebe hinüber, da müssen wir in die Werkstatt."

Auf diese Offenbarung folgte ein Moment der ratlosen Stille, bis sich Dario mit einem neugierigen

284

„¿Qué?“ erkundigte, was wir geredet hatten. Ich übersetzte ihm, was Frieder gesagt hatte, woraufhin auch er eine ratlose Mine machte.

„Ich schätze uns bleibt nichts Anderes zu tun, als das ich mit dem Bike vorausfahre, in der Hoffnung bald auf einen Ort zu treffen.“, sagte Frieder schließlich. „Vielleicht gibt es dort einen Abschleppdienst.“

„Den wir aber leider nicht bezahlen können“, lenkte ich ein. Erst am Tag zuvor, in Alicante, hatte ich bitterlich erkennen müssen, dass mein Sparkonto gesperrt worden war. Dieser Fall trug eindeutig Papas Handschrift. Er musste wohl denken, ich würde schnurstracks zu Daddy zurückkehren, würde er mir erst einmal den Geldhahn zudrehen. Wobei es eigentlich ja mein Geld ist, dachte ich säuerlich und ärgerte mich nicht zum letzten Mal darüber. Zum Glück hatte ich noch einen kleinen Vorrat für Notfälle in einem Geheimfach meiner Reisetasche, doch wer wusste schon, wie lange das noch reichen würde.

„Eine andere Möglichkeit haben wir aber nicht.“, bemerkte Frieder.

Ich stöhnte. „Das ist ja wie in Frankreich damals, weißt du noch?“

Frieder lächelte, als er daran dachte. „Ja, nur haben wir diesmal keinen leeren Benzintank, sondern einen Kurzschluss.“

„Das ist wahr.“

„¿Qué?"

Ich klärte Dario über unser Vorhaben auf. Miesepetrig hockte dieser sich daraufhin an den Straßenrand und starrte den Transporter an.

„Beeil dich bitte!", raunte ich Frieder mit einem Seitenblick auf den griesgrämigen Dario zu. Dieser pubertierende Halbwüchsige würde die nächsten Minuten lang sicherlich unerträglich sein.

Freundschaftlich kniff Frieder mir in den Oberarm. „Ich werde mein Bestes tun."

Ich begleitete ihn, als er zurück zu seiner Maschine lief. „Eins ist schon komisch", sagte er auf dem Weg dorthin. „Ich kann mir nicht so richtig erklären was den Kurzschluss ausgelöst hat. Du hast nicht in letzter Zeit irgendein elektronisches Gerät an deinem Wagen installiert – ein automatisches Maniküreset oder so?"

Für diese kleine Stichelei kniff ich ihn ebenfalls in den Oberarm, etwas fester als er es getan hatte, was er allerdings durch die Lederjacke wohl ohnehin nicht spüren konnte. Doch eine Bemerkung sparte ich mir, stattdessen sagte ich: „Vielleicht ist das noch von damals, als du das Radio repariert hast."

„Hm, ich weiß nicht." Frieder schien nicht wirklich überzeugt.

„Aber etwas Gutes hat die Sache doch, der Typ aus der Werkstatt kann dann auch gleich meine Tankanzeige" – ich stockte. Heiß wie glühende Asche streute sich mir die Erklärung für den Kurzschluss in mein Bewusstsein und versengte mir die Brust. Ein elektronisches Gerät. Es war auch die Antwort auf die Frage, wieso uns in den letzten Tagen niemand gefolgt war. Wie bescheuert ich doch gewesen war, wie naiv und blöd, blöd, blöd! Ein anderes Wort fiel mir einfach nicht dazu ein.

„Frieder!", krächzte ich. Er schien mir meinen Schock wohl anzumerken, und machte irgendeine Bemerkung, dass eine kaputte Tankanzeige nicht der Weltuntergang sei, doch ich überhörte ihn. „Wir müssen den Wagen verschwinden lassen!"

„Was?" Er hielt es für einen Scherz. „Und wir müssen die Bomben verstecken!", raunte er im Verschwörerton zurück.

„Es ist mein Ernst! Der Wagen muss weg, da ist ein Peilsender dran, er weiß wo wir sind." Am Ende des Satzes war meine Stimme nur noch ein leises Fiepen. Langsam begann Frieder wohl zu begreifen, worum es hier ging. „Redest du von den Leuten, die…" Seine Stimme verlor sich mitten im Satz.

„Oh Gott, oh Gott, oh Gott! Was machen wir nur? Vielleicht ist er schon hier!" Panisch drehte ich mich einmal um meine Achse, redete eher mit mir selbst, als mit irgendjemand anderem und fuhr vor Schreck fürchterlich zusammen, als Frieder seine Hand auf meine Schulter legte, um mich zu beruhigen. Da zog er sie schnell zurück.

„Oh Frieder, nein, ich dachte du wärst… Wir müssen den Wagen loswerden!“, rief ich erneut.

Frieder schien den Ernst der Lage nun endlich begriffen zu haben. Seine Mine war vollkommen ernst. Zu gerne hätte ich gewusst, was er in diesem Moment dachte, doch sein Gesicht verriet absolut nichts. Jedenfalls stellte er keine weiteren Fragen, wofür ich ihm unendlich dankbar war. Das wäre für den Moment zu viel gewesen. „Okay, dann lass uns aufbrechen.“ Er trabte zurück zum Transporter.

„Was hast du vor?“

„Wir beide gehen zu Fuß zur nächsten Schnellstraße.“ Er hievte meine schwere Reisetasche und Darios Rucksack aus dem Fahrerhäuschen „Und Dario fährt mit dem Bike zurück nach Valencia.“ Er trug meine Reisetasche zurück zu seinem Motorrad. Ich folgte ihm bei Fuß. „Dort soll er dann eine Mitfahrgelegenheit suchen, die nach Barcelona fährt und uns mitnimmt. Beziehungsweise euch beide, ich kann ja mit der Maschine weiterfahren.“ Er befestigte meine Tasche auf dem Rücksitz des Motorrads, direkt vor seinem kunstvoll auf dem Gepäckträger aufgeschnürten Gepäcktürmchen.

„Aber Dario kann nicht fahren!“, wandte ich ein. „Er ist noch nicht achtzehn.“

„Ich weiß, dass er fahren kann. Außerdem spricht er Spanisch und er kennt seine Landsleute, es ist am vernünftigsten, wenn er einen Wagen anheuert.

Seinen Rucksack nehmen wir mit, der ist nicht allzu schwer." Frieder lief wieder zurück zum Transporter und entledigte sich dabei seiner Lederjacke und dem Nierengurt.

„Bist du sicher, dass das funktionieren wird?" Wie ein Hündchen, das sein Herrchen anbettelt, lief ich ihm hinterher.

„Es muss funktionieren."

„Woher willst du wissen, dass Dario zurückkommt und nicht einfach mit deinem Motorrad abhaut?"

Da drehte sich Frieder abrupt um. „Vertraust du ihm nicht?" Sein Blick bohrte sich in mein Gesicht. Er wirkte fast bedrohlich, als er das sagte. „Ich dachte, du hättest in den letzten Wochen dazugelernt."

Es war Schwachsinn und ich wusste es. Natürlich würde Dario zu uns zurückkehren. Es war, als hätte eine innere Gewohnheit aus mir gesprochen.

„Nein, natürlich vertraue ich ihm. Es tut mir leid." Geschlagen stand ich da, fühlte mich hilflos und war froh, dass Frieder alles im Griff zu haben schien. Sein Plan klang verrückt, doch zu widersprechen wäre Irrsinn, da ich selbst nicht besser wusste, was zu tun war.

„Gut. Dann sag ihm jetzt, was wir machen. Er wird sich freuen, dass er fahren darf."

So war es. Dem kleinen Punk schwellte die Brust vor Stolz, als Frieder ihm sein Nierengurt, die

Motorradhandschuhe und den Helm überreichte. Während er sich auch noch die Lederjacke überstreifte, erklärte ihm Frieder genau die Straße, auf der er uns finden würde, während ich als Simultandolmetscherin mein Bestes gab. Im Stillen hoffte ich, dass auch wir sie finden würden.

„¡No se preocupen!", verkündete Dario mit selbstgefälliger Mine. Wir sollten uns keine Sorgen machen. Er würde das Ding schon schaukeln. Doch es half nichts, mein Atem ging dennoch ziemlich flach, als ich den Jungen in leichten Schlangenlinien in die Richtung davonfahren sah, aus der wir gekommen waren.

Frieder schulterte Darios Rucksack. „Auf geht's!", sagte er und wir traten den vagen Fußmarsch an. Ohne Straßenkarte ohne Anhaltspunkt, den qualmenden Truck hinter uns zurücklassend. Was Tante Klara wohl dazu sagen würde?

KAPITEL EINUNDZWANZIG:
On the road – Die Tramper

Die Reisfelder schienen endlos zu sein. Das saftige Grün, dessen Anblick vor einer Stunde noch erfrischend und ermutigend gewesen war, wurde nun zu unserer Wüste ohne Wasser. Frieder und ich redeten wenig, zu angestrengt horchten wir nach dem rauschen einer fernen Autobahn. Frieder fragte auch nicht nach dem vermeintlichen Verfolger, vielleicht war er zu sehr darauf konzentriert, den richtigen Weg zu finden. Ich wagte nicht zu fragen, was geschehen würde, wenn wir die Straße, die AP-7, nicht fanden, wenn wir uns auf diesem grünen Teppich verlaufen und ewig umherirren würden. Wenn uns Dario trotz gründlichem Suchen niemals finden, und schließlich aufgeben würde. Wir würden ihn niemals wiedersehen, nicht das Motorrad und nicht meine Tasche mit dem Reservegeld. Ich stöhnte verzweifelt bei dem Gedanken.

„Alles in Ordnung?", fragte mich Frieder.

„Wenn man die Umstände außer Acht lässt."

„Wir müssten bald an der Straße sein. Ich bin mir hundertprozentig sicher, dass sie östlich an diesen Feldern vorbeiführt."

„Woher weißt du das denn so genau?“, fragte ich zweifelnd.

„In der Casa hab’ ich mir eine Straßenkarte angeguckt. El Ratón hat sie mir gegeben.“

Mir blieb wohl nichts Anderes übrig, als auf Frieders Orientierungssinn zu vertrauen. Wieder liefen wir schweigend, bogen links ab, liefen schweigend geradeaus. Dann hörten wir es.

„Da vorne!“ Euphorisch deutete ich in die Ferne. Verkehrslärm, eindeutig. Wenn man die Augen zusammenkniff, konnte man sogar ein paar in der Sonne blitzende, metallische Punkte vorbeihuschen sehen. Auf Frieders Gesicht breitete sich ein erleichtertes Lächeln aus. Anscheinend hatte er weniger an seine Ortskenntnisse geglaubt, als ich es getan hatte. Den Rest der Strecke legten wir in zügigem Tempo zurück. Das Dröhnen der Autos wurde immer lauter, wir verließen die Reisfelder und liefen die letzten paar Meter über brachliegende Erde. Da war sie. Die AP-7. Erschöpft ließen wir uns am Seitenstreifen nieder.

„Und jetzt?“, fragte ich nach einer ruhigen Minute der Rast. „Wie sollen wir weiter zu Tage gehen?“

„Jetzt heißt es warten.“ Frieder schob sich Darios Rucksack unter seinem Kopf als Kissen zurecht.

„Sollen wir Dario nicht entgegenlaufen?“, fragte ich unsicher. Es erschien mir sehr unbefriedigend einfach nichts zu tun.

„Wozu? Wenn er uns hier nicht findet, findet er uns auch nicht einen Kilometer weiter südlich." Frieder schloss die Augen. „Versuch zu relaxen. Dario wird schon kommen."

Ja, Dario würde schon kommen. Doch mir kam ein anderer Gedanke: Was war, wenn Leon hier entlangfuhr? Wenn es nicht sogar schon passiert war, würde er bald bemerken, dass sein Peilsender nicht mehr funktionierte, und dann würde er sicherlich hier unsere Fährte aufnehmen. Doch bevor ich irgendetwas sagen konnte, sprach mich Frieder an. „Sag mal" er suchte nach den richtigen Worten. „Das mit dem Peilsender… das ich schon ziemlich schräg."

Ich antwortete nichts. Ich ahnte, worauf das hinauslaufen würde.

„Wer kommt auf so einen Wahnsinn?"

Es musste sein. „Der Handlanger meines Vaters." Es war nicht in meinem Sinn gewesen, albern zu klingen, doch ich musste feststellen, dass sich das stark nach den Zeilen eines Mafiafilms anhörte. Frieder schien wohl etwas Ähnliches zu denken. „Ist nicht wahr, oder?", fragte er mit unüberhörbarer Belustigung in der Stimme.

Ich versuchte so überzeugend wie möglich zu klingen „Er hat ziemlich viel Geld, musst du wissen."

„Das hab' ich mir schon gedacht" sagte Frieder leichthin. „Kein Mensch würde sonst so etwas sagen wie ,weiter zu Tage gehen'".

Es machte mich wütend, dass er das so unbekümmert aufnahm.

„Du unterschätzt die Lage.", sagte ich mit deutlicher Härte in der Stimme. „Er hat sehr viel Macht."

„Das glaube ich dir ja. Macht genug um seine Tochter auf ihrer kleinen Abenteuerreise zu beschatten."

Frieder nahm mich nicht ernst. Und das machte mich nicht nur stinkwütend, sondern verletzte mich auch. Was glaubte er eigentlich wer er war? Dieser kleine Pseudowaise, was wusste der denn schon! Wie konnte er das denn bitte beurteilen, zu was ein Mann mit viel Geld und noch mehr Aktien in der Tasche alles fähig war? Ich wollte keinen weiteren Streit riskieren, also stand ich auf und lief stumm am Seitenstreifen hin und her, während Frieder seelenruhig auf dem harten Asphalt lag und sich die Sonne ins Gesicht scheinen ließ. Unruhig beobachtete ich dabei die vorbeifahrenden Autos ganz genau. Obwohl ich keine Ahnung hatte, was Leon für einen Wagen fuhr, hielt ich dessen ungeachtet danach Ausschau, und fühlte jedes Mal wie eine Welle der Erleichterung mich überschwappte, wenn ich hinter dem Steuer eines vorbeifahrenden Autos keinen blonden Männerschopf erblickte. Bitte, Jesus, Allah, Shiva und Jehova, macht, dass Dario bald kommt, bitte!

Wieder einmal wurden meine Gebete erhört. Ich wusste nicht, wie lange Frieder und ich am Straßenrand gewartet hatten, mir kamen es vor wie Stunden.

Mittlerweile waren ein paar Wolken aufgezogen, die alles andere als freundlich aussahen. Sie versperrten die Sonne und ließen den Tag trübe und dunkel wirken. Ich rechnete schon jeden Moment damit, den ersten Regentropfen abzubekommen, als ich am Horizont die sehnlichst herbei gewünschte Gestalt eines kleinen, wendigen Motorrads entdeckte.

„Da! Da kommt er!", rief ich erleichtert aus, vielleicht etwas zu laut. Doch Frieder, der sich die letzte halbe Stunde aufgesetzt, und sich meiner Den-Horizont-Anstarren-Beschäftigung angeschlossen hatte, stimmte in meinen Jubel mit ein.

Dario war sichtlich erleichtert uns zu sehen. Wie er sagte, war es gar nicht so leicht gewesen, ein paar „anständige" Leute aufzutreiben, die so nett waren, uns auf dem Weg nach Barcelona mitzunehmen. Doch an einer Raststätte hinter Valencia wäre er dann auf Lupo hier gestoßen. Aus dem roten Fiat, der hinter Dario am Seitenrand gehalten hatte, winkte uns ein breit grinsender Spanier mit einer zerschlissenen Baseball-Kappe durch die Windschutzscheibe zu.

„Lupo?", wiederholte ich. Lustiger Name. „Und wer ist die Gestalt neben ihm?"

Neben Lupo, auf dem Beifahrersitz, saß ein junger Afrikaner, dessen verkniffener Gesichtsausdruck darauf hindeutete, dass er Lupos Gesellschaft alles andere als lustig fand. Dario meinte, den hätte Lupo schon in Albacete eingesammelt, aber er hätte dessen Namen vergessen.

Frieder scheuchte Dario (mit einiger Mühe) von seinem Motorrad herunter und machte sich startklar. Ich setzte mich mit dem kleinen Punk auf die Rückbank des roten Fiats und dankte Lupo in sauberem Spanisch für seine Großzügigkeit uns mit nach Barcelona zu nehmen.

„¡No hay problema!", versicherte mir Lupo. Es bereite ihm ein Vergnügen eine so schöne Frau in seinem Auto zu haben. Sein Grinsen wurde noch breiter, ich zählte drei Zahnlücken. Außerdem ging ein ziemlich unangenehmer Geruch von ihm aus, ein Gemisch aus Schweiß und Bier und da wurde mir auch klar, wieso der Afrikaner auf dem Beifahrersitz so ein Gesicht zog. Ich hoffte in diesem Moment nur, dass Lupo nicht im betrunkenen Zustand Auto fuhr. Doch wenn es so war, hatte er sein Steuer ziemlich gut im Griff. Er unterhielt sich lebhaft mit Dario und ließ ab und zu ein ziemlich dreckiges Lachen ertönen. Manchmal machte er Anspielungen auf meine blonden Haare und die blauen Augen und zwinkerte mir dann durch den Rückspiegel zu, um von mir ein gequältes Lächeln zu ernten. Der Afrikaner sagte wenig, wohl auch, weil sein Spanisch nicht allzu gut war. Jedes Mal, wenn Lupo ihn ansprach, schrie jener fast, als wäre sein Beifahrer schwerhörig. Dieser jedoch antwortete stets mit ruhiger Stimme, jedoch sehr knapp und brüchig, was Lupo oft dazu veranlasste, seine ausgeblichene Capi ein Stück zurück zu schieben und sich am Kopf zu kratzten. „¡Estos negros!", sagte er dann immer, in dem Glauben, dass sein Mitfahrer ihn nicht verstand und zog sich sein Basecap wieder tief in die Stirn zurück. In schludriger Schrift war „ACAB" darauf geschrieben. Vielleicht ein Fußballverein.

Meine Vorahnung bestätigte sich und bald fing es heftig zu regnen an. In trüber Stimmung beobachtete ich die Tropfen, wie sie auf das Autofenster aufschlugen und im Fahrtwind wie kleine Würmer die Scheibe entlang krochen. Der erste spanische Regen auf unserer Tour. Mit ihm kam auch die Dunkelheit. Es war schon lange Abend geworden, als die ersten Lichter Barcelonas in der Ferne aufleuchteten. Es schüttete immer noch. Wo sollten wir heute Nacht nur schlafen?

In diesem Moment gähnte Lupo ausgiebig. „Necesito un descanso, amigos mios" sagte er und fuhr die Ausfahrt zu einer Tankstelle hinaus, um für einige Minuten die Augen zu schließen. Ich wäre lieber weitergefahren, dieses Wetter lud nicht gerade zu einer Pause ein, doch schließlich saß nicht ich am Steuer. In der Parklücke neben uns hielt Frieder an. Der Arme war bis auf die Knochen durchnässt. Kaum das er von seiner Maschine gestiegen war, flüchtete er auch schon in das Tankstellenhäuschen. Ich lief ihm durch den Regen hinterher, gefolgt von dem jungen Afrikaner.

„Verdammt ist das ein Sauwetter.", schimpfte Frieder und zog sich die nasse Jacke aus. Ich kramte ein paar

Münzen aus meiner Hosentasche und kaufte Kaffee für uns beide.

„Danke“, sagte der Durchfrorene, als er die dampfende Tasse entgegennahm.

„Kaffee von der Tankstelle ist moralisch vertretbar, ja?“, fragte ich scherzhaft in Erinnerung an das Starbucks-Malheur.

Frieder grinste. „Ich mach dir ’ne Liste.“

Wir tranken.

„Was ist denn eigentlich mit dem?“, fragte mich Frieder mit gesenkter Stimme. Ich wandte mich um und sah den Afrikaner unschlüssig in dem kleinen Souvenirshop der Tankstelle herumstehen und die Auslagen begutachten.

„Sein Spanisch ist nicht so gut, er ist sehr schweigsam“, erzählte ich. „Wobei das bei Lupos Gesellschaft auch kein Wunder ist. Der Mann ist irgendwie…“ ich suchte nach dem richtigen Wort „…vulgär. Mit seiner komischen Acab-Mütze.“

„Was ist denn bitte eine Acab-Mütze?“

„Na die Capi, die er trägt, da steht Acab drauf. Was ist das, ein Fußballklub?“

Für einen Moment sah Frieder mich verständnislos an. Dann ging ihm ein Licht auf und er grinst breit. „Das heißt nicht Acab, das heiß A.C.A.B. – All Cops Are Bastards.“

„All Cops Are Bastards?", wiederholte ich ungläubig. Mal davon abgesehen, dass ich diesen Spruch für ziemlich platt und geschmacklos hielt, es war obendrein auch noch Beamtenbeleidigung. „Und das ist erlaubt?"

„Nee ist es nicht." Frieder verzog das Gesicht, wie ein Fünfjähriger, den man rügte, weil er beim Essen kleckerte. „Aber man muss eben kreativ sein. Die können ja nicht beweisen, dass die vier Buchstaben ausgerechnet dafür eine Abkürzung sind. Daher muss man sich etwas Anderes überlegen, wenn dir ein Bulle deswegen blöd kommt."

„Ach ja? Und was zum Beispiel?" Skeptisch sah ich ihn an. Er überlegte kurz.

„Always Carry A Bible."

Da musste ich lachen.

Frieder begann derweilen seinerseits nach ein paar Münzen zu kramen und bestellte einen dritten Kaffee. Dann winkte er unserem dritten Mitfahrer, der schüchtern nähertrat.

„Do you like to drink a coffee? "

Weiß strahlten seine Zähne als der Afrikaner dankbar lächelte und sich überschwänglich bedankte. Auch sein Englisch schien nicht das Beste zu sein. Doch Frieder ließ sich dadurch nicht beirren.

„What's your name?"

„Me Abdou."

„And where are you come from? "

Ich bewunderte es, wie unbeirrt Frieder diesen fremden Mann namens Abdou in ein Gespräch verwickelte.

„Du Sénégal."

Er war also Senegalese. Dann war es kein Wunder, dass er weder Spanisch noch besonders gut Englisch konnte. Vorsichtig fragte ich ihn auf Französisch wie es ihn nach Spanien verschlagen hatte. Da sah er mich mit strahlenden Augen an. Er schien so froh darüber zu sein, dass ihn endlich jemand verstand, dass ich schon fürchtete, er würde mir gleich um den Hals fallen. Doch das tat er zum Glück nicht, sondern fing nur an euphorisch davon zu berichten, wieso er nach Europa gekommen war und wie es ihm hier erging. Er schien sich schon lange nicht mehr mit jemandem unterhalten zu haben und sein Bedürfnis nach menschlicher Kommunikation war lange ungestillt geblieben. Doch was er erzählte, ließ mein ohnehin schon unsicheres Lächeln mit jedem Satz etwas mehr verblassen bis ich den Mann namens Abdou irgendwann nur noch reglos anstarrte.

Er erzählte, er sei in seiner Heimat Fischer gewesen, und das schon so lange, wie er denken konnte. Auch sein Vater war Fischer gewesen, und dessen Vater davor. Ohnehin seien die meisten seiner Brüder Fischer, die Meisten seiner Onkel und seiner Nachbarn.

Von seinem Vater hatte er gelernt das Meer zu achten, dessen Bewohner zu achten, die ihnen das Leben schenkten. Ohne die Meerestiere würde das Land verhungern, hatte sein Vater ihm gesagt. Mit ihren Pirogen, ihren kleinen Fischerbooten, waren sie hinausgefahren, auf den Atlantik, und stets mit vollen Netzen zurückgekommen.

Bis die Schiffe aus Europa kamen. Aus China und aus Südkorea. Sie fischten mit ihren großen Netzen in Gewässern, die den Senegalesen gehörten, zerstörten den Meeresboden, warfen ihren Abfall zurück ins Meer und töteten es somit. Seit dem, erzählte Abdou, gibt es keine Fische mehr in seinem Land.

Sein Vater sei schon längst tot, auch viele seiner Brüder starben. Die anderen träumten von den Ländern aus denen die großen Schiffe kommen, träumten von Europa, wo die Menschen so reich waren, dass sie sich das Meer kaufen konnten.

Er habe einen Freund in Barcelona, sagte er. Den wolle er besuchen. Mit zwanzig weiteren Männern sei er in einer Piroge bis nach Cádiz gekommen, erzählte er stolz, doch mit einem traurigen Blick. Vieler seiner Weggefährten kamen dabei um. Sie hielt das Meer zurück. Doch er hätte nicht aufgegeben, sagte er mit einem hoffnungsfreudigen Glimmen in den Augen. Er hätte sich nicht aufhalten lassen. Nicht vom Meer und auch nicht von der spanischen Grenzpolizei. Denn es gäbe Menschen wie wir, die ihm halfen.

Diese seine letzten Worte, trafen mich mitten ins Herz. „Ich habe doch gar nichts gemacht!", hätte ich am liebsten gerufen, doch die Zuversicht und der unbeugsame Optimismus in Abdous Augen machten mich ganz klamm. Er war dankbar, einfach so, und ich konnte nichts dagegen tun. Ich konnte nichts weiter tun, als mir diesen Dank in Zukunft redlich zu verdienen. Dieser Verdienst, war in diesem Moment mein größter Wunsch.

„¿Donde os quedáis tanto tiempo?" Das war Dario, der uns rief. Wo wir denn so lange blieben. Langsam erwachte ich aus meiner Apathie und trottete den anderen hinterher zum Auto. Meinen Kaffee hielt ich noch in der Hand, ich wusste nicht was tun damit, ihn zu trinken, auf die Idee kam ich nicht. Inzwischen hatte es aufgehört zu regnen, doch die Luft war feucht und roch nach deutschem Herbst. Manche Dinge sind einfach in jedem Land gleich, dachte ich und suchte zerstreut nach meinem Zündschlüssel, bis mir einfiel, dass ich ihn ja gar nicht brauchte.

„Alles in Ordnung mit dir?" Frieder nahm mich für einen Moment beiseite.

„Mh", machte ich unbestimmt und wusste selbst nicht, was das bedeutete.

„Was hat Abdou denn zu dir gesagt?"

Mir fiel mein Kaffee wieder ein und nahm einen Schluck. „Ich werde nie wieder Fisch essen.",

verkündete ich dann dem verdutzten Frieder und stieg
ins Auto.

KAPITEL ZWEIUNDZWANZIG:
Barcelona

Das Problem mit der nächtlichen Unterkunft löste sich von selbst. Ohne viel Gerede war schnell klar, dass wir alle bei Lupo schlafen würden. Ich widersprach dem nicht, doch musste ich bei der Vorstellung von Lupos Wohnung unweigerlich die Nase rümpfen und hoffte, dass es niemand bemerkte.

Abdou kam nicht mit. Obwohl es schon mitten in der Nacht war, konnte er sich nicht davon abbringen lassen, am Hafen auszusteigen. Von dort aus, erklärte er mir, könne er seinen Freund suchen. Da er seinen Zielort nun endlich erreicht hatte, stieg seine glückselige Euphorie ins Unermessliche. Er hätte wahrscheinlich auch draußen im Regen am Kai übernachtet, wenn es nötig gewesen wäre. Ich verabschiedete mich von ihm aufrichtig mit den besten Wünschen. Ich hoffte so sehr, dass sich für ihn alles zum Besten wenden und er glücklich werden würde. Doch dann viel mir auf, dass er auf mich eigentlich nicht wirklich unglücklich gewirkte hatte und mich überkam eine jähe Bewunderung für das afrikanische Volk. Ob irgendein Mitteleuropäer genauso viel Optimismus bewiesen hätte? Sind eben alles Waschlappen hier, dachte ich säuerlich. Frieder und ich hätten doch nach Afrika reisen sollen.

Wir verließen den Hafen und ich sah durch die Heckscheibe zu, wie der selig winkende Abdou immer kleiner wurde. Bald hatte uns das Getümmel der Stadt eingenommen, das trotz später Abendstunde nicht nachzulassen schien.

Lupos Wohnung entsprach ganz meinen Erwartungen – beziehungsweise Befürchtungen. Sie lag im dritten Stock direkt an einer großzügig befahrenen Hauptstraße. Sie war klein, hatte gerade mal drei Zimmer, und herbergte ein phänomenales Chaos, überlagert von einem undefinierbaren Geruch. Im Wohnzimmer hing an der einen Wand eine Fahne mit dem Abbild von Che Guevara (auf den ersten Blick hatte ich ihn für Ramón gehalten, bis mir auffiel, dass das nicht sein konnte) und an der gegenüberliegenden ein Poster von Bob Marley. Zwei Sofas, ein Sofatisch, ein Fernseher und eine tote Zimmerpflanze, aus mehr bestand der Raum nicht. Irgendwo fand sich zwischen leeren Bier- und Plastikflaschen, sowie überquellenden Aschenbechern und herumliegenden Klamotten außerdem ein Paar verwaschene Jeans und ein lommeliges T-Shirt, in dem ein junger Mann steckte, der gerade an einer Wasserpfeife zog. der Mann schien in seinen Klamotten und unter seinen buschigen Haaren und den schweren Augenliedern gänzlich zu verschwinden.

„Hola Jessi“ begrüßte Lupo den Mann auf dem Sofa, der mit einem dumpfen Blick und einem verwegenen Grinsen zurückgrüßte. Lupo fragte ihn außerdem ob heute Nacht jemand in dessen Zimmer übernachten könne, er hätte ein paar Tramper aus Valencia mitgebracht.

Da griff sich das Klamotten-Haar-Bündel namens Jessi an den Kopf und fragte seinen Wohngesellen verwirrt, was er denn in Valencia gemacht hätte.

Er sei in Albacete bei seiner Familie gewesen, dass wisse er doch, antwortete Lupo. Jessi solle mal nicht so viel kiffen, dann würde er auch bemerken, dass sein Mitbewohner ganze fünf Tage aus dem Haus gewesen sei.

Er könne nichts dafür, verteidigte sich Jessi, er hätte seinen Hut verloren. Dann fragte er noch, ob Lupo feigen mitgebracht hätte, die wären alle.

Zehn Minuten später saßen wir alle im Wohnzimmer um die Wasserpfeife herum und rauchten. Unterschiedliches. Lupo packte ein Päckchen Marihuana aus, von dem ich entschieden die Finger ließ, hier musste ich einen kühlen Kopf bewahren. Nachdem mir Frieder allerdings dreimal versichert hatte, dass Wasserpfeifenrauchen zu hundert Prozent legal war, solange man keine illegalen Substanzen unter den Tabak mischte und in dieser hier ganz, ganz sicher nichts weiter drin war als stinknormaler, aromatisierter Tabak, probierte ich davon. Ich war angenehm überrascht. Es schmeckte ziemlich fruchtig.

„Der Tabak ist mit Melonengeschmack", klärte mich Frieder auf und zog an seiner Zigarette. „Es gibt eine

Menge verschiedener Geschmacksrichtungen für Shishatabak.“

„Für was?“

„Shishatabak.“ Frieder deutete auf die Wasserpfeife. „Das nennt man eine Shisha.“ Sein Grinsen, mit dem er mich bedachte, hatte fast etwas Rührseliges.

Von dem vielen Qualm in dem Zimmer wurde ich ziemlich schnell müde und verkündete bald, dass ich nun schlafen gehen wolle. Lupo beschrieb mir die Tür zu seinem Zimmer und zwinkerte mir dabei bedeutungsvoll zu. Er würde auch bald kommen, sagte er. Ich lächelte ihn zuckersüß an, während ich meinen Brechreiz zurückhielt und dankte recht freundlich. Dann nahm ich entschieden die Tür neben Lupos Zimmer und machte es mir auf dem kleinen Sofa, das neben einem zerwühlten Bett an der Wand stand, unter Frieders Schlafsack gemütlich.

In dieser Nacht hatte ich zum ersten Mal auf meiner Reise ein kleines bisschen Heimweh. Vielleicht auch ein großes Bisschen. Ich hatte von meiner Mutter geträumt. Sie hatte einen Taktstock in der Hand gehalten und Nietzsche rezitiert, während ich zu ihren Füßen auf dem Boden kniete und Wäsche in einem riesigen Zuber wusch. Seltsamerweise waren es die supersexy Dessous, die ich bei meinem letzten Stadtbummel mit Jessica beim Breuninger erstanden hatte.

Mama wippte ihren Stock mit spitzen Fingern in einem stummen Takt und mein Fingerknöchel brannten von der Reibung auf dem Waschbrett. Kein besonders schöner Traum. Dennoch sehnte ich mich nach meiner Mutter. Was Freud wohl dazu gesagt hätte.

Nach dem Aufstehen und einem kargen Frühstück aus Espresso und trockenem Weißbrot ohne Belag, erkundigte ich mit Frieder und Dario die Stadt. Dario wollte sich unbedingt Zigaretten kaufen und brauchte dafür natürlich Frieders Hilfe, weil er selbst noch zu jung dafür war. Ich wartete hier, auf diesem Platz, neben dieser Telefonzelle, die nach mir zu rufen schien. Es war Mittag und Werktag, es bestand also keine Gefahr, dass Papa zuhause sein konnte.

Mein Herz klopfte ganz wild, während die Freizeichen in meinem Ohr tuteten.

„Wallenstein" meldete sich meine Mutter am Apparat.

„Mama! Hallo, hier ist Helena." Fast hätte ich mich verhaspelt vor lauter Nervosität.

„Helena!" Ihre Stimme überschlug sich fast vor Glück. „Meine Güte, wie geht es dir?" und ohne eine Antwort abzuwarten, fügte sie hinzu: „Wann kommst du denn nach Hause?"

„Ich weiß es nicht, Mama. Ich bin gerade in Barcelona. Es ist wunderschön."

„Ist alles in Ordnung bei dir, ist etwas passiert? Ich mache mir furchtbare Sorgen. Dein Vater auch."

„Braucht ihr nicht, mit geht es fantastisch! Ich wollte nur einfach so mal anrufen."

„Das ist gut, weißt du, gestern sind deine Studienunterlagen gekommen. Du bis jetzt offiziell immatrikuliert." Sie hatte wohl gedacht, dass ich mich darüber freuen würde.

„Oh, toll.", sagte ich lahm.

„Freust du dich schon auf München?"

„Ach, ich weiß nicht, Mama." Merkwürdig, wie weit weg sie war. Nichts von dem, was ich erlebt hatte, hatte sie mitbekommen.

Ich hörte, wie sie scharf die Luft einzog. „Jetzt hör mal, Helena! Bei all seinen Fehlern hat dein Vater in seinem Leben sehr viel für dich getan und ich habe dir ganz bestimmt nicht beigebracht undankbar zu sein."

Was war denn das jetzt? Sprach da dieselbe Frau, die mich zu ihrer verkorksten Schwester geschickt hatte?

„Hier geht es doch gar nicht um Papa.", erwiderte ich.

„Doch, das tut es." Meine Mutter klang sehr bestimmt. Ich konnte mich nicht erinnern, sie jemals so reden gehört zu haben. „Wir sind eine Familie, Helena Wallenstein, und eine Familie muss zusammenhalten."

„Ist das der Grund wieso du Hausfrau geworden bist?“ Langsam wurde auch ich wütend. „Du bist doch eine studierte Frau, Mama!“

„Wir müssen alle unsere Opfer bringen, damit das Leben funktioniert.“

„Aber wenn ich so ein Leben gar nicht haben will?“

Mamas Stimme verlor nicht an Härte. „Du vergisst wo du herkommst. Du hast keine andere Wahl.“

Ich sagte nichts. Meine Wut war verpufft. Ich fühlte mich wie vor den Kopf gestoßen.

Meine Mutter fuhr mit einer etwas weicheren Stimme fort: „Bitte komm bald wieder zurück, Helena. Dann wird alles wieder gut.“

„Okay.“ Mehr wusste ich nicht zu sagen. Mein Mund war ganz trocken.

„Und melde dich bald wieder.“

„Mach ich.“

Dann hängte ich auf. „Dann wird alles wieder gut“, hatte sie gesagt. Für mich würde nichts wieder gut werden.

Es zog mich zum Hafen. Der folgende Tag war wieder mit schönem Wetter gesegnet, nur ab und zu zogen ein paar dicke Quellwolken über die Stadt. Den gesamten Mittag waren wir durch ihre Straßen geschlendert, hatten ihr Plätze besucht und ihre Kirchen bewundert. Barcelona war bunt, lebhaft und jung. Selbst die Altstadt. Auch sie sprühte geradezu vor Lebensgeist. Doch die ganze Zeit über hatte die Stimme meiner Mutter seit unserem gestrigen Telefonat in meinem Ohr geklungen. *Eine Familie muss zusammenhalten ... wir müssen alle Opfer bringen ... Du vergisst wo du herkommst, du hast keine Wahl....* Ich dürstete nach einer ruhigen Minute, in der ich nur für mich war und nachdenken konnte. Nun stand ich am Kai und beobachtet die Möwen, die über den Hafen kreisten. Wie es wohl wäre, fliegen zu können? Fliegen. Übers Meer. Ich hatte meinen Truck geopfert, um Frieder vor der sicheren Folter zu bewahren. Wie sollte es jetzt weitergehen? Ich hatte kein Geld mehr, kein Fahrzeug. Ich saß mit ein paar Kiffern in einer fremden Stadt. Das einzige was mich noch hier hielt, war die Zuneigung zu einem Jungen, den Welten von mir trennten. War das so? Ich entschied, ja. Umso mehr ich von ihm kennenlernte, umso mehr wurde mir bewusst, wie unterschiedlich wir waren. Es gab mir einen kleinen Stich. So sehr ich die Menschen wie Svea, Ramón und Dario zu schätzen gelernt hatte, konnte ich dennoch nicht einfach mein früheres Ich abstreifen, wie eine Schlange ihre abgenutzte Haut. *Du vergisst wo du herkommst... eine Familie muss zusammenhalten.* Klara fiel mir ein. Was hatte es ihr gebracht, sich von der Familie abzuwenden? Ein altes Bauernhaus in Frankreich und sonst nur die Einsamkeit.

Der Entschluss den ich fasste, schnürte mir die Kehle zu, doch es musste sein. Ich belog jeden. Vor allem mich selbst und Frieder. Ich konnte ihm nicht weiter versuchen vorzuspielen, dass ich jemand anderes sei. Ich konnte nicht jemand sein, der ich nicht war. Ich musste aufhören mit den Lügen. Ihm zuliebe, denn er hatte die Wahrheit verdient.

„Ach hier bist du." Frieder war von hinten an mich herangetreten. „Ich dachte wir wollten uns vor der Sandwichbude treffen."

„Tut mir leid, ich habe die Zeit ganz vergessen", entschuldigte ich mich und wandte meinen Blick mühevoll von den schwebenden Meeresvögeln ab. „Wo ist Dario?"

„Der steht vor der Santa Maria del Pi und versucht ein bisschen Geld einzutreiben."

„Er ist betteln gegangen?", fragte ich entsetzt.

Frieder zuckte nur mit den Schultern und packte ein Fischsandwich aus. „Mann, hab ich ein Hunger – willst du auch was? Da sind Sardellen drauf." Er hielt mir das in Papier eingewickelte Bündel unter die Nase.

„Nein, danke.", lehnte ich sein Angebot angewidert ab. Den Vorsatz, keinen Fisch mehr zu essen, hatte ich ernst gemeint. „Wir sollten uns überlegen, was wir jetzt machen.", schnitt ich das heikle Thema an.

„Was meinst du?“ Frieder biss in sein Sandwich. „Mann, das ist echt gut. Du solltest davon probieren!“

„Ich meine, was unser nächstes Ziel ist.“ Ich wandte mich wieder dem Meer zu. „Die Welt ist so groß“, flüsterte ich.

„Wo willst du denn hin?“

„Ich hab’ langsam genug von Spanien.“

„Schön. Also wieder nach Frankreich?“, schmatzte Frieder.

„Etwas Anderes wird uns wohl kaum übrigbleiben.“, sagte ich immer noch mit dem Blick aufs Meer.

„Na, das hört sich ja nicht gerade begeistert an.“ Frieder leckte sich etwas Mayonnaise vom Daumen.

„Vielleicht wird es Zeit.“, sagte ich leise.

„Zeit wofür?“

Ich antwortete nicht. Daran, dass die Schmatzgeräusche langsam erstarben, erkannte ich, dass Frieder begriff. „Du willst nach Hause zurück.“

Ich sagte immer noch nichts.

„Daddy hat also gewonnen.“

Ich fuhr herum. „Das hat damit überhaupt nichts zu tun!“ Das stimmte. Den einzigen Grund, wieso ich mich freute meinen Vater wieder zu sehen, war, ihm ins Gesicht zu sagen, was ich von ihm hielt, von seiner Vorgehensweise, von seiner Firma und von der Familie Ronnersbach. Ich hatte mich wohl tatsächlich verändert, stellte ich erstaunt fest. Mürrisch betrachtete Frieder sein Sardellensandwich. Ich glaube er wusste nicht so recht, was er sagen wollte. „Ich weiß ja nicht einmal wo du wohnst.", sagte er dann wütend, um irgendetwas zu sagen, und pfefferte sein halb aufgegessenes Sandwich in den nächsten Mülleimer.

„Keinen Hunger mehr?"

„Nein."

„Wir werden uns bestimmt wiedersehen." Ich kniff meine Lippen zusammen, damit sie nicht zitterten.

„Mag sein."

„Willst du mit zurück nach Deutschland fliegen?"

Frieder schnaubte. „Fliegen! Nein, danke."

„Schade."

„Ich hab' doch mein Bike hier."

„Stimmt ja." Ich schloss für einen Moment die Augen. Ihn so verletzt zu sehen, quälte mich. „Es ist nur das Beste. Für uns beide."

„Woher willst du bitte wissen, was das Beste für mich ist?" Die Härte in seiner Stimme erschreckte mich. Ich dachte an das Leben, das ihn in Deutschland erwartete. Was hatte er für eine Zukunft? Das Straßenleben? Das Schicksal seiner Mutter, oder gar seiner Schwester? Was wohl mit ihr passiert war. Wie lange würde er wohl noch die Kraft haben, von einer besseren Welt zu träumen?

„Wir beide sind… verschieden." Meine Stimme klang gepresst.

„Genau das ist das Problem mit euch verdammten reichen Demokraten! Ihr denkt immer nur in Unterschieden. Doch ich hab' eine Neuigkeit für dich:" Er trat bedrohlich nahe an mich heran. Dann sagte er mit fester Stimme, wobei er jedes Wort nachdrücklich betonte „Wir – sind – alle – gleich."

Ich schluckte. „Du kannst die Welt nicht ändern.", sagte ich leise und zuckte zusammen, als Frieder zu brüllen begann.

„NATÜRLICH KANN ICH SIE NICHT ÄNDERN! Aber *wir* können sie ändern. Es gibt einen Grund, wieso Leute in besetzten Häusern wohnen, wieso fünfzehnjährige Straßenkinder vor Kirchen um Geld betteln und wieso die Menschen auf der anderen Seite der Welt an Hunger verrecken. Wir sind der Grund, Helena, und wir können es ändern!"

Das lief jetzt in eine ganz andere Richtung, als ich geplant hatte. Beschämt senkte ich meinen Blick, ich konnte Frieder in seiner Rage einfach nicht ansehen. Er hatte gut reden. Er war schließlich nicht bei mir Zuhause aufgewachsen.

„Hier!“, er pfefferte mir zwei schmale Papierstreifen
vor die Füße. Überrascht betrachtete ich sie, wie sie
auf dem schmutzigen Boden lagen. Es waren Fahrkarten. „Heute Abend fährt eine Fähre nach Genua.
So ein Kerl hat mir die vorhin für einen Spottpreis
weiterverkauft, er wollte sie unbedingt loswerden und
ich hatte eigentlich gedacht, das würde dir gefallen.“
Groß und mächtig stand er vor mir. „Wie auch immer.“ Seine Stimme senkte sich etwas, ohne an ihrer
Bestimmtheit zu verlieren. „Wenn du noch ein bisschen von der Helena in dir hast, die ich kennen- und
lieb – “ er stockte. Meine Augen bohrten sich so angestrengt in den Asphalt vor meinen Füßen, dass sie
schmerzten. „… die ich kennengelernt habe, dann
komm heute Abend um sieben Uhr zum Kai.“, fuhr er
schließlich fort. „Ansonsten wünsch ich dir noch ein
schönes Leben. Möge es besser sein, als das von anderen.“ Einen Moment blieb er noch stehen, einen
ganz kurzen, so als würde er auf etwas warten. Doch
als ich nichts sagte, ging er. Er ging einfach fort, verschwand zwischen all den fremden Menschen auf der
Straße der Großstadt. Ich sah ihm nach und wünschte
mir von ganzem Herzen, dass ich ihm hätte folgen
können.

KAPITEL DREIUNDZWANZIG:
Barcelona – Die Flucht

Trübselig stand ich in der Schlange im Reisebüro vor dem Lufthansaschalter. Die nette Frau in der Touristeninformation hatte mir gesagt, wo ich einen Standort der deutschen Luftlinie finden konnte. Es war ziemlich voll hier und zwischen meinen schmerzenden Füßen hatte ich noch meine sperrige Reisetasche zu verstauen. Ich hatte sie zuvor bei Lupo abgeholt, wo ich auch auf einen aufgekratzten Dario gestoßen war, der es überraschend ernsthaft zu bedauern schien, dass ich schon aufbrach. Ich könnte jeder Zeit die Casa de la rébelion kommen, sagte er mir – natürlich nur um Svea zu besuchen. Ich strich ihm lächelnd über den bunten Iro und merkte, wie auch ich sentimental wurde. Ich fragte ihn, wie er denn zurück nach Sevilla kommen wolle.

Was für eine blöde Frage, natürlich würde er trampen. Somit waren die alten Verhältnisse wiederhergestellt und ich verabschiedete mich mit einem ziemlich gelassenen „¡Adíos!"

Die Warteschlange bewegte sich und ich schob die schwere Tasche mit meinem Fuß ein Stückchen vorwärts. Eine Frau kaute Kaugummi, ein Kind nörgelte, es hätte Hunger, der dicke Mann mit Schnurrbart neben mir betrachtete interessiert mein T-Shirt. Es war immer noch das von Svea, seit Sevilla hatte

ich es nicht gewechselt. Ich versuchte den Mann zu
ignorieren und sah aus dem großen Fenster hinaus auf
die Straße. Der nächste Kunde verließ endlich den
Schalter und die Schlange rückte wieder ein Stück
vor. Gelangweilt folgte mein Blick dem alten Mann,
wie er auf den Ausgang zuging, wie er eine Reisebro-
schüre in der Innentasche seines Jacketts verstaute,
heftig in ein Taschentuch schnäuzte und fast mit einem Passanten zusammengestoßen wäre, als er auf
die Straße trat. In diesem Moment blieb mir das Herz
stehen. Hastig versteckte ich mich hinter dem Dicken
Mann mit Schnurrbart. Der Passant hatte kurz ange-
halten, um sich bei dem Alten zu entschuldigen, wobei er ihn nicht einmal ansah. Zum Glück, denn sonst
hätte er vielleicht durch die Scheibe des Reisebüros
geblickt und mich entdeckt. Ich hatte ihn sofort erkannt, trotzt der großen Sonnenbrille, die er trug. Es
war Leon Ronnersbach. Oh Gott, oh Gott, oh Gott.
Leon war in Barcelona! Was sollte ich denn jetzt nur
tun? Vorsichtig lugte ich hinter dem gewaltigen
Wanst des Schnurrbartmannes auf die Straße hinaus.
Leon war inzwischen verschwunden, er schien es eilig gehabt zu haben. Der Schnurrbartmann glotzte
mich erstaunt an und ich lächelte ihm entschuldigend
zu. Gleichzeitig begann ich hektisch auf einer Haar-
strähne herumzukauen. Wenn Leon hier war hieß das,
dass er seinen Plan, Frieder zum Versuchsobjekt zu
machen, noch nicht aufgegeben hatte, er also immer
noch auf der Suche nach ihm war. Es könnte also sein,
dass er ihn finden würde, bevor ich Zuhause

angekommen war. Ich musste also entweder Frieder finden und ihn schnurstracks auf die Fähre nach Genua verfrachten, damit er den Klauen der Gefahr entkam, oder ich musste hinter Leon her, ihm sagen, dass ich nach Hause gehen würde, er also sein Ziel erreicht hatte und kein Grund mehr bestand, Frieder etwas anzutun. Doch war das sicher? Dieser Mann war verrückt, wer wusste schon was der anstellen würde? Wahrscheinlich würde er uns beide ins Versuchslabor stecken, Frieder und mich. Ich musste zugeben, die erste Variante gefiel mir um einiges besser. Doch nein, entschied ich. Bei allen krummen Machenschaften des Konzerns: So weit war es sicher noch nicht gekommen, dass mein Vater das zuließe, dass seine eigene Tochter solch einer Behandlung unterzogen werden würde. Ich nahm also all meinen Mut zusammen, hievte meine Tasche über die Schulter und rannte Hals über Kopf aus dem Reisebüro, gefolgt von dem verdutzten Blick des dicken Schnurrbartmannes. Ich platzte auf die Straße hinaus und hätte dabei fast einen Dackel zertreten, schaute hektisch umher und sah gerade noch, wie Leon um eine Ecke am Ende der belebten Straße bog. Ich beeilte mich ihm zu folgen und geriet in das Gassengewirr des historischen Barcelonas. Ich spähte in die nächsten abzweigenden Sträßchen voller Cafés und Souvenirläden, doch ich konnte Leon in dem Getümmel von Pendlern, Touristen und Straßenkünstlern nirgendwo entdecken. Ich hatte ihn verloren.

„So ein Mist!", entfuhr es mir. Ich ließ meine Tasche auf den Boden fallen und stemmte erschöpft meine Hände in die Seite. Zu allem Überfluss hatte ich von dem kleinen Sprint eben auch noch Seitenstechen bekommen. Welche Möglichkeiten hatte ich nun, Leon aufzuspüren? Mir fiel keine ein. Wie glühende Kohlen, spürte ich die zwei Fährefahrkarten in meiner Hosentasche brennen. Wie zur Bestätigung legte ich von außen meine Hand auf die Jeans, an die Stelle, wo die Karten steckten. Dann also Plan B. Was blieb mir anderes übrig? Ich beschloss zuerst bei Lupo nach Frieder zu suchen, er würde wohl kaum den ganzen Tag am Hafen herumlungern und auf mich warten.

Auf dem Weg dorthin überschlugen sich meine Gedanken. Ich nahm mir fest vor ehrlich zu sein und ihm alles zu schildern wie es sich zugetragen hatte, die Geschichte von dem grünen Renault bis hin zu Leons Drohung im Supermarkt. Würde er mir glauben? Würde er den Ernst der Lage begreifen, oder davon ausgehen, dass das eine läppische Familiengeschichte sei, eine kleine Erziehungsmaßnahme vom Vater, damit die Tochter spurte? Vielleicht würde er es begreifen, wenn ich ihm von den aidstoten Kindern in Afrika erzählte, für die Vontaris verantwortlich war, oder den Placebomedikamenten in Ungarn. Ich hoffte nur, dass er nicht über mich lachen würde.

Bei Lupo war niemand zuhause, als ich klingelte. Oder es war nur Jessi da und der zu vollgedröhnt um an die Tür zu gehen. Frieders Motorrad jedenfalls,

stand nicht mehr in der Nische zwischen den Mülltonnen, wo er es abgestellt hatte. Der Tag neigte sich
schon gen Abend. Vielleicht war er bereits zum Hafen
gefahren.

„Suchen Sie Señor Gomez?", fragte mich plötzlich
eine Stimme in gebrochenem Deutsch. Ich blickte auf
und sah eine beleibte Frau mit einem gewaltigen Busen, der mich stark an Lola erinnerte, die gerade den
Gehsteig fegte.

„Wen bitte?", fragte ich freundlich.

„Diesen Nichtsnutz aus dem dritten Stock."

„Ja, genau den."

„Die Polizei war vorhin da. Sie haben ihn und seinen
langhaarigen Freund mitgenommen.", sagte sie ohne
Bedauern. „Wenn sie zu ihm wollen, müssen sie auf
die Wache gehen." Ihr Tonfall verriet, dass sie das
ohne Zweifel für den Besten Platz für die beiden hielt.
Auch ich verspürte nicht wirklich viel Mitleid für
Lupo.

„Vielen Dank, Señora" Ich hatte mich schon wieder
abgewandt, als mir noch etwas einfiel. „Waren vielleicht auch noch zwei andere dabei? Einer mit dunklen Locken und ein zweiter von ungefähr fünfzehn
Jahren, mit roten Haaren?"

Die Frau überlegte kurz. „Nein", entschied sie dann.
„Es waren nur Señor Gomez und diese Vogelscheuche. Aber ungefähr eine halbe Stunde vorher, kam ein

Junge aus der Wohnung, da habe ich gerade im Treppenhaus saubergemacht. So ein Rocker mit roten Haaren, wie sie sagen." Dario war also irgendwo alleine in der Stadt unterwegs. „Ich hoffe sehr, dass der Señor Gomez die Miete schon zusammen hat!", schimpfte die Frau. „Sonst laufe ich eigenhändig ins Gefängnis und drehe ihm den Hals um." Ihr Gebrabbel schlug in Spanisch um und ich machte, dass ich fortkam.

Ich war erleichtert, dass ich Dario nicht aus irgendeiner Polizeiwache abholen musste. Doch die Alternative war nicht viel besser. Er stand wahrscheinlich wieder vor irgendeiner Kirche oder einem Platz um sich etwas Kleingeld zusammenzuschnorren, ohne zu wissen, dass sein vorübergehender Gastgeber in einer Zelle saß. Dort hätte er wenigstens ein Dach über dem Kopf, dachte ich trocken und schaute auf die Uhr einer U-Bahnhaltestelle. Es war halb sechs. Wenn ich mich beeilte, könnte ich noch an der Santa Maria del Pi vorbei, vielleicht war Dario ja dort, und die lag ohnehin in der Nähe vom Hafen. Ich konnte den Jungen nicht einfach seinem Schicksal überlassen, schließlich fühlte ich mich schon irgendwie verantwortlich für ihn, mochten alle anderen sagen was sie wollten.

Ich hatte kein Auto mehr und kein Geld für die U-Bahn, daher musste ich zum Hafen laufen. Das war nicht ganz so einfach, denn Barcelona war groß und ich eine unwissende Touristin und ich bemerkte bald, dass ich im Kreis lief.

„Verdammt!", fluchte ich, als ich zum zweiten Mal an diesem komischen Brunnen vorbeilief, an dem einer der wasserspuckenden Figuren ein Zeh fehlte. Ich brauchte dringend einen Stadtplan. Die Zeit lief mir davon, ich konnte mir Verzögerungen solcher Art nicht leisten.

„Fräulein Wallenstein?"

Genervt fuhr ich herum, um den Tölpel anzuschnauzen, der es wagte, mich in meiner kopflosen Pläneschmiederei zu unterbrechen, wobei mir im ersten Moment gar nicht auffiel, dass der Mann, der vor mir stand, meinen Namen kannte. Es war der dicke Schnurrbartträger aus dem Reisebüro. Als ich ihn ansah, verzog sich sein Gesicht zu einem nervösen Lächeln. „Sie sind es ja wirklich!" Freudig wippte er auf seinen Fußballen vor und zurück. „Entschuldigen Sie, dass ich Sie so überfalle, aber ich war einfach zu neugierig und außerdem schien mir, dass sie einen Rat gebrauchen könnten, denn wissen sie" sein Lächeln sank vor lauter Nervosität ein wenig in sich zusammen „Sie laufen im Kreis."

Ach, vielen Dank auch. „Und Sie sind?", fragte ich denn Mann forsch.

„Natürlich, verzeihen Sie bitte meine Unhöflichkeit, das ist sonst nicht meine Art. Ich bin Udo Meckmann." Erwartungsvoll stierte er mich an. „Der Gärtner Ihres wunderschönen Anwesens.", half er mir schließlich auf die Sprünge.

Ups, wie peinlich, dass ich ihn nicht erkannt hatte. „Sicher. Herr Meckmann. Was für ein Zufall."

„Ja, nicht? Aber nennen Sie mich bitte Udo. Ihr Vater hat so viel für mich getan, wissen Sie, er ist ja ein so freundlicher Mann, grüßt immer nett."

„Klar, er ist große klasse." Moritz und mir hatte er den Umgang mit den „Dienstboten", wie er die Angestellten am Haus nannte, immer verboten. Ich lächelte verbissen und schüttelte dem Gärtner mit Schnurrbart die Hand. „Machen Sie Urlaub hier, ähm… Udo?"

„Sicher, sicher, Spanien ist meine Leidenschaft, wissen Sie." Er wollte meine Hand gar nicht mehr loslassen. „Ich bin schon das dritte Mal in Barcelona und finde mich schon ganz gut zurecht, wenn ich das behaupten darf." Sein Lächeln gewann an einen Hauch höflicher Bescheidenheit. Von seiner Stirnglatze triefte der Schweiß. „Daher kann ich Ihnen anbieten, wenn Sie sich verlaufen haben… Ich habe ein Mietauto hier, ich kann Sie gerne-"

„Woher wissen Sie eigentlich, dass ich mich verlaufen habe?"

Udo Meckmann lief tomatenrot an und senkte beschämend den Kopf. „Ich habe Sie da gesehen, in diesem Reisebüro und habe mich nicht getraut Sie anzusprechen." Er kicherte verschämt, wie ein fünfjähriger Junge, nachdem er den ersten Kuss von einem Mädchen bekommen hat. „Dabei wollte ich nur Hallöchen sagen, ein bisschen plaudern, wie man das ebenso macht unter Bekannten – und Sie auch recht herzlich bitten, dass Sie einen schönen Gruß an den Herrn Wallenstein ausrichten. Ich habe ihm ja so viel zu verdanken, wissen Sie.", wiederholte er und ließ endlich meine Hand los, deren Innenfläche von der seinen schon ganz nass geworden war. Unauffällig wischte ich sie angewidert an meiner Hose ab.

„Da bin ich ihnen hinterhergelaufen, gefolgt also. Das war vielleicht etwas undiskret." Er holte ein sorgfältig gefaltetes Taschentuch aus der Brusttasche seines Hemdes und tupfte sich mit zittrigen Händen den Schweiß von der Stirn. „Aber ich würde Ihnen wirklich gerne behilflich sein." Hoffnungsvoll blickte er mich an. Wie ein Hündchen, das um Hundekuchen bat. Und in diesem Moment machte ich eine der größten Fehler meines Lebens: Ich stieg zu Udo Meckmann ins Auto. Bitte nicht nachmachen, Kinder! Ich wusste zwar, dass ich gegen eine Regel verstieß, die mir bereits im Kindergarten eingetrichtert worden war, doch dieser rundliche Mann mit der vor Schweiß triefenden Stirnglatze und dem unsicheren Lächeln im Gesicht ähnelte sosehr einem Winnie Pooh, dass ich nachgab. Schließlich war ich in einer Notsituation, und das auch noch unter Zeitdruck.

„Ich muss zur Santa Maria del Pi" erklärte ich Udo Meckmann, als ich mich in seinen altmodischen achziger-Jahre-beigebraunen Opel setzte. Auf die Rückbank versteht sich. „Ich, ähm… treffe dort einen Freund."

„Santa Maria del Pi, alles in Ordnung, die kenne ich.“
Danach folgte eine Ausführliche Auflistung der größten Kirchen Barcelonas, samt Benennung des Zeitalters, der berühmtesten Prediger und einer detailgetreuen Beschreibung der bunten Fensterbilder. Ich saß stumm in meinem Sitz und wünschte mir, das redselige Pummelchen würde etwas schneller fahren. Doch bald machte ich wieder einmal böse Bekanntschaft mit dem spanischen Verkehr. Nach nur fünf Minuten Fahrtzeit standen wir im Stau.

„Liegt der Hafen nicht in der anderen Richtung?“, fragte ich Udo irgendwann, als wir von der Hauptstraße in eine Nebenstraße bogen, in der uns eine Baustelle weitere fünfzehn Minuten am Fahren hinderte.

„Das ist richtig, doch darf ich behaupten, die besten Schleichwege der Stadt zu kennen. Sie werden sehen, am Ende sind wir auf diesem Weg schneller.“

Das bezweifelte ich stark und ich bereute es schon, Udo Meckmanns Hilfe angenommen zu haben. Doch dann entdeckte ich Dario. Wir fuhren gerade in einem nervenzerreibenden Schneckentempo auf der Passeig de Sant Joan, als ich ihm mit einem Sammelbecher in der Hand direkt unter dem Arc de Trionf stehen sah.

„Anhalten!“, rief ich. „Bitte, hier können Sie anhalten.“

„Das ist aber nicht die Santa Maria del Pi.“, klärte mich Udo Meckmann irritiert auf.

„Ich weiß, aber mein Freund steht da."

„Es ist aber nicht unser vereinbartes Ziel." Er wirkte ziemlich verstört.

„Es ist in Ordnung. Ich möchte hier gerne aussteigen."

„Aber es ist keine Parklücke frei."

Das war doch zum Hunde melken! „Fahren Sie einfach rechts ran, wir werden schon niemanden groß aufhalten. Ich danke Ihnen für Ihre Hilfe, doch ab jetzt komme ich allein zurecht." Und das wohl viel besser, fügte ich in Gedanken hinzu.

„Ich… ähm…" verunsichert blickte der arme Gärtner um sich. Genervt dachte ich, dass solche Leute niemals Auto fahren sollten. Bei der nächsten roten Ampel ergriff ich die Gelegenheit und stieg einfach aus.

„Fräulein Wallenstein! Nicht doch!" Doch es war schon zu spät. Mit einem kurzen „Bis demnächst dann" schnappte ich mir meine Tasche und knallte die Autotür hinter mir zu, wohl wissend, dass ich mich ziemlich unhöflich verhielt. Schnell hastete ich auf das große Monument zu, das sich inmitten eines riesigen Kreisverkehrs über den Platz spannte.

„Dario!", keuchte ich, als ich mich ihm näherte. Überrascht ließ der Punk seinen Sammelbecher sinken. Ein paar Münzen klimperten darin.

In kurzen Worten erklärte ich, was passiert war. Er schien aufrichtig zu bedauern, dass sie Lupo festgenommen hatten, doch wirklich überrascht war er nicht.

Ich fragte ihn, ob er mit zum Hafen käme, dort würde Frieder auf mich warten. Erstaunt fragte Dario, ob ich denn nicht hatte nach Hause gehen wollen. Ich machte gerade den Mund auf, um das mit den Fahrkarten zu erklären, als ich auf der anderen Seite des Platzes Udo Meckmann wild winkend auf mich zukommen sah. Das konnte doch nicht sein Ernst sein!

„Fräulein Helena, Fräulein Helena!", rief er mir entgegen.

„¿Quién es?", fragte Dario belustigt bei dem Anblick des heraneilenden Winnie Poohs mit Schnauzbart.

Mein Gärtner, knurrte ich genervt und ersparte ihm die Einzelheiten.

„Fräulein Helena – ich meine Wallenstein" er keuchte heftig, als er vor mir stehen blieb. „Ich… ich wollte nur sichergehen, dass alles in Ordnung ist."

„Danke, Udo, es ist alles Bestens. Ich habe meinen Freund gefunden." Zum Beweis schob ich Dario ein Stück vor. Udo Meckmann bedachte ihn mit einem interessierten Blick.

„Sie können sich jetzt ruhig wieder ihrem wohl verdienten Urlaub widmen. Nochmals vielen Dank für

Ihre Hilfe, aber wir müssen jetzt leider gehen." Ich wandte mich ab.

„Kann ich Sie nicht noch irgendwo hinbringen… bitte?" Seine Stimme zitterte, als er das sagte.

„Nein. Auf Wiedersehen!", sagte ich bestimmt und wollte Dario mit mir ziehen, doch da packte mich eine Hand am Arm. Erstaunt sah ich in Udo Meckmanns rötliches Gesicht.

„I…ich kann s…sie nicht gehen lassen!" Er stotterte leicht.

„Lassen Sie mich!", ich versuchte meinen Arm loszureißen, doch der Gärtner hielt sie nur noch fester. Da viel es mir wie Schuppen von den Augen. Urplötzlich nahm ich den Ronnersbach'schen Gestank war, der in der Luft lag, und mich überfiel die Panik. Udo war Leons Komplize. Ich wehrte mich heftiger.

„B…bitte, h…halt still!"

Dann kam die Faust aus dem Nichts. Sie traf den pummeligen Udo mitten in sein Plüschtiergesicht, sodass er taumelte, und schließlich auf dem harten Asphalt reglos liegen blieb. Ich sah zur Seite, und da stand Dario, mit erhobener Faust und eindeutig Triumph im Gesicht. Udo Meckmann stöhnte auf dem Boden. Ich hatte keine Zeit Dario zu danken, wir mussten schnell handeln.

„Hier!", ich hielt ihm die zwei Fahrkarten hin und erklärte ihm, was er zu tun hatte. Er solle damit schnell zum Hafen laufen, und sie Frieder bringen. Er solle ihm erklären, dass dieser unbedingt mit der Fähre nach Genua aufbrechen sollte, und dass ich nicht mit ihm kommen könne, weil es zu gefährlich sei, ich würde ihn nur in Gefahr bringen. Er hätte höchstens noch eine halbe Stunde, trichterte ich Dario in Gedanken an die Zeitanzeige im Auto ein, er müsse sich also beeilen. Der Junge sah mich verständnislos an.

„¡Por favor!" Ich legte all mein Herz in diese zwei Worte. Ich könne nicht mitkommen, ich müsse hierbleiben, sonst würde ich sie beide in Gefahr bringen. Dario verstand natürlich immer noch nicht worum es ging, doch er erkannte die Dringlichkeit in meinem Blick und nickte. Von einer kurzen aber heftigen Gefühlswelle überrollt, drückte ich den kleinen Punk schnell an mich. „¡Ir ahora!", sagte ich dann und er rannte mit entschlossener Mine davon.

So sollte es also enden. Von ganzem Herzen hoffte ich, dass Dario Frieder finden und ihn überzeugen konnte, die Fähre ohne mich zu nehmen. Es war das Beste. Für alle Beteiligten. Nur nicht für mein Herz. Vom Boden drang ein Stöhnen zu mir herauf und ich ging neben Udo Meckmann in die Knie. „Sie können mich jetzt mitnehmen, wenn Sie wollen.", sagte ich und reichte ihm ein Taschentuch für seine blutende Nase. „Leon kann mich ruhig mit nach Hause nehmen, es macht mir nichts aus."

Verschüchtert nahm Udo Meckmann das Taschentuch entgegen und drückte es gegen den Blutstrom.

„Ach Udo." Ich seufzte. „Wieso haben Sie sich denn auf so eine krumme Sache eingelassen?"

„Herr Ronnersbach meinte, Herr Wallenstein will es so, es sei nur das Beste für Sie." Seine Stimme klang ganz schwach. Ich fürchtete schon, dass er jedem Moment zu weinen anfing. „Ich wollte nur das Richtige tun und Sie nach Hause bringen."

„Legen Sie den Kopf in den Nacken, dann wird die Blutung schwächer.", sagte ich sanft und konnte absolut keinen Groll gegen diesen gutmütigen Mann empfinden.

„Ich hoffe, Herr Ronnersbach wird nicht böse sein."

„Wieso sollte er? Sie haben mich doch jetzt.", versuchte ich ihn zu beruhigen. „Ich sage ihm, dass Sie mich ganz allein gefangen haben. Kommen Sie, ich helfe Ihnen auf. Wo haben Sie geparkt?"

Er rappelte sich ungelenk hoch und deutete schräg über den Platz. Gemeinsam liefen wir los. Als wir schon fast an der Straße waren, klingelte auf einmal sein Handy. „Es ist Herr Ronnersbach.", sagte er bei einem Blick auf das Display mit unverkennbarer Panik in der Stimme.

„Geben Sie her!" Ich hatte keine Angst. Jetzt nicht mehr. „Leon? Hier ist Helena. Du kannst stolz auf deinen Gehilfen sein, er hat hervorragende Arbeit geleistet. Du kannst mich jetzt nach Deutschland bringen, ich gebe auf."

Da ertönte ein schallendes Lachen auf der anderen Seite der Leitung. „Glaubst du das genügt mir? Du musst mir schon etwas mehr bieten!"

„Was meinst du?"

„Wo ist dein Freund?"

Um meine Brust wurde es ganz klamm. „Vergiss ihn, er ist weg. Du wolltest mich und du hast mich, also was soll die Frage?"

„Ich brauche etwas um meinen Ruf wiederherzustellen. Unsere Väter sind nicht begeistert davon, dass ich dich so oft habe entwischen lassen. Die Tochter alleine reicht nicht, um das wieder auszubügeln. Bestimmt wird dein Vater sich freuen, den Verantwortlichen kennen zu lernen, der dich auf die schiefe Bahn gebracht hat."

„Nein." Meine Stimme war ganz heißer. „Hör zu, Leon, das macht doch nichts. Ich werde bei meinem Vater ein gutes Wort für dich einlegen, er wird auf mich hören, vertrau mir, ich bekomm das hin, ich- " Abermals lachte Leon laut auf. „Das ist köstlich, wirklich köstlich, Helena." Dann wurde seine Stimme bedrohlich. „Denk ja nicht, dass ihr so einfach davonkommt! Und jetzt gib mir den Dicken, ich muss mit ihm reden."

„Leon hör zu-" In diesem Moment hörte ich das Motorenknattern. Ich wandte den Kopf und glaubte nicht was ich dort sah. Frieder kam angefahren, nein gerast, auf seiner Maschine, mit Dario auf dem Rücksitz. Eine schwarze Bremsspur zeichnete sich auf dem Asphalt ab, als er wenige Meter vor mir auf der Straße zum Stoppen kam und Dario absprang.

„Frieder, was tust du hier? Die Fähre fährt jeden Moment.", rief ich ihm entgegen ohne mich von der Stelle zu rühren und ließ perplex das Handy fallen. Ich bemerkte nicht, wie Udo es aufhob. „Du solltest doch abhauen!"

„Ich lass ganz bestimmt nicht zu, wie du für mich deinen Hals riskierst.", brüllte Frieder zurück und ich wusste nicht, ob ich lieber lachen oder heulen sollte. „Du bist verrückt!", schrie ich. „Mir wird nichts passieren. Du bist es, der sich in Sicherheit bringen muss!" und zwar um einiges dringlicher als jemals zuvor, fügte ich in Gedanken hinzu. Doch Frieder schüttelte nur seinen behelmten Kopf. „Ich fahr nicht ohne dich."

„¡Rápido!" Dario kam mir entgegengerannt und versuchte mich zum Motorrad zu scheuchen. Eigentlich war es ja ohnehin egal, dachte ich. Leon würde Frieder jagen, ob ich mich ihm nun fügte oder nicht, und so wären wir zumindest zusammen. Ich wollte gerade meinem Impuls folgen und mich von Dario zur Straße ziehen lassen, als mich plötzlich etwas heftig um die Hüfte packte.

„Sie bleiben hier!" Ich hatte Udo Meckmann ganz vergessen. In seinem runden Gesicht spiegelte sich eine Entschlossenheit, wie ich sie nie bei ihm erwartet hätte. Nun ähnelte er mehr einem Gorilla, als einer Comicfigur für Kinder. Was auch immer Leon ihm am Telefon gesagt haben mochte, es hatte gefruchtet. Wie wild zog er an mir, doch Dario hielt mich fest. Mit aller Kraft versuchten sie beide mich dem Griff des anderen zu entreißen und es begann schmerzhaft hinter meinem Nabel zu ziehen, was mich unglaublich aggressiv machte. So, jetzt reicht's!, dachte ich wütend und trat mit aller Wucht nach hinten aus, wie eine gereizte Stute, die einen Lüsternen Hengst in die Flucht schlägt. Ich spürte, wie ich Udo am Knie traf, ein Schmerzensschrei ertönte und seine Hände lockerten sich etwas. Ich nutzte die Chance und riss mich los, sprintete dann auf die Straße zu, wo Frieder startbereit auf seinem Motorrad saß. Ich sprang auf den freien Platz hinter ihm und wir jagten los, auf zum Hafen, den freudig winkenden Dario zurücklassend, der dem überwältigten Udo noch die Schuhe und das Handy klaute, bevor er sich an schaulustigen Passanten vorbei aus dem Staub machte.

Der Fahrtwind peitschte mir ins Gesicht. Fest hielt ich meine Arme um Frieders Hüften geschlungen, damit ich bei seinen heftigen Brems- und Wendemanövern nicht von meinem Sitz rutschte. Ob wir es schaffen würden rechtseitig am Kai zu sein? Barcelonas Hafen war groß, es würde sicherlich eine Ewigkeit dauern, die richtige Anlegestelle des Schiffes zu finden. Doch Frieder raste so zielstrebig die Hafenstraße entlang, dass ich nicht anders konnte als ihm zu vertrauen. In meinem Bauch kribbelte es und das lag nicht nur an der enormen Geschwindigkeit. Ich presste mein Gesicht fest an Frieders Schulter. Mein Haar flatterte wild im Fahrtwind, der außerdem meinen Kopf reinzuwaschen schien. Ich atmete tief die Luft ein, die mir entgegenpeitschte und es war mir sogar egal, dass ich meine Tasche hatte zurücklassen müssen. Ich brauchte sie nicht, ich hatte sie eigentlich nie gebraucht. Alles was mir in diesem Moment wichtig schien, war die Luft in meinen Lungen und dieses Gefühl über die Straße zu schweben. In diesem Moment begannen die Kirchenglocken der Santa Maria del Pi zu läuten. Es war sieben Uhr. Die Fähre dockte ab. Frieder hob einen Arm vom Lenker und deutete auf ein weises Schiff in unmittelbarer Nähe. Nur noch wenige Meter und wir hatten es geschafft. Pünktlich zum letzten Glockenschlag überfuhren wir die Rampe, die ins Innere der Fähre führte. Ein letztes Mal blickte ich zurück: Die Straße hinter uns war leer. Ein warmes Gefühl der Erleichterung breitete sich in mir aus, als sich die Auffahrtsrampe mit einem lauten Knall schloss und das laute Brummen der Schiffsmotoren ertönte. Uns endlich in Sicherheit wissend, fiel ich Frieder freudig um den Hals. Hierher konnte uns kein Auto mehr folgen, kein grüner Renault, kein Sportcupé, kein Leon Ronnersbach.

KAPITEL VIERUNDZWANZIG:
Das Meer – Die Fähre

Gemeinsam standen wir an der Reling und sahen zu, wie unsere Fähre sich langsam vom Hafen entfernte. Unser Rettungsboot. Barcelona lag in einer gemächlichen Abendsonne breit und faul am Horizont. Die Luft schmeckte wunderbar salzig und die Möwen begleiteten uns ein Stück aufs Meer hinaus. Frieder gab mir seine Lederjacke, da es durch den Wind sehr kühl an Deck war und ich meine Sachen ja unter dem Arc de Trionf hatte zurücklassen müssen.

„Jetzt erzähl mal!", sagte er, als er mir die schwere Jacke über die Schultern legte. „Was ist das denn nun für eine verrückte Geschichte? Dario hat nur irgendetwas von einem dicken Mann erzählt und dass du mich in Gefahr bringen würdest." Frieder schien sich nicht sicher zu sein, ob er lachen sollte.

„Das ist richtig." Ich trat von der Reling zurück und setzte mich auf eine kleine Bank an der Schiffswand. Hier war es etwas windstiller. „Ich dachte es wäre alles vorbei, wenn ich mich bereiterklären würde nach Hause zurückzukehren. Doch das ist nicht genug." Und ich erzählte ihm die ganze Geschichte. Wie ich Leon zum ersten Mal in Besançon traf, wie er uns nach Spanien gefolgt war und wir ihn in Madrid hatten abhängen können. Ich erzählte Frieder wie ich aufgewachsen war, von dem durchorganisierten Leben, das mein Vater für mich vorgesehen hatte und wie ich schließlich davor versuchte zu fliehen. Ich erzählte ihm von Leons Drohungen und der Macht Vontaris', und wie weit mein Vater gehen würde, um seinen guten Ruf zu behalten.

„Ab da an wurde es ziemlich gefährlich. Glaubst du mir das? Verstehst du, wie lang der Arm der Ronnersbachs ist?"

„Klar, das verstehe ich." Frieder hatte die ganze Zeit ruhig neben mir gesessen und über das Meer geschaut, während er zuhörte. Nun rutschte er etwas erschöpft auf der Bank hin und her. „Firmen wie Vontaris haben eine ziemlich mächtige Lobby. Sie können es sich leisten skrupellos zu sein."

Ich wäre ihm beinahe wieder um den Hals gefallen. „Ich befürchtete schon, du würdest mich nicht ernst nehmen. Wie damals nach der Autopanne. Als wir an der Straße saßen und auf Dario gewartet haben. Da hast du mich ausgelacht."

Beschämt schaute Frieder in die andere Richtung. „Damals wusste ich ja nicht worum es geht. Hättest du mir nur die Wahrheit gesagt! Die ganze Wahrheit, meine ich. Ich weiß doch was Pharmakonzerne wie Vontaris machen. Die gehen nach Afrika, Südamerika, spähen die traditionellen Heilmethoden der Naturvölker aus und lassen sie dann patentieren und bringen sie auf den europäischen und nordamerikanischen Markt."

„Ja und?“, hakte ich unsicher nach. Etwas seltsam war es schon, dass er es nun war, der mich über die krummen Dinge, die bei Vontaris heimlich abliefen, informieren musste.

Frieder sah mich eindringlich an. „Das bedeutet, die Einheimischen müssen die Medikamente für teures Geld kaufen, die sie selbst entwickelt haben und schon seit hunderten von Jahren oder so anwenden. Das können die sich nie im Leben leisten! Aber sie würden sich strafbar machten, würden sie sie selbst herstellen.“

Ungläubig wiegte ich meinen Kopf hin und her. Ich hatte Angst gehabt, Frieder würde mir nicht glauben. Dabei wusste er besser über die Arbeitsweisen der Firma meines Vaters Bescheid, als ich.

„Das ist grausam.“

Für einen Moment schwiegen wir, während ich mich tiefer in Frieders Jacke kuschelte.

„Helena, was sollen wir jetzt machen?“, fragte Frieder irgendwann. „Wir können nicht ewig vor ihnen weglaufen.“

„Wieso nicht? Wir könnten auswandern. Nach Indien! Oder Afrika und die Einheimischen vor der Invasion der Europäer retten.“ Ich musste an Abdou denken. Das war eigentlich keine schlechte Idee. Frieder lächelte mich zärtlich an, bevor er Gott sei Dank das Thema wechselte. „Ist dir kalt? Wir können auch reingehen.“

Da die Fahrt die gesamte Nacht dauern würde, gab es mehrere große Abteile für die Passagiere der zweiten Klasse, in denen um die fünfzig Menschen zusammengepfercht wurden. Danach war mir nicht zumute.

„Ich hab' eher Hunger.", bemerkte ich. Leider gab Frieders Riesenrucksack nichts mehr an Proviant her.

„Ich schau mal nach, was sich zu Essen auftreiben lässt.", bot Frieder an. „Treffen wir uns dann in unserem Sitzabteil auf der Ebene…" er schaute auf unseren Fahrkarten nach „…E. Hier würde uns durch den Wind wahrscheinlich sowieso alles um die Ohren fliegen."

Ich kramte die restlichen sechs Euro und sechsunddreißig Cents aus meiner Hosentasche und überreichte sie Frieder. „Mehr hab' ich nicht mehr.", erklärte ich ihm und wir nahmen uns vor, noch heute einen Plan wegen zukünftiger Geldbeschaffung zu entwerfen. Dann ließ er mich mit seinem großen Rucksack allein auf der Bank zurück und ich sah ihm nach, wie er im Innendeck verschwand. Einen Moment blieb ich noch in der kühlen Meeresluft sitzen. Das Einzige was ich Frieder verschwiegen hatte war, was Leon alles über ihn herausgefunden hatte. Es gab Vieles, das mich interessiert hätte, etwa wann er seine Mutter das letzte Mal gesehen hatte, ob er auf der Straße lebte oder wie die Beziehung zu seinem Vater war. Wieso er die Ausbildung nicht beendet hatte und woran Sabine, seine Schwester, gestorben war. Frieders Geschichte war traurig und klang so weltfremd.

Es war mir irgendwie unangenehm etwas über ihn zu wissen, das er mir nicht selbst erzählt hatte.

Ich seufzte, stand auf und schulterte Frieders Rucksack, wobei ich fast nach hinten weggekippt wäre. Junge, war der schwer! Ich musste zwei Ebenen nach unten und der Aufzug war näher als die Treppe, also wählte ich die komfortablere Methode.

„Ebene E", teilte mir die metallische Frauenstimme im Aufzug mit und ich trat durch die sich öffnenden Türen hinaus in den langen Schiffskorridor, an dessen Ende sich unser Abteil befand. In diesem Moment passierten mehrere Dinge sehr schnell hintereinander. Im selben Augenblick, in dem sich klingend die Aufzugtür hinter mir schloss, sah ich wie Frieder mit zwei Packungen Kräcker, Käsedip und einer Flasche Cola die Treppe am anderen Ende des Korridors hinaufkam. Ich wollte gerade den Arm heben und nach ihm rufen, damit wir zusammen nach unseren Plätzen suchen konnten, als drei Männer aus unserem Abteil gestürmt kamen. Mir blieb das Herz stehen, als ich den größten von ihnen erkannte.

„Da ist er!", rief Leon Ronnersbach und deutete auf den erschrockenen Frieder. Die zwei uniformierten Männer des Schiffswachdienstes hasteten an Leon vorbei und stürzten sich auf ihn. So schnell der schwere Rucksack es mir erlaubte, hastete ich den schmalen Gang entlang, Männer, Frauen und Kinder aus dem Weg schiebend, wieso standen sie mir alle im Weg? Wie aus einer anderen Dimension hörte ich die tiefe Stimme des Wachmannes in sauberem Deutsch durch den Korridor hallen: „Friedolin Hirt, ich verhafte Sie wegen Entführung, Freiheitsberaubung und Erpressung. Sie haben das Recht zu schweigen." Wie in Zeitlupe konnte ich sehen, wie sie ihm brutal die Hände auf den Rücken drehten und Handschellen anlegten. Die Kräckerpackungen fielen auf den Boden und die Colaflasche rollte unbekümmert davon. Ein großer Mann mit Turban versperrte die Hälfte des Korridors und als ich mich an ihm vorbeidrängte, stolperte ich und stürzte Leon fast vor die Füße. Sprachlos vor Wut starrte ich ihn voller Hass an.

„Fräulein Wallenstein! Da sind Sie ja. Meine Herren, Sie können die Suche einstellen, das hier ist das vermisste Mädchen."

Ich keuchte, damit ich vor Zorn und Angst nicht erstickte, ließ den Rucksack fallen und sah zu Frieder hinüber, der von einer der Sicherheitsmänner unsanft an die Wand gepresst wurde. Auch er atmete schwer, doch ansonsten verhielt er sich ruhig, als er mit kräftigen Handgriffen von Kopf bis Fuß abgetastet wurde. „Lassen Sie ihn los, Sie tun ihm weh!", fuhr ich den Mann in Uniform an.

„Es ist gut, Fräulein Wallenstein, es ist vorbei." Leons Stimme war ganz sanft. „Er wird Ihnen nichts mehr tun."

344

„Leon was redest du da für einen Unsinn?" Ich merkte, wie meine Stimme zwei Oktaven höher wurde.

„Das arme Mädchen. Sie ist ganz verwirrt. Ich bringe sie am Besten in meine Koje." In geheuchelter Fürsorge wollte mich Leon um die Taille packen um mich zur Treppe zu begleiten, doch ich wehrte mich wie eine wilde Katze. „Fass mich ja nicht an!"

„Das ist der Schock, ich sehe schon." Verständnis heuchelnd schüttelte er leicht den Kopf. „Was hat er nur mit Ihnen gemacht?"

„Er ist clean, keine Waffen", wandte sich der Sicherheitsbeamte im barschen Ton an Leon. „Wir bringen ihn jetzt nach unten. In Genua übergeben wir ihn dann der italienischen Polizei."

„Nein!", protestierte ich, doch Leon würgte mich ab.

„Was ist mit unserer Abmachung?", fragte er den Sicherheitsmann streng.

„Die werden sich um die Überführung nach Deutschland kümmern. Das ist nicht unsere Sache." Er wandte sich zum Gehen. „Eins noch:" Er hielt mir ein silbernes Kettchen mit einem graublauen, tränenförmigen Anhänger unter die Nase. „Gehört das Ihnen?"

„Das ist ja aus Alicante!", entfuhr es mir erstaunt, merkte aber im selben Augenblick, dass ich genau das Falsche gesagt hatte.

„Ja, das gehört ihr, ich erkenne es wieder." Rasch schnappte sich Leon das Schmuckstück. „Dann können sie auch gleich noch eine Anzeige wegen Diebstahl drauflegen. Da kommt ja einiges zusammen."

„Was? Nein! So war das nicht, er ist kein Dieb!" Ich schrie vor Verzweiflung. Es war so entsetzlich.

„Es ist gut, Sie brauchen nicht zu lügen." Leons Hand auf meiner Schulter, drückte etwas fester zu, als die Show es verlangt hätte. „Er wird Ihnen nichts mehr tun. Sie werden ihn zurück in seine Heimat bringen, wo er nach Recht und Gesetz eingesperrt wird. Er wird verurteil, weit, weit weg von Ihnen." Nur ich sah die Häme in seinen Augen, den Triumph gesiegt zu haben, die Freude an meinem Schmerz. Ich hasste ihn mit jeder Faser meines Körpers. Sein siegesgewisses Grinsen gab mir den Rest. Ich wollte, dass er Schmerzen erlitt. „Du Lügner!" brüllte ich und hämmerte mit meinen Fäusten gegen seine Brust. „Du entsetzlicher Lügner! Du Riesenschwein, du lügst!" Ich keifte, heulte und schrie. Am liebsten hätte ich ihm sein gesamtes schmieriges Gesicht zerkratzt.

„Schhhh, schhhh! Ist ja gut, ist ja gut!" Fest presste Leon mich an seine Brust und schlang seine Arme um mich, dass ich kaum Luft bekam. „Bringen Sie diesen Verbrecher doch endlich weg!", herrschte er die Sicherheitsmänner an und sie packten Frieder links und rechts am Arm und führten ihn den langen Korridor entlang zum Fahrstuhl. Eingeklemmt in Leons Eisengriff, konnte ich nichts Anderes tun, als ihm über dessen Schulter nachzublicken. Auf halber Strecke sah Frieder sich noch einmal um. Durch den Schleier meiner Tränen erfasste ich verschwommen sein Gesicht und für einen Moment verschlangen sich unsere Blicke ineinander, wie zwei Anker auf wilder See, und alle Verschiedenheit zwischen uns schwand. Wir sahen nur uns, unseren Moment und unsere gemeinsame Welt. War das ein Lächeln auf seinen Lippen? Konnte das sein? Würde er mir vergeben? Hatte er vergeben? Mit einem kaum merklichen, aufmunternden Nicken verabschiedete er sich von mir und verschwand wie ein Geist in der schaulustigen Menge. Es war das letzte Mal, dass wir uns sahen.

KAPITEL FÜNFUNDZWANZIG:
Das Meer – Die Koje

Leon hatte mich nach unten in seine Koje der ersten Klasse verschleppt. Und zwar im wahrsten Sinne des Wortes, denn ich fühlte mich nicht imstande zu Gehen. Wie ein nasser Sack hing ich zwischen seinen Armen, als er die Treppe hinabging, doch er war zu guter Laune, als dass er sich beschwerte.

Zweimal war ein schmieriger Schiffsangestellter hereingeschneit, um sich zu erkundigen wie es Frau Wallenstein ginge und um zu versichern, dass der Herr Hirt sicher in den Räumen der Crew eingesperrt worden war. Beim zweiten Mal brachte er den Schiffsarzt mit, damit dieser mich untersuchte und es war hoffnungslos diesem zu erklären, dass mir nichts fehlte, da ich ja gar nicht entführt gewesen war, sondern alles eine ganz fiese Nummer des Herrn Ronnersbach sei. Doch der Doktor erklärte dem Besorgnis vorspielendem Leon nur, dass dieses Verhalten der Verdrängung bei Entführungsopfern des Öfteren zu beobachten sei und empfahl in Deutschland einen Psychologen aufzusuchen.

Der Schiffsangestellte verschwand, nachdem er beide Male ein großzügiges Trinkgeld abgestaubt hatte und kam lange nicht wieder, denn Leon hatte ihm zu verstehen gegeben, dass das Fräulein Wallenstein nun sehr viel Ruhe bräuchte.

Die Koje war eng, doch luxuriös ausgestattet. Außer dem Etagenbett und einem winzigen Kleiderschrank passte zwar nichts hinein, aber die Bettwäsche war aus rotem Satin und der Schrank herbergte im Fußraum eine kleine Minibar, an der sich Leon großzügig bediente.

„Na, wie habe ich das gemacht?" triumphal baute er sich mit ausgebreiteten Armen und einer Mini-Cognacflasche in der Hand vor mir auf. Ich saß auf dem unteren der zwei Betten und starrte irgendwo in der Region seines Bauchnabels ins Nichts.

„Ich dachte, ich ändere die Pläne etwas. So ist das doch um einiges eleganter und die Firma muss sich nicht die Hände schmutzig machen." Er nahm einen Schlug Cognac. „Gib es schon zu, das war ziemlich gerissen, oder?" Er grinste hämisch.

„Was denn?" Am liebsten hätte ich ihn mit meinen Blicken aufgespießt. „Ihn als meinen Entführer hinzustellen, was soll daran gerissen sein?"

„Na es hier auf diesem Schiff zu tun", rief Leon mit Nachdruck. „Ich wusste, hier könnt ihr mir nicht entkommen."

Das Entsetzen durchfuhr meinen Körper. Das war alles von ihm geplant gewesen? „Die Fahrkarten…", murmelte ich tonlos.

„Hat der Dicke deinem Freund verkauft. Es war fast entwürdigend für mich, wie schnell er an der Angel hing. Als wollte er es mir einfach machen." Lachend fischte Leon eine zweite Flasche aus dem Schrank.

Ich wollte am liebsten einfach die Augen schließen und sterben.

„In Düsseldorf kommt er dann vor den Richter.", plapperte Leon munter weiter. „Wir erklären dich einfach für vernehmungsunfähig – mit zwei Ärzten in der Familie wird das wohl kein Problem sein – und lassen deinen Vater eine schriftliche Aussage aufsetzten und zack bum" Leon klatschte in die Hände. „Schon sitzt der böse Erpresser im Gefängnis. Niemand würde je auf die Idee kommen, du hättest dich freiwillig mit Linksradikalen eingelassen, dein Vater behält seine reine Weste, mein Vater ist stolz auf mich und alle sind zufrieden."

„So einfach wird das nicht gehen." Die Kraft für diese Worte zog ich aus meiner pulsierenden Wut. „Kein deutsches Gericht steckt jemanden ohne handfeste Beweise hinter Gitter."

Da beugte sich Leon zu mir herunter. Sein Gesicht ganz nah an dem meinen, sagte er mit leiser, vergnügter Stimme: „Was glaubst du hat dein Freund für eine Chance? Er ist mehrfach vorgestraft und Dr. Wallenstein ist ein reicher Mann mit wichtigen wirtschaftlichen Beziehungen, mit seiner Aussage-"

„Er ist ein Dreckskerl. Er ist weniger wert als so mancher, den du Terrorist nennst.", fiel ich ihm schreiend ins Wort.

„Te, te, te", tadelnd schüttelte Leon leicht den Kopf, während er sich wieder aufrichtete. „So redet man doch nicht über seinen eigenen Vater." Er leerte eine dritte Flasche aus der Minibar in einem Zug. „Wir werden ja sehen wer Recht behält." Er blickte auf seine Armbanduhr. Mit Genugtuung sah ich an seinem Handrücken die Narbe eines Zahnabdruckes. Ein Überbleibsel unserer letzten Begegnung in Sevilla. „Es ist jetzt einundzwanzig Uhr. In neun Stunden sind wir in Genua, ich würde dir raten noch etwas zu schlafen, es ist noch ein langer Weg bis nach Hause." Er nahm das letzte Alkoholfläschchen aus dem Schrank und stellte mir eine Flasche Wasser und ein verpacktes Thunfischsandwich neben das Bett. „Das müsste bis morgen reichen. Ich werde jetzt meinen Freund Jacky Daniels im Schiffscafé treffen." Er war schon fast aus der Tür, als er mich noch einmal mit einem strengen Blick bedachte. „Komm ja nicht auf dumme Ideen, Helena. Ich werde ab und zu jemanden schicken, der nach dir sieht. Wenn du ungehorsam wirst, werde ich auch dir Handschellen anlegen müssen." Er grinste breit und böse. „Eine gute Nacht, Fräulein Wallenstein!" Damit schloss er die Tür hinter sich und ich hörte, wie sich der Schlüssel im Schloss drehte. Ich war eingesperrt.

Ich weinte nicht mehr. Ich saß auf dem Bett und starrte die Wand an. Ich versuchte erst gar nicht den strengen Stimmen der Selbstvorwürfe in meinem

Kopf etwas entgegenzusetzen. Es hätte nicht so weit kommen müssen, wenn ich von Anfang an ehrlich gewesen wäre.

Aber es machte keinen Sinn zu heulen. Ich sah durch das kleine Bullauge hinaus. Über einem grauen Meer versank eine blutrote Sonne. Es half Frieder garantiert nicht, wenn ich jetzt Schwäche zeigte. Es waren diese Stunden der einsamen Schuld, in denen ich eine Entscheidung traf. Entschlossen trank ich in tiefen Zügen von dem Wasser neben dem Bett. Die kühle Flüssigkeit tat gut. Doch kaum, dass ich die Flasche hatte sinken lassen, überkam mich eine gewaltige Müdigkeit und ein Taubheitsgefühl im gesamten Körper. Ich blickte auf das klare Wasser in der Flasche und mich überkam ein Verdacht. Doch ich empfand keinen Groll, sondern fast so etwas wie Dankbarkeit, dass Leon mir eine ruhige Nacht bescherte. Ich hatte alles getan, was ich in meinem winzigen Gefängnis hatte tun können. Ich hatte einen Plan entwickelt und die Antwort auf die Frage gefunden, wegen der ich damals aufgebrochen war. Wie lange war das her? Monate? Jahre? Ich konnte mich nicht erinnern. Mit einem zuversichtlichen Lächeln auf den Lippen kippte ich zur Seite. Noch bevor mein Körper auf die weiche Matratze sank, war ich auch schon eingeschlafen und wachte lange nicht auf.

KAPITEL SECHSUNDZWANZIG:
On the road again –
Die Limousine

Das sanfte Brummen des Motors mischte sich unter meinen traumlosen Schlaf und holte mich in mein Bewusstsein zurück. Benommen bemerkte ich, dass sich das sanfte Schaukeln des Schiffes in leichtes Holpern verwandelt hatte und ich auch nicht mehr auf einer weichen Matratze lag. Unter einiger Anstrengung hob ich die schweren Augenlieder und erkannte die Rückbank eines Autos, auf die ich gebettet worden war. Wir fuhren. Schweren Gliedes richtete ich mich auf und blicke um mich. Es war eindeutig ein teurer Wagen. Die Sitze waren aus schwarzem Leder und die Fenster so verdunkelt, dass man weder hinaus-, geschweige denn hineinschauen konnte. Das einzige Licht kam von zwei kleinen Lämpchen am Wagendach. Auch der Fahrer war durch eine getönte Scheibe von mir getrennt.

„Hallo?", ich klopfte gegen die dunkle Trennscheibe. Daraufhin ertönte ein technisches Knistern und eine freundliche Stimme sprach durch eine Sprechanlage. „Einen Schönen guten Morgen Frau Wallenstein. Ist ihnen Wohl?"

„Wo zum Teufel bin ich hier?", rief ich alle Höflich-
keiten außer Acht lassend.

„Sie müssen den weißen Knopf drücken, damit ich sie
verstehen kann. Können Sie das bitte wiederholen?"

„Weißer Knopf? Wo verdammt noch mal… ach
hier." Ich drückte den Knopf. „Wo sind wir und wo
fahren wir hin?"

„Wir haben Genua einhundertdreißig Kilometer hinter uns gelassen und haben nun beinahe Mailand erreicht.", klärte mich die freundliche Stimme des Fah-
rers auf. „Unser finales Ziel ist Zürich."

„Zürich? Wieso denn Zürich?" Keine Antwort. Ach
so, dieser blöde Knopf. „Wieso fahren wir nach Zürich?"

„Soweit ich informiert bin, treffen Sie dort Ihre Familie."

Ein Piepsen ertönte im Wagen.

„Was war das?", fragte ich erschrocken.

„Sie müssen den weißen Knopf loslassen, solange ich
mit ihnen spreche.", erklärte mir der Fahrer in höfli-
chem Ton. Als hätte ich mir den Finger verbrannt, zog
ich meine Hand zurück. „Ach, ist das ein Mist! Können Sie nicht- " Ich drückte ihn wieder. „Können Sie
nicht einfach diese blöde Scheibe runterlassen, dann
muss ich nicht über diese Maschine mit Ihnen sprechen."

„Tut mir leid, das ist mir nicht gestattet. Herr Ronnersbach wünscht, dass wir nur über die Gegensprechanlage kommunizieren."

Wahrscheinlich weil er sie verwanzt hat, dachte ich bitter, und wusste im selben Moment, dass dies der Wahrheit entsprach.

„Er bat mich außerdem Ihnen zu sagen, dass Sie ihn anrufen mögen, sobald Sie aufgewacht sind.", fuhr der Fahrer fort. „Die Nummer hat er am Telefon hinterlegen lassen."

Telefon… suchend sah ich mich im Wagen um. Dieser war außergewöhnlich geräumig. Es gab ausklappbare Tischchen und Hohlräume in den Sitzlehnen, in denen Getränke verstaut waren. Außerdem präsentierte sich mir eine verwirrende Anzahl an Knöpfen und Schaltern an schwarzen Armaturen, zwischen denen ich ein handliches Telefon ausmachte, das mittig hinter den zwei Vordersitzen angebracht war. Auf einer kleinen Visitenkarte war eine Nummer geschrieben.

„Danke" murmelte ich dem Fahrer zu, ohne zu bemerken, dass er mich nicht hören konnte und wählte Leons Nummer. Ich war ganz ruhig, als das Freizeichen ertönte. Von mir selbst überrascht, überlegte ich, dass mich jetzt wohl gar nichts mehr erschüttern konnte. Doch als jemand am anderen Ende den Hörer abnahm, meldete sich nicht wie erwartet Leon mit seiner schmierigen Stimme. Mein Herz holperte kurz als ich eindeutig meinen Vater am anderen Ende der Leitung erkannte.

„Helena! Na endlich! Bist du wohl auf?“

Es dauerte kurz, bis ich mich wieder gefasst hatte. „Ähm danke, ja. Dank deinem Handlanger hatte ich einen sehr intensiven Schlaf.“

„Das freut mich.“, hörte ich meinen Vater erleichtert sagen. Er schien meine Anspielung auf das Schlafmittel in dem Wasser von der Fähre nicht verstanden zu haben.

„Du solltest etwas essen. Frag Theodor wenn du etwas brauchst.“ Wahrscheinlich meinte er den Fahrer.

„Ich bin so froh, dass sich alles geklärt hat und du auf dem sicheren Weg zurück bist.“

Geklärt! So nannte er das also. „Schön, dass du dich freust.“, sagte ich trocken. „Weißt du, es gibt zwar andere, die das nicht tun, doch das ist ja zweitrangig.“

Es entstand eine kurze Pause. „Irgendwann wirst du verstehen, dass es nur das Beste für dich ist, wenn du jetzt zurückkommst, bevor es zu spät- “

„Ich rede nicht von mir“, fiel ich ihm erhitzt ins Wort. „Ich rede von Frieder. Er wird unschuldig im Gefängnis landen.“

„Menschen wie er sind niemals unschuldig.“, sagte mein Vater ruhig. „Denk nur, was er mit dir gemacht hat.“

„Was er mit mir gemacht hat? Papa, er hat gar nichts gemacht, ich habe alles aus freien Stücken getan, es war meine Entscheidung weg zu gehen. Ganz davon abgesehen ist die Aussage die du machen wirst eine reine Lüge."

„Lüge, Lüge." Ungeduld schwang in seiner Stimme. „Wenn er jetzt nicht ins Gefängnis kommt, dann eben wann anders. Wenn du mich fragst hätte er dort schon lange landen sollen, bei dem Vorstrafenregister. Der Mensch hat ein Recht auf Selbstjustiz, um die seinen zu schützen."

Ich konnte es nicht fassen. Er dachte tatsächlich er handle zu meinem Wohle.

„Das ist keine Selbstjustiz, das ist Vigilantismus.", schmetterte ich in den Hörer.

Da musste mein Vater leise lachen. „So spricht eine wahre Juristin. Deine Studienunterlagen sind übrigens eingetroffen.", fuhr er in leichtem Plauderton fort. „Du musst dich ranhalten, um noch ein anständiges Zimmer zu bekommen, viel Zeit bleibt dir nicht mehr. Ich werde einen ehemaligen Studienkollegen kontaktieren, der sich in München niedergelassen hat, er wird dir ein wenig unter die Arme greifen." Seine Stimme stockte kurz und kaum merklich. „Du wirst doch nach München gehen, nicht wahr?"

Ich schwieg.

„Helena?"

„Ja, Papa", sagte ich schließlich mit fester Stimme. „Ich werde nach München gehen. Ich werde Jura studieren."

„Das ist gut." Abermals klang er außerordentlich erleichtert. Mehr noch als zuvor, als es um mein Wohlergehen ging. „Ich wusste, dass du irgendwann zur Vernunft kommen würdest."

Ich war froh, dass er mein Schmunzeln nicht sehen konnte. „Ja, Papa. Ich bin zur Vernunft gekommen." Das war ich tatsächlich, oh ja, nur ganz bestimmt nicht in seinem Sinne.

„Gut. Ich muss jetzt Schluss machen, wir sehen uns in ein paar Stunden." Er klang zerstreut, wie so oft, der Herr Doktor Wallenstein. „Ich bin ohnehin geschäftlich in Zürich, weißt du. Theodor hat dir doch gesagt, dass wir uns hier treffen?"

„Mhm", machte ich.

„Ja, das ist gut. Von hier aus fliegen wir dann zusammen zurück. Deine Mutter ist schon ganz aus dem Häuschen. Also bis heute Abend dann."

Ich legte auf, ohne einen Abschiedsgruß. Den hatte er sich nicht verdient.

KAPITEL SIEBENUNDZWANZIG: Zürich

Wir hielten vor dem Central Plaza Hotel. Ich war froh, endlich meiner Dunkelscheibenzelle zu entkommen. Man hatte mich die gesamte Fahrt über nicht aus dem Auto gelassen. Der Fahrer Theodor hatte sich ein dutzend Mal dafür entschuldigt, doch er musste an seinen Vorschriften festhalten. Ich nahm ihm das nicht übel, ich hatte schließlich am eigenen Leibe erfahren, was geschieht, wenn man einem Wallenstein nicht gehorcht.

Ein Portier des Hotels öffnete mir die Autotür und ich blinzelte in das helle Tageslicht. Ich stand zunächst etwas verloren vor dem riesenhaften Eingang mit dem roten Teppich und den fünf Leuchtsternen an der Stirnseite.

„Haben Sie kein Gepäck Mademoiselle?", fragte mich der zuvorkommende Portier. Ich blickte mich nach der Limousine um, doch Theodor war schon wieder weggefahren, um die Auffahrt frei zu machen.

„Nein, kein Gepäck."

Ich blickte auf mein T-Shirt hinunter. Consume less – live more. Als ich die luxuriöse Einganghalle betrat,

mit ihren Kronleuchtern und den vielen Angestellten
in ihren weißen Blusen und den Zahnpastalächeln,
mit den feinen Herren in Anzügen oder legeren Polo-
hemden, die ihre Scheckbücher fledderten als ginge
es um Monopolygeld und den aufgetakelten Frauen
im Chanel-Kleid, die mehr für den Friseur ihrer
Schoßhündchen ausgaben, als Abdou wahrscheinlich
im Jahr durchs Fischen verdiente, begann ich zu verstehen, was dieser Spruch bedeutete. Ich bemerkte,
wie ich von einigen Leuten missbilligend angeschaut
wurde, wie ich so unaufgeräumt an der Eingangstür
stand, mit der löchrigen Jeans, den zerzausten Haaren
und einem T-Shirt, das ich seit fünf Tagen nicht gewechselt hatte. Ich spürte, wie ihre Blicke mich stärker machten. Sie waren neugierig bis feindselig, ich
wusste nicht, für wen oder was sie mich hielten, für
einen Kurier vielleicht oder jemandem, der nach dem
Weg fragte? Auf jeden Fall hielten sie mich nicht für
eine der ihren.

Zielstrebig ging ich zum Empfangsschalter. „Guten
Tag, könnten Sie mir bitte sagen, in welchem Zimmer
ich Dr. Wallenstein finde?“

„Dr. Wallenstein… Zimmer 306.“, teilte mir die breit
lächelnde Empfangsdame mit.

„Hat er auch eine Durchwahlnummer?“

„Das wäre dann die Durchwahl 306.“ Sie lächelte immer noch, als würde sie an einer Miss-Wahl teilneh-
men.

„Danke schön", sagte ich freundlich und verließ das Hotel. Zürich war solch eine große Stadt. Da gab es bestimmt ein paar aufregendere Orte, wo ich die Nacht verbringen konnte. Ich wandte mich nach rechts. Eine Brücke führte über einen Fluss, der auf der Südseite des Hotels verlief. Mittig der Brücke blieb ich stehen und schaute auf das fließende Wasser. Ein leichter Windstoß zog durch das Tal, hier war es nicht annähernd so warm wie im sommerlichen Spanien. Mir fröstelte leicht.

„Ist Ihnen kalt, Mademoiselle?" Ein älterer Mann in einem dunklen Anzug und einer dunklen Mütze sprach mich an. Es war kein Maßanzug. „Sie sollten reingehen." Er nickte mit dem Kopf in Richtung Plaza Hotel. Seine Augen waren so warm und freundlich und seine Stimme… diese Stimme kannte ich.

„Sind Sie Theodor?"

Der Mann zog sich die Mütze tiefer ins Gesicht. Er trug schwarze Lederhandschuhe. „Ich bin nur der Fahrer", sagte er schmunzelnd. „Wollten Sie nicht ihren Vater treffen?"

Ich zuckte mit den Schultern. „Eigentlich wollte nur er das."

„Ich verstehe. Sie sind noch sehr jung, Fräulein Wallenstein. Wenn ich es mir anmaßen darf Ihnen einen Rat zu geben…"

Ich sah ihn auffordernd an.

„Mit geschlossener Freundlichkeit erreicht man oft mehr als mit offener Feindseligkeit." Damit lüftete er kurz seine Mütze und verschwand in der aufziehenden Dämmerung.

Der Fluss gluckste leise vor sich hin, ein paar Vögel zwitscherten. Ich schritt weiter, zum nahen Hauptbahnhof. Dort spielte ein Junge auf einer Gitarre und ein paar Jugendliche sangen. Sie saßen einfach da, auf dem Boden, ließen sich nicht von den abfälligen Blicken der Passanten stören, sondern verloren sich im dem Rausch der Musik. Wie der Zufall es wollte, sangen sie Manu Chaos Clandestino. Ohne es zu bemerken sang ich mit, an Ort und Stelle wo ich stand, es überkam mich, ungefragt. Und so gewann ich für die nächsten Tage mein Quartier für die Nacht.

Weste und Martin, der Gitarrist und sein Freund, nahmen mich mit zu ihrem Wohnheim am See.

„Es ist ein selbstverwaltetes Wohnheim", erklärte mir Weste. „Das Haus gehört dem Verein für selbstverwaltetes Wohnen und vermietet Zimmer für Menschen, die bedürftig sind."

„Bedürftig?", fragte ich.

„Studenten, Alleinerziehende Mütter, Arbeitslose. Gerade stehen zwei Zimmer leer, wo du rastlose Reisende Unterschlupf finden kannst."

Rastlose Reisende. Das hörte sich gut an.

364

Und so kam ich also hierher. In das Haus am Züricher See. Noch am selben Abend rief ich meinen Vater von einem Münztelefon aus an, er solle mir den Abflugtermin sagen, dann würde ich zum Flughafen kommen. Versprochen.

Er war stinksauer. Dass ich nicht ins Plaza kam, konnte er nicht verstehen. Es dauerte eine Weile, bis ich ihn davon überzeugen konnte, dass ich nicht wieder vor hatte abzuhauen. Dann beichtete er mir, dass er nicht genau wisse, wann er zurückfliegen konnte. Es hatte sich noch eine Tagung in den Terminkalender geschoben und er wisse nicht genau, wie lange diese dauern würde. Eine Woche vielleicht? Ich versprach, dass ich ihn bald besuchen kommen würde und legte auf.

Eine Überraschung hielt das Schicksal noch für mich bereit. In dem selbstverwalteten Wohnheim traf ich auf Berenz. Er erinnerte sich noch an mich, meinte aber, dass ich mich seit unserer letzten Begegnung ziemlich verändert hätte. „Deine Haare sind länger“, sagte er mit seiner voluminösen Stimme und schmunzelte. Ich lächelte zurück, mit war klar, dass das nicht alles sein konnte, was sich geändert hatte.

„Wie geht es Sandra?“, erkundigte ich mich nach Berenz' Freundin. Die toure gerade durch die Balkanstaaten. „Keine Ahnung, wann sie zurückkommt“, lachte Berenz. „Sie ist sehr rastlos.“

Er war es auch, der mir am nächsten Tag die alte Schreibmaschine in mein Zimmer brachte. „Hier!“ Mit einem RUMMS stellte Berenz sie auf dem wackeligen Schreibtisch ab. „Du musst auf deiner Reise sehr viel erlebt haben.“ Sein leuchtender Blick durchdrang mich wissend. „Schreib es auf!“

Und so begann ich also die Geschichte meiner Reise zu dokumentieren, die Geschichte von Frieder und der Casa de la Rebelión und die von Leon. Von Berenz, von Klara, von Abdou, von Svea und Dario und allen anderen. Meine Geschichte.

Heute sitze ich hier, das letzte Mal, und schreibe auf der Schreibmaschine. Letzten Endes bin ich ganze zwei Wochen in Zürich gewesen, bis mein Vater entschieden hat den Rückweg anzutreten. Morgen werde ich also ins Central Plaza ziehen, wo ich meine letzte Nacht in der Schweiz verbringen werde.

Ich weiß nicht, wann ich Frieder wiedersehe, ob ich ihn überhaupt jemals wiedersehen werde. Manchmal wache ich morgens auf und frage mich, ob er wirklich existiert hat oder nur ein Geist meiner Fantasie war. Doch dann greife ich an meinen Hals, wo die Kette mit der graublauen Träne hängt und weiß, dass es tatsächlich jemanden gab, der an mich geglaubt hat. Die Kette habe ich Leon aus seinem Hotelzimmer geklaut. Letzte Woche ist er dann schließlich in die Villa seines Vaters nach Bern zurückgekehrt.

366

Ob er tatsächlich eine Stelle bei Vontaris bekommt, weiß ich nicht. Ich für meinen Teil, will den Namen Ronnersbach nie wieder hören.

Ich habe mir Theodors Rat, den er mir damals auf der Brücke der Limmat gab, sehr zu Herzen genommen. Es macht keinen Sinn sich etwas, das einen ärgert, so hartnäckig in den Weg zu stellen, wenn man dem eigentlichen Ziel dadurch kein Stückchen näherkommt. Mein Ziel ist es Jura zu studieren. Mein Ziel ist es eine gute Anwältin zu werden. Mein Ziel ist es denen zu helfen, die Opfer menschlicher Selbstsucht werden. Denn mir fallen etliche Menschen in meinem Leben ein, die ihren eigenen Irrtümern gegenüber so uneinsichtig sind.

Allerdings ist es um einiges einfacher so zu tun, als würde ich es für meinen Vater tun. Es erspart uns viel Streit und Feindseligkeit. Wichtig ist, dass ich weiß, dass ich es für mich tue, für alle Frieders und alle Abdous auf dieser Welt. Vielleicht werde ich sogar einmal das Familiengeschirr aus dem Schrank holen und Grillwürstchen auf Porzellan servieren, wenn es sein muss. Es gibt so viele Wahrheiten dort draußen. Und jede einzelne von ihnen ist es wert, dass man sie aufspürt.

ÜBER DIE AUTORIN

Juli Faber

Juli Faber wurde 1990 in Stuttgart geboren und beschäftigt sich seit ihrer Jugend mit alternativen Lebensformen. Nach ihrem Abitur reiste sie mit ihrem Vater auf dem Motorrad von Stuttgart nach Sevilla. Von dieser Reise inspiriert, entstand der Roadstory-Roman *Chevyblues – Als Helena den Krieg erklärte*. Juli Faber studiert Germanistik und Sprache-Literatur-Kultur Indiens an der Ludwig-Maximilians-Universität München.